GEORGES ET CARMEN

www.editionsphebus.fr

ISBN : 978-2-7529-1255-8

JEAN ROUSSELOT

GEORGES ET CARMEN

ROMAN

PHÉBUS

À la belle

JE FAIS PARTIE, je crois, de ces hommes qui, enfants, faisaient des rêves qu'on prête aux princesses dans les contes de fées. J'espérais un jour être découvert par quelqu'un qui donnerait enfin du sens à ma vie, me révélerait dans toutes mes dimensions.

Mon prince charmant, ce fut Carmen.

Notre relation fut intense. Trop courte. Fatale.

Je me console en pensant que nombre d'entre nous n'ont jamais rencontré leur Carmen et sont morts en se demandant pourquoi venir au monde sans rien vivre d'intense. Voilà au moins une question que je ne me pose plus.

Avant de la rencontrer, j'avais une vision du monde assez claire. De ce qui se fait et ne se fait pas. Du bien et du mal. Du bon goût et du mauvais. Du juste et de l'injuste. Du beau et du laid. Du propre et du sale. De la joie et de la tristesse. De la grandeur et de la petitesse. De ce qui est féminin et de ce qui ne l'est pas. De ce qui est viril et de ce qui ne l'est honteusement pas. C'était un monde où j'avais du mal à trouver ma place, mais j'en comprenais les codes, je pouvais y évoluer d'un point à un autre tel un poisson dans l'eau, en évaluant les dangers possibles et en m'en tenant à distance. C'était inconfortable comme un fauteuil trop raide, mais c'était logique. Tout ce qui m'arrivait, d'une certaine façon, était assez prévisible. Ou du moins, quand j'avais des espoirs et qu'ils étaient déçus, il y avait toujours quelqu'un, ma femme, un copain, pour me rappeler qu'il m'avait prévenu. Je me sentais comme un enfant un peu perdu dans un monde d'adultes qui savent. Dans les bons moments, je cherchais à me convaincre que tous ces gens étaient des pessimistes à qui j'allais montrer qu'une autre voie était possible. Mais les faits leur donnaient invariablement raison. Alors ceux que je croyais mes amis prenaient un air faussement apitoyé. Mais au fond, ils étaient fiers de m'avoir une fois de plus prouvé leur supériorité puisqu'ils savaient.

Ceux d'entre vous qui connaissent *Carmen* – et Dieu sait que vous n'êtes pas nombreux, alors que j'aurais tant aimé que ce fût un opéra populaire, connu de tout Paris voire de toute la France – savent que mon héroïne n'est pas présente au début de l'opéra qui porte son nom. On parle de Carmen, mais elle se fait attendre.

Personnellement, j'aime les œuvres qui portent le nom d'un personnage qui ne paraît pas tout de suite en scène.

On l'espère, on le devine, on s'en fait une idée de plus en plus précise… Les auteurs croiront à un vieux procédé dramaturgique : c'en est un, je ne le nie pas. Il s'agissait surtout de retranscrire dans l'œuvre ce sentiment que j'ai eu d'attendre longtemps qu'il se passe enfin quelque chose dans ma vie… jusqu'à ce que surgisse ma Carmen.

À chaque fois que j'en ai eu l'occasion, j'ai aimé dire ou écrire « ma » Carmen. Cet adjectif possessif me réjouissait au plus haut point. Au début, c'était pour la distinguer de celle de Mérimée, écrite alors que je n'étais encore qu'un enfant. Puis, c'était pour avoir le sentiment fugace, mensonger, mais pourtant si bon, que Carmen m'appartenait. Je sais bien qu'elle n'a appartenu, n'appartient ni n'appartiendra jamais à personne. Et c'est cela que j'aime pardessus tout chez elle.

Sur les portes de l'Opéra-Comique, en 1875, on pouvait lire qu'on donnait un nouvel opéra, la *Carmen* de Bizet. C'est donc qu'au moins, sur une affiche, elle était mienne. D'ailleurs, les gens qui l'ont détestée n'ont pas manqué de s'en prendre à moi. C'est donc que nous sommes liés. Jamais je n'ai été plus fier d'un lien.

Mais tout a une fin.

Pour moi, c'est arrivé dans la nuit du 2 au 3 juin 1875.

La nuit de la trente-troisième de *Carmen*.

CARMEN A ÉTÉ CRÉÉE à l'Opéra-Comique, qui n'a de comique que le nom. C'est comme la Comédie-Française. Ce sont de faux amis. Si vos parents ou vos professeurs ne vous ont pas appris ce dont il s'agit, vous allez au-devant d'une cruelle déception : vous croyez que vous allez rire, mais la plupart du temps, non. Enfin si, vous allez peut-être sourire, rire certains soirs, mais il y a peu de chance que le principal commentaire qui vous vienne à l'esprit en sortant soit « c'était si drôle ! ».

Si, comme moi, vous habitez Paris sans être particulièrement passionné de musique classique, il y a de bonnes chances que vous soyez souvent passé tout près de l'Opéra-Comique sans le savoir.

Imaginez que vous vous tenez place de l'Opéra, devant l'impressionnante façade de la salle Garnier avec ses dorures. Cet opéra ouvrit d'ailleurs ses portes en 1875, l'année même ou *Carmen* fut créée à l'Opéra-Comique un peu plus loin. Dans votre dos, l'avenue de l'Opéra rejoint le Louvre et les Tuileries, puis la Seine.

Prenez le boulevard des Italiens, sur votre droite, en direction de Richelieu-Drouot. Passez les cinémas que j'ai beaucoup fréquentés. Tournez à droite dans la petite rue de Marivaux et vous arrivez place Boieldieu, face à l'Opéra-Comique.

Reconnaissez-vous cet endroit ? Faute de recul, vous levez la tête pour découvrir la façade de l'Opéra-Comique, aussi nommé salle Favart. Des bâtiments et quelques lampadaires vous entourent. C'est presque exigu en comparaison de la vaste place de l'Opéra que vous avez quittée il y a quelques minutes. Quoi ? C'est ici que Carmen est née ?

Observez la façade du XIXe siècle. D'abord quelques marches et trois grandes portes de bois derrière des grilles, encadrées d'autres lampadaires. Au premier étage, un balcon file devant trois portes vitrées entourées par six colonnes immenses. Des petits personnages dorés se tiennent dans les arceaux entre les colonnes. À l'étage supérieur, séparées par de petites fenêtres, de grandes statues de femmes soutiennent le toit. La façade de l'Opéra-Comique semble aussi haute qu'étroite.

Si vous vous attardez sur cette place, peut-être que, comme moi, vous serez étonné qu'une façade aussi travaillée semble ne s'offrir qu'à vous plutôt qu'au boulevard des Italiens juste derrière. Jadis, cette salle de spectacle s'appelait d'ailleurs le théâtre des Italiens. Le boulevard des Italiens fut même baptisé ainsi en référence au fameux théâtre. Mais afin de le distinguer des autres troupes du boulevard, on décida de lui tourner le dos pour construire sa façade sur la petite place. Une adresse pour les *happy few*, en somme.

Cette salle fut rebâtie à plusieurs reprises. En 1838, un incendie se déclencha après une représentation de *Don Giovanni* de Mozart, l'opéra préféré de Georges Bizet. C'était l'hiver, le système de chauffage fonctionnait mal. Un tuyau du calorifère du foyer de l'orchestre mit le feu à la réserve de décors. Si 1838 est l'année de naissance de Bizet, il n'existe pour autant aucun élément permettant d'imputer à notre héros la responsabilité de cet incendie. Cette fois, Georges n'y était pour rien.

Carmen naquit donc à l'Opéra-Comique en 1875, entre cet incendie et le suivant, en 1887, lorsque, pendant une représentation, l'éclairage au gaz de l'avant-scène prit feu. Quatre-vingt-quatre morts.

Née entre deux incendies, on peut pourtant parier que Carmen, interprétée à sa création par la cantatrice Célestine Galli-Marié, fit naître un brasier dans le ventre et la tête de ses premiers spectateurs malgré leurs airs choqués et les hurlements au scandale.

Tout ça pour dire que si vos pas vous mènent sur la discrète place de l'Opéra-Comique, vous la verrez à peu de chose près telle que Georges et Célestine la retrouvaient chaque jour lorsqu'ils se rendaient aux répétitions.

C'est dans ce bâtiment que *Carmen* a été, tour à tour, refusée, débattue, acceptée sous condition, mise en répétition, jouée et chantée pour la première fois. Et parce que c'est ici qu'elle est venue au monde, Georges a toujours gardé au fond de lui une forme d'affection pour cette salle où, pourtant, il a accumulé tant de frustrations.

À Paris, en cette soirée de juin 1875, les arbres sont en fleurs. Sur la place de l'Opéra-Comique, les fiacres attendent leurs clients.

Alors qu'il fait encore jour, la trente-troisième représentation de *Carmen* a commencé. L'air de la garde montante s'échappe de la salle et déborde sur la place.

Dirigez-vous à l'oreille, passez les portes, montez l'escalier, poussez sans bruit le battant et venez prendre place dans votre loge. Le lustre de la salle Favart est éteint. La salle de mille deux cents sièges est plongée dans l'obscurité. Les bourgeois des loges voisines vous dévisagent, se demandent brièvement qui vous êtes, puis se retournent vers la scène illuminée. Le décor est une place à Séville, en Andalousie, entre une caserne de soldats et une manufacture de tabac. La cloche a sonné, marquant l'heure de la pause pour les cigarières. À l'avant-scène, des soldats guettent la sortie des ouvrières et attendent plus particulièrement l'une d'entre elles. Soudain, la voici.

Voici Carmen, cigarière, bohémienne, sous les traits de la cantatrice Célestine Galli-Marié. C'est elle qui a créé le rôle. Sans Célestine, jamais Georges n'aurait pu donner vie à sa *Carmen*. Le compositeur n'a d'ailleurs pas toujours su faire la différence entre les deux femmes. Carmen s'est incarnée en Célestine. Célestine a inspiré Carmen. Les deux femmes se prolongent l'une l'autre. Dire qu'il les a aimées est un euphémisme. Avec elles, il a véritablement respiré pour la première fois. Avec elles, il s'est enfin senti vivant, il a éprouvé violemment la différence entre l'euphorie d'un matin, la lourdeur d'un après-midi, l'exaltation d'une nuit.

La musique explose. Des hommes chantent : *La voilà ! La voilà ! Voilà la Carmencita !*

Vous voyez cette femme s'avancer sur la scène en robe espagnole et mantille. Plutôt menue, elle a de longs cheveux bruns, un air mutin, des yeux sombres, des poignets fins et une chute de reins spectaculaire. Mains sur les hanches, elle s'amuse de l'attention dont elle est l'objet et défie du regard les soldats fascinés.

Ils lui chantent :

Carmen, sur tes pas nous nous pressons tous !
Carmen, sois gentille, au moins réponds-nous !
Et dis-nous quel jour tu nous aimeras !

Elle les observe l'un après l'autre. Soldats et cigarières attendent sa réponse. Les regards de tous à présent, sur scène comme dans la salle, se tournent vers Carmen. Combien de fois Georges a-t-il espéré la réponse de Célestine à cette même question ? Célestine, ma chérie, dis-moi quand, quel jour, tu m'aimeras !

Mais alors que Carmen ouvre la bouche pour répondre et chanter la *habanera*, cet air que Georges a retravaillé si souvent à en devenir fou, il ne se passe absolument rien. Pas un son. Pas une note. Alors qu'au prix de mille efforts, Georges avait réussi à créer une Carmen qui ne soit que mouvement, vie, désir, Célestine, ce soir, pour la première fois en trente-trois représentations, a l'air d'une statue.

Depuis votre loge, comme le reste des spectateurs, vous comprenez qu'il se passe quelque chose d'imprévu. Le chef d'orchestre est troublé, presque agacé. Les musiciens sont habitués à ce que le spectacle vivant ne soit jamais exactement le même d'une représentation à l'autre, mais, là, le silence est trop long. L'interprète du rôle-titre aurait-elle oublié son texte ? Le trou de mémoire dès la première note ? Déjà critiqué de toutes parts, l'opéra de Georges n'avait certainement pas besoin de ce nouvel incident pour nourrir son affreuse renommée.

Si vous pouviez vous rapprocher encore de Célestine à ce moment précis, vous verriez qu'elle n'est nullement bloquée dans son élan par un simple trou de mémoire. D'ailleurs, si c'était le cas, elle irait prendre au souffleur, ou demanderait son texte à un de ses partenaires, ou referait son entrée comme si de rien n'était. Cette femme n'a pas peur. Et si Célestine se mettait à improviser, voire inventer son texte, elle trouverait peut-être dans l'instant des phrases bien meilleures que ce que les librettistes ou Georges ont trouvé. Elle n'est ni perdue ni gênée. Elle est paralysée par la stupeur. Quand ses lèvres bougent enfin, c'est pour formuler un mot, un nom, « Georges ».

Précision pour ceux d'entre vous qui l'ignorent : l'énoncé du prénom « Georges » ne figure pas dans le livret. Aucun personnage de l'œuvre ne s'appelle Georges, cela ne fait pas très espagnol. Le texte prévu à cet instant est plutôt : *Quand je vous aimerai ? Ma foi, je ne sais pas. Peut-être jamais. Peut-être demain. Mais pas aujourd'hui, c'est certain*, suivi de la *habanera*, qui commence par *L'amour est un oiseau rebelle que nul ne peut apprivoiser*... etc. Cette suite semble assez facile à mémoriser, un peu comme le fameux « *to be or not to be* » de Shakespeare ; mais ce soir, rien.

Privée de voix et de mouvement, Célestine sent tous les regards sur elle. La curiosité, le désir, la jalousie cèdent le terrain à la gêne, l'inquiétude, l'agacement. Même les spectateurs qui auraient préféré passer leur soirée ailleurs mais sont venus pour accompagner quelqu'un et qui, imperméables à la musique de Bizet, ruminaient intérieurement leurs soucis de la journée, problèmes de famille ou difficultés professionnelles, sont comme réveillés et tirés de leurs pensées. Que se passe-t-il ? Le silence se prolonge. Tout est immobile. Le public, les musiciens, les chanteurs attendent…

Le silence de Carmen, toute une troupe et un public figé : ce serait un motif merveilleux pour un peintre. Pour une pièce musicale, c'est plus embarrassant.

« GEORGES ! » Elle a répété mon prénom avant de tomber.

Il peut y avoir parmi vous nombre d'hommes qui trouvent charmant que les femmes s'évanouissent. C'est une compagnie à laquelle j'ai moi-même appartenu. Une femme vous parle, peut-être qu'elle n'a rien mangé ou que son corset est trop serré, et la voilà soudain qui pâlit. Si vous êtes coutumier du fait, vous attrapez aussitôt une chaise et vous l'aidez à s'asseoir, sinon, comme un idiot, vous la voyez tomber devant vous sans avoir rien pu faire.

Il existe une vision romantique de la femme fragile qui ne peut pas se tenir sur ses deux jambes sans notre aide, sans notre force. Nous voilà utiles, dans un rôle de sauveur, quitte à oublier un peu vite que si elle n'a rien mangé, c'est peut-être pour nous plaire ou parce qu'on l'a forcée à sortir ce soir-là alors qu'elle se sentait mal. Et si elle porte un corset, c'est peut-être aussi pour avoir la silhouette qu'on attend d'elle. La fragilité des femmes nous donne l'impression que notre force physique n'est pas que brutalité, mais qu'elle a un sens et permet d'attribuer des rôles clairs à chaque sexe. Célestine n'est pas de ces femmes-là. Elle a une force telle que si le plus violent des hommes était capable d'un instant de clairvoyance sur la relativité de sa propre puissance, il se mettrait aussitôt à pleurer comme un bébé réfugié dans les jupes de sa mère. Célestine ne s'est jamais évanouie. Carmen ne s'évanouit pas. À moins que quelque chose ne lui fasse l'effet d'un couteau planté dans le cœur.

DANS SA CHUTE, Célestine se retient à une table du décor. Elle rassemble ses dernières forces pour se ressaisir et chanter enfin son air d'entrée. Elle en est capable. Pourtant elle s'écroule pour de bon. Sa tête heurte le plancher de la scène. La salle pousse un cri d'effroi.

Carmen, l'incarnation de la vie même, semble morte.

Paul Lhérie, le chanteur qui joue Don José, se précipite et s'agenouille près de Célestine. Au premier acte, Don José est encore bien disposé à l'égard de Carmen. Pas d'envie de meurtre. Une des cigarières, amie de Célestine, le rejoint. Tous deux soulèvent Carmen inanimée et la portent hors de scène.

En coulisse, dans l'obscurité, le corps inerte de Célestine, allongé sur un coffre à vêtements, fait penser au gisant d'une reine comme on en voit dans les églises. Pareils à des moines-soldats, Don José et la cigarière l'entourent, l'un tenant la tête de la cantatrice, l'autre ses pieds. Un médecin qui assistait au spectacle accourt. Il est si impressionné de se tenir devant Carmen qu'il n'ose s'approcher.

– Madame Carmen ? Euh, madame Galli-Marié ? Vous m'entendez ?

Pas de réponse.

L'homme de sciences touche le front de la belle, puis cherche son pouls à son poignet, mais ne le trouve pas. Il approche alors sa main de la gorge de Carmen, soucieux, timide, comme s'il s'apprêtait à toucher une relique sacrée. Au moment du contact, une main saisit fermement la sienne. C'est Célestine. Ses yeux s'ouvrent. Effrayé, le médecin a un mouvement de recul. Mais Célestine s'agrippe à sa main pour ne plus la lâcher. Il est prisonnier. Elle retrouve la parole pour annoncer, avec un air de folie dans le regard :

– Bizet est mort.

Une troupe s'est rassemblée autour de Célestine. Tous les chanteurs qui n'entrent qu'aux actes suivants et attendaient dans leur loge sont là. Quelques-uns, qui en ont eu assez d'attendre bêtement sur scène le retour improbable de Carmen, ont discrètement battu en retraite vers la coulisse la plus proche. Plusieurs machinistes sont debout autour de la cantatrice. Les maquilleurs, coiffeurs, costumiers, le pompier de service aussi.

Dans la fosse, les musiciens aimeraient également rejoindre Carmen, mais le chef d'orchestre leur fait comprendre d'un regard que personne ne quitte son poste.

Alerté, Camille Du Locle, directeur de l'Opéra-Comique, accourt. Il va jusqu'à l'avant-scène, sourit et prie le public d'accepter ses excuses pour cette interruption momentanée du spectacle. *Carmen* va reprendre. La cantatrice sera là dans un instant ! Le directeur sourit encore, recule, envisage un temps de faire une courbette, se demande si c'est vraiment nécessaire vu qu'il n'est pas un artiste et décide de n'en rien faire, recule encore, croise les regards mécontents des spectateurs et se dit qu'après tout, une courbette, ça ne coûte rien, alors il en fait trois, ridicules, regrette déjà et sort.

Il rejoint l'attroupement autour de Carmen et demande qu'on fasse place. On s'écarte. Célestine est assise sur le coffre, buvant un verre à petites gorgées. Don José et la cigarière sont toujours à ses côtés, dans la crainte d'une rechute.

– Bizet est mort !

– Quoi ? Quand ?

– Cette nuit.

– Qui vous l'a dit ?

– J'ai eu une vision.

– Allons bon !

– Je l'ai vu, mort, comme je vous vois vivant. Croyez-moi, je préférerais que ce soit le contraire.

– Mais qu'est-ce que vous racontez ? Ce n'est pas parce que vous jouez une gitane que vous allez vous mettre à avoir des visions et à adopter toutes les superstitions qu'on leur prête ! Vous êtes un peu plus raisonnable que cela.

– Je vous dis qu'au moment de commencer à chanter la *habanera* j'ai eu une vision.

– Oui, d'accord, une vision, et après ?

– Vous ai-je déjà fait part de mes visions ?

– Hein ?

Elle se retourne vers Don José et la cigarière.

– Est-ce que je passe mon temps à avoir des visions et à vous en faire part ?

– Non, répond Don José.

La cigarière fait également un signe de dénégation.

– Je ne suis pas folle ! Mais ce soir, alors que je m'apprêtais à chanter, j'ai vu Georges mourir chez lui, à Bougival. Je l'ai vu aussi clairement que je vous vois !

Cette fois, les gens sont frappés. Le directeur sent leur fébrilité. Il veut reprendre le contrôle.

– Nous avons une salle qui nous attend. Des spectateurs qui ont payé. Dois-je vous rappeler que ce spectacle n'est pas ce qu'on peut appeler un succès ? Peut-être, madame, pourrions-nous continuer à parler de vos visions après la fin de la représentation ?

– Je vous dis que Bizet est mort, je l'ai vu !

– Puis-je me permettre de trouver que nous manquons de faits pour étayer cette conviction ?

– Vous ne me croyez pas ?

– Je ne prétends pas vous contredire quant à ce que vous avez vu, simplement, j'ignore si cela a un quelconque rapport avec la réalité. Nous savons tous que monsieur Bizet, que nous aimons beaucoup, ne se porte pas très bien, mais de là à l'imaginer mort ? C'est un homme jeune et solide.

– Je vous dis qu'il est en train de mourir, c'est pour cette nuit. Je dois me rendre à son chevet à l'instant.

Célestine commence à enlever sa robe de scène. Sa costumière s'approche pour l'aider. Le directeur élève la voix :

– Madame Galli-Marié, votre public vous attend. Il est hors de question que vous partiez.

– Toujours la bourse avant le cœur ?

– Madame, je vais être plus clair. Je vous interdis de quitter l'Opéra-Comique.

– Personne ne m'interdit rien !

C'est beau, une femme qui dit « personne ne m'interdit rien ». À chaque fois qu'on m'a interdit des choses, je me suis exécuté poliment. J'ai parfois désobéi sournoisement, presque excité par l'interdiction. Mais braver fièrement l'interdit, c'est magnifique, non ? Le directeur lui-même est saisi. Bien sûr, c'est impossible d'interdire quoi que ce soit à la Galli-Marié. Alors il la supplie. Si

Célestine part, l'Opéra doit rembourser tous les spectateurs qui ne l'ont pas entendue chanter une seule note. Or *Carmen* a si mal commencé que la production ne peut pas se le permettre. Célestine s'en moque :

– Georges est mort. C'est Carmen qui l'a tué !

Le directeur se défend comme il peut : si Célestine s'en va à cet instant, c'est elle qui tue Carmen en abîmant ce qui lui reste de réputation. Il la prie d'attendre la fin de la représentation.

– Faites cela pour nos spectateurs qui n'ont jamais vu Carmen, jamais entendu la musique de monsieur Bizet, jamais été en Andalousie. L'opéra est une chose si éphémère…

– La vie aussi…

– J'envoie un médecin à Bougival auprès de monsieur Bizet ! Je ne puis faire davantage.

Carmen soupire. Elle finit par repasser sa robe de scène.

– Envoyez votre médecin sur-le-champ ! Et pas un comique, un vrai ! Moi, j'irai jusqu'au bout. Mais si Bizet est mort quand j'arrive chez lui cette nuit, ce sera de votre faute !

Le directeur la remercie et s'éloigne. Il est un instant rassuré, pensant avoir sauvé la soirée, avoir été l'homme de la situation. Tout à l'heure il pourra rentrer chez lui et annoncer à sa femme ou à sa maîtresse : « Ce soir, chérie, j'ai sauvé la recette. » Et peut-être qu'elle le regardera avec admiration et se montrera tendre. Mais au fond de lui, il a peur. Il sent comme un courant d'air glacial.

REVENUE SUR SCÈNE, Célestine donne tout d'elle-même, tableau après tableau. Depuis votre loge, vous ne pouvez détacher vos yeux de l'interprète de Carmen. Vive, espiègle, incandescente, drôle, elle tient toute la salle en son pouvoir. Parce que vous l'avez crue fragile, vous êtes d'autant plus fasciné par cette femme qui gagne en aisance, en puissance, en ardeur à chaque scène.

Dans l'acte III, il y a cette scène où les bohémiennes Mercédès et Frasquita lisent leur avenir dans les cartes. Elles y voient des promesses d'amour et de richesses. Carmen en fait autant. Il est prévu alors qu'elle s'écrie, effrayée : « carreau, pique… la mort ! », mais ce soir elle se tait.

En alerte, le chef d'orchestre suspend la musique. En coulisse, le directeur demande qu'on prépare des sels ou un remontant en cas de second malaise. À voix basse, il prépare ses arguments au cas où Carmen sortirait de scène pour se rendre sans tarder au chevet de Georges. Comme le reste du public, vous sentez de manière fugace que la chanteuse pourrait à nouveau perdre connaissance.

La vision de Célestine se trouble un instant. Devant ses yeux, il n'y a plus Frasquita mais Georges. Il s'éteint dans sa petite maison au bord de l'eau. Carmen finit par chanter : « carreau, pique… la mort ! » Elle ne songe pas à sa propre mort, mais à celle de son Georges : son cri est plus puissant que jamais.

Lorsqu'une heure plus tard, le rideau tombe enfin, c'est un soulagement pour toute la distribution. Célestine a tenu, fidèle à sa réputation de combattante. Ses partenaires prennent position pour saluer. Reconnaissant, le directeur a demandé qu'un bouquet plus gros et plus beau que d'habitude soit apporté à l'interprète du rôle-titre. Comme tous les soirs, les applaudissements sont peu nourris. Les sifflets le sont davantage. Pas de surprise, là non plus. Le rideau se relève et les chœurs viennent saluer, puis les interprètes des seconds rôles, puis les premiers rôles, Micaëla, Don José, Escamillo. Ils sont bientôt tous là. Par quel côté Carmen va-t-elle surgir ? Une jeune fille s'avance avec un bouquet sans savoir qu'en faire.

Au même moment, dans la nuit, près de l'Opéra-Comique, un cocher qui somnolait dans son fiacre est brutalement réveillé et se retourne : Carmen prend place dans sa voiture.

– Chez Georges Bizet, à Bougival !

Ahuri, il s'insurge :

– Hein ? Pas question. C'est à plus de quinze kilomètres d'ici !

Mais la passagère n'en a cure. L'homme découvre le maquillage de scène, les joues rouges, les sourcils noirs, la bouche intense. Au deuxième coup d'œil, il voit la robe de scène ensanglantée.

– Fouette, cocher ! Ce soir, un homme merveilleux est mort, il s'appelait Georges Bizet, et c'est Carmen qui l'a tué !

Aujourd'hui, il n'y a que les bourgeois qui vont à l'opéra. Georges avait rêvé que les airs de *Carmen* sortiraient de ce milieu confiné pour être entonnés par les ouvriers, les coiffeurs, les lingères, les paysannes... un opéra qui s'échapperait de l'opéra, comme Carmen, ce soir, s'échappe de *Carmen*.

Ensorcelé, le cocher lance son cheval au galop dans Paris désert à cette heure. Célestine est en route pour rejoindre Georges, espérant arriver à temps pour un dernier adieu. Elle avait vu juste. C'est la fin de Bizet. À trente-six ans.

Tué par Carmen ? Vraiment ?

LES FEMMES ont toujours tenu le premier rôle dans ma vie et dans mes opéras. Et pas seulement parce que je manquais à ce point de confiance en moi que j'étais incapable de tenir le premier rôle de ma vie, même quand j'étais seul.

Dans les opéras que j'ai composés, j'ai aimé créer des rôles féminins plus forts, plus riches, plus piquants que les rôles masculins. Les femmes m'intéressent beaucoup plus, c'est comme ça.

L'histoire est peuplée d'hommes aux destinées et aux actions extraordinaires qui ont toute mon admiration. Je suis fasciné par la bravoure des grands conquérants antiques, de quelques chevaliers médiévaux, impressionné par la stratégie géniale de certains généraux. Ils m'ont fait rêver dans l'enfance et j'ai envié parfois leur destinée dans des périodes qui se prêtaient à ces actes de courage, alors que notre époque me semble bien pauvre en propositions de conquête. Mais je ne sais comment dire cela sans être vulgaire, j'aime les femmes parce qu'elles ont souvent plus de couilles que la plupart des hommes.

Je ne dis pas que les hommes n'en ont pas : il me semble simplement que ceux qui en ont sortent du lot : on les remarque. Beaucoup font croire qu'ils en ont seulement parce qu'ils savent taper du poing sur la table. Mais ils ne font souvent que prouver qu'ils sont butés, ce qui, selon moi, n'a rien à voir avec l'audace.

L'audace. J'aime ce mot. Il est plus élégant. Personnellement, j'en ai manqué, tant j'étais soucieux de faire plaisir aux autres. Pour autant, je crois que l'audace est en chacun de nous, comme un appel auquel nous choisissons ou non de répondre. Nous pouvons faire taire cet appel et ne plus l'entendre. Mais nous pouvons aussi l'écouter, surtout quand notre entourage nous enjoint de fermer notre gueule et d'exécuter les ordres, aussi bêtes soient-ils.

La question ne se pose-t-elle pas de la même façon pour tout le monde, partout, quel que soit le métier, dans n'importe quel domaine ? Que faire quand votre commanditaire, votre supérieur hiérarchique, bref, celui qui va décider si vous allez pouvoir manger ou pas, vous demande de faire quelque chose auquel vous ne croyez pas ? Dire oui, se plier aux ordres, faire du mieux possible ce qu'on ne comprend pas, qui ne nous plaît pas, qui nous semble une mauvaise idée, croyez-moi, j'ai donné. La plupart du temps, ça ne marche pas et le commanditaire vous en attribue la faute, incapable de se rappeler que la mauvaise idée venait de lui.

Mais prendre le risque de dire « je comprends votre proposition, mais je n'y crois pas, et si, plutôt, je vous proposais de… etc. », c'est s'exposer à être un empêcheur de tourner en rond, un caillou dans la chaussure de votre commanditaire. Peut-être vous laissera-t-il faire ou vous mettra-t-il des bâtons dans les roues. Mais si vous échouez, faites-lui confiance, il se rappellera que c'était votre idée. Voilà pourquoi nous nous couchons la plupart du temps face à l'obstacle. Voilà pourquoi il est si difficile d'avoir de l'audace. Voilà aussi pourquoi, lorsque j'ai découvert Carmen, j'ai su que j'avais trouvé mon seigneur et maître, je suis devenu un autre homme, ou une autre femme, comme vous voudrez.

LA PREMIÈRE FOIS que j'ai vraiment déçu mes parents, je devais avoir un ou deux ans, pas plus. C'est une sacrée performance de réussir si tôt dans la vie à ne pas se montrer à la hauteur des espérances de ses géniteurs. Il faut posséder un instinct – on peut même parler de don – pour décevoir systématiquement les attentes de son entourage. Et si on réussit à prendre son rythme de croisière, on peut continuer comme ça toute une vie, ou presque, croyez-moi.

Imaginez la ville de Paris dans la première moitié du XIXe siècle et plus particulièrement le quartier de Rochechouart, entre la rue de Maubeuge et la rue des Martyrs. Mes parents, Adolphe et Aimée Bizet, habitaient au 26 de la rue de la Tour-d'Auvergne.

Le 25 octobre 1838, des cris montent de la chambre. C'est ma mère. Je ne suis même pas né que, déjà, elle souffre à cause de moi. Voilà des heures que cela dure et la délivrance se fait attendre.

Depuis la salle à manger, on entend tout. Adolphe ne sait trop que faire. Il se sent inutile : il attend, il espère que les cris cesseront bientôt. La famille l'entoure à défaut de pouvoir tenir la main de ma mère dans la pièce voisine. Ils sont tous musiciens. Ils jouent quelques morceaux au piano ou sur les instruments qu'ils ont apportés pour couvrir les cris de ma mère, en vain. D'un geste, un homme leur impose le silence. C'est le frère aîné de ma mère, François Delsarte, le cheveu ras, le regard intense.

François n'a joué d'aucun instrument. Tout l'après-midi, il s'est tu, il a observé mon père comme pour le jauger une fois de plus ; il a détaillé du regard ce logis qu'il connaît déjà, ne faisant aucun commentaire mais semblant s'y sentir à l'étroit. Est-il encore en train de se demander si sa sœur a bien fait d'épouser ce Bizet ?

Soudain, François prend la parole de sa voix rocailleuse et demande à mon père s'il a beaucoup d'ambition pour son enfant.

– Comme tous les parents, répond Adolphe. Un musicien ou une musicienne. Je voudrais avoir une fille et Aimée rêve d'avoir un garçon. Généralement, c'est elle qui l'emporte. Aussi j'imagine qu'elle va avoir gain de cause cette fois encore.

Les cris redoublent d'intensité. Mal à l'aise, une cousine se rue sur le piano, mais d'un geste, François l'en dissuade. Elle va à la chambre. La sage-femme lui dit que c'est pour bientôt. La cousine revient s'asseoir.

Pour passer le temps, on joue à proposer des prénoms de musiciens célèbres pour le bébé. Amadeus, Ludwig ou Jean-Sébastien ? À moins qu'Adolphe et Aimée ne se décident tout simplement pour Georges, comme ils l'avaient envisagé ? Mais pour Adolphe, Georges est un prénom trop banal. Avec Aimée, ils ont pensé à Alexandre. François fait remarquer que c'est un prénom d'empereur.

Adolphe et Aimée ont aussi pensé à César...

– Prénom d'empereur encore, fait remarquer François.

– Et Léopold ?

– Encore un empereur ! lâche François, amusé.

Une cousine s'inquiète : de tels prénoms ne sont-ils pas trop écrasants ?

C'est alors qu'on entend mon premier cri dans la pièce voisine. Les conversations s'arrêtent.

Mon père et le reste de la famille sont admis dans la chambre, on me découvre dans les bras de ma pauvre mère épuisée. François trouve que je suis un gros bébé bien dodu. Fragile, ma mère qui me donne le sein ne sait pas comment prendre cette remarque. Elle a toujours été attentive à chaque parole de son frère. Est-ce un compliment ou une critique ? Un compliment, bien sûr, dit mon père, ému de me découvrir, mais Aimée n'en est pas si sûre. Cette remarque et le monde entier lui semblent soudain hostiles. Elle ressent un profond besoin de me protéger de tout. Collé contre elle, ma bouche aspirant son sein, je ressens tout son amour pour moi, je bois sa force. Elle pense déjà à l'armure qu'elle va me créer pour que je survive, que je sois fort, que je trouve ma place dans ce monde. Elle met toute sa confiance en moi, me jure en silence qu'elle va m'aider à me construire, chaque jour de ma vie. Je ne serai pas seulement un enfant de plus dans ce monde, je serai quelqu'un, elle va se battre pour moi et m'apprendre à en faire autant.

– Adolphe nous a parlé de trois idées de prénoms, dit François, et pas n'importe lesquels. As-tu fait ton choix ?

– Pourquoi choisir ? demande ma mère, voulant soudain en imposer à son frère. Mais il aura les trois, bien sûr ! Il s'appellera Alexandre-César-Léopold Bizet !

Belle marque de confiance. Peut-être un tantinet écrasante. Je dirais que la barre était placée assez haut… pour pouvoir passer en dessous sans se faire mal.

BÉBÉ, JE PLEURE dans mon berceau. Cela m'arrive souvent le soir. Personne ne vient. Je crie de plus en plus fort. Mon père se demande ce que j'ai, inquiet de connaître la réponse. Ma mère sait. J'ai faim. J'ai tout le temps faim.

– Nourris-le !

– Mais François dit qu'il faut faire attention. Alexandre-César-Léopold pourrait devenir obèse.

– Obèse ! Il a un bon ventre, c'est tout ; c'est même plutôt une chance aujourd'hui. Et puis quoi encore ? Ton frère n'est pas expert en médecine…

– Non, mais en musique, si !

– Et pourquoi est-ce François qui décide de ce qui est bon pour notre enfant ?

– Mon frère pourra faire beaucoup pour lui plus tard. Il connaît un tas de gens. Je veux le meilleur pour notre fils.

Mes cris redoublent. Je suis de plus en plus mal. Seul

dans ma chambre, dans le noir, je crie, désespéré, incapable de comprendre que les individus derrière la porte fermée me laissent à ma détresse parce qu'ils veillent à mon bonheur futur.

J'en tire une bonne leçon, du moins un principe qui me guidera longtemps. Ça ne sert à rien de crier. Ni de parler. Vous pouvez vous égosilller dans le noir, même les gens qui vous aiment le plus au monde ne viendront pas vous aider ni vous soulager de votre faim tenace. Le fait qu'ils aient une bonne raison n'y change rien, c'est incompréhensible. On ne peut pas compter sur autrui. Alors, que faut-il faire pour manger à sa faim ? Prétendre être quelqu'un d'autre que soi ? Ne plus faire ce qu'on aime, mais plutôt se soucier de ce qui ferait plaisir aux autres ? Séduire ? Marchander ? Est-ce à ce prix qu'on est davantage aimé et nourri ?

En mars 1840, une drôle de cérémonie se déroule à l'église Notre-Dame-de-Lorette, toute proche de la maison. Le vieux prêtre n'en comprend pas bien l'objet. Mais s'il croit pouvoir faire obstacle à la volonté incroyable de ma mère, il fait fausse route. Fatiguée, blême, elle n'en peut plus de ces nuits où je crie pour être nourri, appels auxquels elle résiste pour suivre les conseils avisés de son frère.

– Mais votre enfant n'est-il pas déjà baptisé ? demande l'homme d'Église. Quel âge a-t-il ?

– Un an et demi.
– Est-il malade, craignez-vous un décès prématuré ?
– Nullement.
– Alors pourquoi faire cela maintenant ?
– La foi, dit ma mère.
– Ne l'aviez-vous pas auparavant ?
– Si, évidemment.
– Alors ?
– Mon père, quand vous envoyez un enfant de chœur me chercher à la dernière minute pour que je vienne remplacer votre organiste ivre, je viens sans poser de question, n'est-ce pas ?
– En effet.
– Là, j'ai un cours de piano à donner tout à l'heure, alors peut-on s'y mettre sans attendre ?
– Bien.

Le prêtre n'a pas l'habitude que ses paroissiennes le bousculent. Alors il passe sa chasuble. Le voici qui nous entraîne, mes parents, mes parrain et marraine et moi vers les fonts baptismaux.
– Quel prénom avez-vous choisi ? demande-t-il.
– Alexandre-César-Léopold, répond fièrement Philippe-Louis Brulley de la Brunière, mon parrain.
– Mais non, le coupe ma mère.
– Ah non ?
– Non, justement, c'est pour ça qu'on est ici, explique ma marraine.

Ma mère reprend :
– On va l'appeler Georges.
– Georges ? demandent le prêtre et le parrain, surpris.
– Oui, Georges, c'est très bien. Ça suffit.
– On passe d'Alexandre-César-Léopold à Georges ? demande le parrain, trouvant que la cérémonie a perdu à l'instant ce qui lui restait de cachet.
– Bien, je te baptise, Georges…

Voilà. En moins d'un an et demi, mes parents, me trouvant trop gros à leur goût, trop affamé, trop bruyant, ont dû calmer un peu leurs rêves de grandeur. Ou du moins se montrer plus discrets. Et moi, j'ai compris que l'immense fierté de ma mère à mon sujet avait du plomb dans l'aile. Pour autant, elle ne m'abandonnerait pas. Elle était décidée à faire du bambin que j'étais le plus grand musicien de son époque. Ce ne serait pas aussi simple qu'elle l'avait espéré, il y aurait des obstacles, j'en étais un moi-même.

LES NUAGES FILENT. Le vent souffle sur Paris. Des chapeaux s'envolent. Des robes se soulèvent. Un cerf-volant cherche à profiter des courants d'air pour être de la fête, lui aussi. Constitué d'un morceau de drap fin et de deux baguettes de bois ficelées ensemble à angle droit, l'engin est tiré par un enfant qui court aussi vite qu'il peut pour le faire s'envoler. Le cerf-volant prend de la hauteur puis retombe aussitôt. Les enfants veulent tous essayer à leur tour et s'arrachent le fil des mains. Ils se disputent. Ils en viennent même à se donner des coups. S'éloignant de la mêlée, le plus petit d'entre eux en profite pour se saisir de la pelote de fil tombée au sol. Il attrape l'oiseau de toile et commence à courir avec. L'enfant va bien moins vite que son aîné de tout à l'heure et le cerf-volant racle le sol, manque de se coincer dans les pavés, mais soudain, grâce à une bourrasque, il s'envole. Il s'élève au-dessus de son porteur qui ne sait que faire, sinon continuer à courir. Parmi les enfants qui se bagarraient, l'un d'eux a vu la scène et se met à poursuivre le petit garçon. Il lui crie de donner de la ficelle. Le petit ne sait comment faire. L'autre le rattrape et, arrivé près de lui, ouvre la main de son cadet et lâche du lest. Le cerf-volant grimpe encore. Ça y est. Il est réellement au-dessus d'eux. Le voilà qui passe devant les fenêtres de la rue. Derrière le carreau de l'une d'entre elles, un visage heureux, envieux, le mien. J'ai quatre ans et j'aurais tant aimé que ma mère me laisse aller jouer avec les enfants du quartier.

Ils disparaissent au coin de la rue. Je me mets à tourner dans l'appartement comme si j'étais le cerf-volant. Est-ce parce que je suis le seul enfant de mes parents qu'ils me tiennent ainsi enfermé ?

Ce jour-là, nous allons chez mon oncle et mes cousins. J'aime sortir sous n'importe quel prétexte. Et là, en plus, je vais voir d'autres enfants. Il y a dans leur appartement une vie, une énergie que je ne trouve pas chez nous. Mon oncle, François Delsarte, m'impressionne un peu, mais tant que je suis petit, il ne me regarde pas trop, alors ça va.

À chaque fois que je vais chez eux, je suis trop habillé. Ma mère craint par-dessus tout que je ne le sois pas assez. Alors que nous nous mettons en chemin et sortons dans la rue, je croise les voisins et leur cerf-volant. Ils sont habillés normalement, eux. J'ai envie de m'approcher, je les regarde longuement, jusqu'à ce que je sente que ma mère me tire par la main. « Georges ! Ne traîne pas. »

Dans les rues, je me fais des provisions d'images, de sons, de parfums, même d'odeurs plus rudes, à rapporter chez moi quand je me retrouverai seul à rêver pendant que ma mère donnera ses cours.

Nous arrivons chez l'oncle François et la tante Rosine. Contrairement à l'habitude, on m'emmène dans le salon et on m'assied au piano. Leur instrument est bien plus grand que celui que nous avons chez nous. Il me fait un peu peur. Je ne comprends pas, je ne peux pas aller jouer ? Mes cousins sont en train de s'amuser au bout du couloir et c'est avec eux que je voudrais être.

– Mais on y est, me répond ma mère. Tu vas jouer… pour nous !

Elle a suivi le conseil de son frère et a attendu que j'aie quatre ans, je les ai maintenant. Elle croit le moment venu de me faire commencer le piano.

L'oncle François étudie la taille de mes doigts.

– Ils sont encore un peu gros, il faut mettre cet enfant au régime !

– Oh non !

Ce cri m'a échappé. François me regarde, étonné que je puisse avoir un avis sur la question et qu'en plus je me sente autorisé à le donner. Ma mère me regarde avec colère. Évidemment, elle me voit comme le poulain dont elle veut faire un cheval de course. Alors que moi, je n'en peux plus des régimes. J'ai faim tout le temps. Je dévore jusqu'à la dernière miette de ce qu'on me donne. Mais je ne vais pas m'affiner comme par magie ! Et quand mon oncle dit qu'il faut me mettre au régime, alors que j'y suis déjà depuis ma naissance, j'ai soudain une furieuse envie de tous les envoyer promener. Mais je ne suis pas encore Carmen, je ne connais pas l'histoire de cette femme qui ose tout, je ne suis qu'un enfant qui veut rassurer sa mère. François la regarde dans l'attente d'une explication. Je baisse la tête, ne voulant pas qu'elle soit gênée à cause de moi. C'est bon, je serai le poulain idéal.

Incapable de rien refuser à son illustre frère, ma mère s'engage à m'imposer un régime plus strict. Je vois s'éloigner les miettes.

François me fait enfoncer les touches blanches, puis noires, alors que je regarde avec envie mes cousins traverser le salon en se poursuivant. Mon oncle trouve que je ne suis pas concentré et me reproche de faire de la peine à ma mère. Je n'aime pas entendre cela. Tout plutôt que de voir son visage triste. Alors je m'applique. Je regarde les grandes touches. J'essaie d'appuyer dessus aussi fort que je peux pour produire un son en m'inspirant de la position des mains de François.

– Joue mon fils, joue ! dit ma mère. Tu vois, c'est aussi facile que l'alphabet, nous alternerons les apprentissages.

C'est ce que nous avons fait. Fini les matinées à regarder par la fenêtre les voisins jouer dans la rue. Même cette frustration me manque.

DANS L'APPARTEMENT, MA MÈRE se réveille tôt. J'aime l'entendre laver du linge ou préparer du café pendant que je suis encore dans mon lit. Je finis par me lever. Je vais l'embrasser. Elle trouve que je suis de plus en plus beau – comprenez de plus en plus mince – et c'est vrai.

En chemise de nuit, je vais au piano comme un automate. J'en ai tellement l'habitude. Je m'assieds et je joue. Elle me corrige. Déjà, ma mère commence par rectifier la position du tabouret, mon attitude, le placement de mes mains. Je me remets à jouer. Elle m'interrompt : mes doigts sont endormis, c'est trop mou. Il s'agit d'être plus net. Elle me demande de me concentrer, de reprendre avec plus de rythme. Elle déclenche le métronome. Vas-y ! Je reprends. Je fais une faute. Je reprends du début ? Oui ! C'est reparti. Nouvelle faute, légère, peut-être ne l'a-t-elle pas remarquée ? Alors je continue, mais elle me prie de reprendre. J'aurais pu m'y attendre. Je reprends. Cette fois, c'est peut-être la bonne, je ne fais plus de faute, j'avance, mes yeux suivent les notes sur la partition, je vais à bonne allure, je suis lancé, plus rien ne m'arrête, je vois venir sur la page, marqués au crayon, les tournants difficiles à négocier, mais je les prends, je m'emballe, ça y est, je m'amuse, ma mère sourit et me coupe. Je joue beaucoup trop vite, ce n'est pas ce que demande le compositeur. Du début !

Oui, Maman. J'essaye d'aller moins vite, mais à cette vitesse d'escargot, je m'ennuie. Ma mère dit que ça se sent et m'arrête une fois de plus. Elle me demande de recommencer, je ne suis pas le compositeur, je suis là pour interpréter l'œuvre et la donner à entendre telle qu'elle a été écrite. Je fais remarquer que le morceau n'est pas très amusant. Maman répond que si je veux être un grand pianiste, je dois savoir tout jouer le mieux possible. Je m'apprête à lui dire que je n'ai pas particulièrement envie d'être un grand pianiste, que je préférerais aller lancer des cailloux dans la Seine, mais je me tais et je reprends du début. J'essaye différentes choses pour la faire sourire de contentement, en jouant, à la vitesse indiquée, ce morceau si mécanique à mon goût et lui donner un peu d'air et de relief. La sixième version que je tente lui plaît, c'est le déclic. Sans que je cesse de jouer, elle m'enlève ma chemise de nuit, me passe un gant sur le corps et le visage, me sèche, puis m'habille. Mon ventre fait des gargouillis sonores. Elle me nourrit. Enfin. Assise à côté de moi, elle me tend un morceau de pain dans lequel je mords à intervalles réguliers. Elle me fait boire du café au lait. Je redemande du pain. Elle s'éloigne. Est-elle partie en chercher ? J'aimerais le croire. Mais je connais les portions qu'elle m'octroie chaque jour. Je reprends le morceau encore et encore selon les indications qu'elle me donne depuis la cuisine, j'ai la bouche ouverte en attente, pareil à un oisillon dans le nid, voulant croire qu'elle reviendra avec un morceau de quelque chose.

Adolphe, mon père, finit par se lever à son tour. Il m'embrasse. Il prend son petit déjeuner en m'écoutant jouer sous la direction de ma mère. Quand elle part faire les courses, je demande si je peux l'accompagner. J'aime faire les courses avec elle. J'aime ce que les marchés font à mes yeux, à mes oreilles, à mon nez. Cela m'évoque l'ouverture d'un opéra. Les étals, les cris, le fumet des cuissons, le parfum des herbes et des fruits me donnent l'impression de conspirer ensemble à l'avènement de quelque chose de merveilleux. Mais comme à l'accoutumée, elle me répond « un autre jour ». Elle sort et espère encore m'entendre jouer quand elle sera dans l'escalier. La porte claque et je me mets à jouer plus fort parce qu'il est déjà arrivé à ma mère, croyant que je m'étais arrêté après son départ, de revenir sur ses pas. Mon père me reprend sur ma façon de jouer. Certaines de ses remarques sont en parfaite contradiction avec celles de ma mère, mais après tout, puisque je dois jouer, autant se plier à la demande. J'ai envie de lui faire plaisir à lui aussi. Et tant pis si, demain matin, ma mère me demande pourquoi je joue ce morceau de façon si bizarre alors que la veille, avant qu'elle ne parte au marché, il lui semblait que je le tenais enfin. J'apprends la souplesse ; j'apprends à me plier aux désirs de chacun.

Il arrive toujours un moment où mon père, généralement après son troisième café, quand il n'en peut plus de ce morceau joué en boucle depuis des heures, m'annonce que c'est assez de solfège et d'apprentissage pour ce matin. Mon ventre gargouille de nouveau. J'ai faim. Mais c'est l'heure de la composition. Mes parents n'ont pas la même approche de la musique. Ma mère est pianiste, mon père, lui, n'a pas toujours été musicien. D'abord coiffeur, Adolphe est venu tard à la musique, avec une liberté plus grande que ma mère, à défaut d'avoir sa pratique et sa culture. Il est maintenant professeur de chant. Rien à voir avec mon oncle François qui enseigne ses méthodes nouvelles à nos plus grands artistes lyriques. Adolphe a quelques élèves qui lui viennent de mon oncle François, quand ce dernier n'a pas le temps ou l'envie de s'intéresser à eux.

Quand nous sommes tous les deux, mon père aime me faire travailler la composition. Moi aussi, ça me plaît. Ma mère n'apprécie pas, mais tant que ça n'empiète pas sur mes heures avec elle et que je reste vissé au piano, elle ne voit pas pourquoi elle nous refuserait cette « récréation ».

Ce jour-là, mon père me présente un nouveau morceau de sa composition. En bas de la page, il l'a déjà signé de son nom, Bizet. « Joue-le, Georges ! » Cela me met mal à l'aise, je ne crois pas qu'il s'en rende compte. Je joue, une fois, dix fois, quinze fois en suivant ses indications, « mets plus de ceci, moins de cela, non, pas du tout, c'est plutôt… voilà ! Non. C'est pire. Reprends. Tout doucement ici. Arrête-toi ! » J'essaie d'être fidèle à ce qu'il attend de moi, sans comprendre exactement où il cherche à aller avec ce morceau. Son envie d'être un artiste m'émeut et me fait presque de la peine en même temps. Comme un homme qui chercherait désespérément à rentrer dans un club qui le rejettera toujours. Le pire, c'est quand, finalement, il me demande ce que je pense de son morceau. Je suis démuni. Je dis que c'est bien, c'est beau, c'est original. Je le dis avec conviction, parce que tout ce qui vient de lui me touche et m'intéresse, mais qui suis-je pour juger, du haut de mes sept ans ? Pourquoi mon avis compte-t-il pour lui ? Je ne veux pas de ce pouvoir sur lui, je voudrais que son attention se détourne au plus vite de moi et que l'on revienne au piano. Mon père me regarde, ne sachant que faire de mon avis aussi positif qu'embarrassé. Alors il me propose qu'ensemble nous l'améliorions. Je dis que non, c'est impossible, mais mon père insiste. Il précise qu'il me donnera un peu de pain et de beurre. Alors je me lance.

Contrairement à ma mère, il m'encourage à bouleverser le rythme, à décaler les notes, les accords. Enfin, je peux m'amuser. Je développe une suite de notes qui m'intéressent. Je les reprends, je trouve un thème que j'aiguise comme une lame pour lui donner toujours plus de tranchant, et un peu plus loin, je rapproche deux accords qui me rappellent quelque chose que j'ai entendu chez Mozart et que je joue très lentement pour que ce soit encore plus doux et plus triste. Maintenant je ne regarde plus la partition, ça y est, je suis ailleurs. Mon cœur entre dans le piano avec mes mains et la musique me revient dans la vague suivante. Quand je suis arrivé au bout de mon envolée, je me rappelle soudain où je suis, où sont mes mains, je redescends de mon rêve et je rouvre les yeux.

Inquiet, je demande si c'est mauvais.

– Je ne sais pas, dit mon père, c'est autre chose.

– Et pour le pain ?

Cet après-midi-là, comme tous les jours maintenant, nous allons chez l'oncle François. Je crois que ma mère cultive l'espoir qu'un peu de sa notoriété retombe sur moi. Je ne me plains pas de ces visites. Même si ma mère attend de moi que j'assiste aux leçons de mon oncle plutôt que de m'amuser, je ne rate pas une occasion d'essayer de me faire une place parmi mes huit cousins. Ils ne me regardent pas comme un projet, eux, mais comme un enfant. Ici, même la lumière semble plus chaude et dorée que chez nous où j'ai toujours l'impression que nous passons brutalement de l'obscurité à un rayon de soleil tranchant et aveuglant. Chez mes cousins, j'aime le couloir qui distribue les pièces. Quand on arrive à son bout, il tourne vers la droite et se prolonge presque d'autant vers les chambres à coucher. Chez moi, les adultes sont en majorité, ici, c'est le contraire. Cela n'empêche pas mes oncle et tante de crier, mais comme ils sont loin, cela ressemble à la liberté. Ici, je peux parfois me faire oublier de mes parents, caché sous un drap ou dans une malle, à rire pour rien avec ma cousine préférée.

Quand je passe devant la cuisine, Rosine, ma tante, me donne invariablement quelque chose à manger. Cela me semble la plus belle façon d'accueillir quelqu'un et surtout moi. Rosine sait le régime auquel me soumet ma mère pour plaire à François ; elle trouve cela grotesque. Rosine a de la peine pour moi. Quand elle me tend un bout de gâteau, je tombe amoureux. J'aime ses yeux, je voudrais les embrasser, me serrer contre son corps arrondi et respirer son parfum. Mais soudain, je sens le regard réprobateur de ma mère qui nous a vus et, pour lui plaire, je refuse poliment la friandise de Rosine. Voilà ma mère rassurée.

Aujourd'hui, Rosine est fâchée. Elle ne se sent plus chez elle dans sa cuisine envahie par les « vieux amis » de François. Sous prétexte de venir saluer le maître, un certain nombre de musiciens sonnent tous les jours, visitent surtout la cuisine et ne la quittent pas de l'après-midi. Je les ai déjà vus ici. Je ne comprends pas où est le problème. Ils n'ont pas l'air méchant. À plusieurs reprises, ils m'ont demandé comment j'avançais sur tel ou tel morceau de piano. Mais aujourd'hui, ils n'osent rien dire. Ils sentent la fureur de Rosine et restent là, derrière le buffet, attendant qu'elle s'éloigne pour recommencer à piocher avidement parmi les victuailles. Sur le seuil, Rosine se plaint à ma mère : chaque « ami » a normalement son jour, certains le mardi, d'autres le jeudi, mais maintenant, ils viennent quand ça leur chante et plutôt trois fois qu'une dans la semaine ; certains sont là tous les jours, il ne manquerait plus qu'on leur donne des ronds de serviette à leurs noms ! Ma mère se penche vers moi.

– Regarde-les attentivement, ces soi-disant amis de François.

Je n'en avais jamais observé plus d'un à la fois. Ma mère me fait remarquer leurs traits tirés, leurs mauvaises dents, leurs vêtements usés.

En quittant la cuisine, elle me met en garde. Voilà comment finissent les musiciens ratés. Ceux qui pensent avec leur ventre. Mon père nous a rejoints. Il connaît bien certains d'entre eux et dit à ma mère qu'elle exagère.

– Ah oui ? Ne sont-ils pas tous musiciens ? demande-t-elle.

– Si, concède Adolphe, sombre.

– Bientôt, on ne se rappellera d'aucun d'entre eux, me dit ma mère. Tu dois réussir, mon fils, à tout prix !

Et comme pour ne pas risquer d'être contaminé par l'échec et l'anonymat, ma mère m'entraîne vers le salon de musique.

La première fois que Georges rencontre Carmen, cette dernière est légèrement vêtue. La bohémienne danse, bras nus, cheveux pris dans un foulard, son corps généreux s'échappe de sa robe. Son regard est intense.

Georges, lui, est trop couvert pour la saison. Il est habillé d'un costume de velours, d'une chemise, d'un gros nœud papillon et d'un manteau. Pas vraiment la tenue idéale pour faire une impression sur la belle. Il tient la main de sa mère, ce qui n'est pas un signe d'émancipation de nature à séduire une gitane. Enfin, il est en train de courir parce qu'ils sont en retard. Il a chaud, il transpire. Disons qu'il n'a pas mis toutes les chances de son côté. En plus, il n'a que huit ans.

Carmen est représentée sur la couverture du nouveau livre de l'écrivain Prosper Mérimée. La rencontre se passe au coin d'une rue, devant une librairie. Georges est troublé par l'image de cette femme qui ne ressemble à aucune autre, sauf peut-être à Rosine, si elle s'habillait autrement. Il aime la silhouette de Carmen, son attitude de défi, l'assurance de se savoir désirable et de s'en amuser. Tout est déjà dans ce dessin, dans cette sensation d'être ailleurs, bien loin de Paris et de ses tons bruns et gris.

– Georges ? Georges ! Georges, enfin, tu m'entends ?

Georges est si loin… Georges qui a pourtant l'oreille fine n'entend rien, l'esprit absorbé par le dessin de Carmen. Il voudrait passer la journée là, enlever ce stupide nœud papillon, ce manteau, cette veste, s'allonger sur le sol de ce pays chaud et regarder cette femme danser encore et encore. Mais Aimée prend son fils par le bras et l'entraîne. Ramené dans le monde réel, Georges quitte l'image à regret. Il demande à sa mère qui est cette femme. Aimée répond simplement que ce n'est pas un livre pour lui. Il est bien trop jeune. Par-dessus son épaule, Georges regarde encore une fois la vitrine, pour saisir un dernier éclat de rouge et de noir.

Près du grand piano, François Delsarte, avec sa drôle de voix cassée, donne des conseils à son élève du jour. C'est un fameux ténor qui chante sans savoir que faire de son corps. Tantôt il est trop raide, tantôt il se met à gesticuler de façon lourde, presque comique. À l'exception de François, personne ne semble gêné par cette interprétation.

– Ça ne vous convient pas ? demande le ténor. Pourtant tout le monde chante comme ça !

– Effectivement, se lamente François, mais ce n'est pas une raison.

Delsarte interroge le ténor sur la figure qu'il interprète. Que veut le personnage, après quoi ou qui court-il, que désire-t-il, quelle est sa conviction profonde ? Comment son personnage évolue-t-il d'un acte à un autre ? Puis Delsarte se fait plus précis : dans quel état se trouve le personnage dans la scène qu'ils travaillent aujourd'hui ? Le ténor ne cache pas sa lassitude devant Delsarte qui, une fois de plus, fait du Delsarte. Ce que veut le ténor, c'est simplement prendre son cours de chant et apprendre une ou deux astuces pour embellir sa prestation. Il ne veut ni d'un cours magistral ni d'une explication de texte. Pourtant, il va y avoir droit. Parce que l'oncle de Georges connaît bien les chanteurs. Il en a été un lui-même avant de se casser la voix. C'est après cet accident qu'il a envisagé l'art de l'interprétation sous un nouveau jour et s'est mis à l'enseigner.

Un peu plus tard, François demande au ténor de découper le morceau qu'ils travaillent ce jour-là en plusieurs parties. Comment harmoniser la voix et le corps selon qu'on se trouve au début du morceau, à la moitié, ou à son paroxysme ? Troublé, le chanteur bute sur la dernière phrase. François lui demande de penser à la physiologie de la gestuelle. Cette fois le chanteur a l'impression qu'on lui parle une langue inconnue. Delsarte explique en des termes simples pourquoi le corps doit s'exprimer par la posture, les bras, les jambes, le visage autant que par le chant. Si le corps dévoile un sentiment ou une attitude en contradiction avec le chant, le ténor ne peut transmettre une émotion authentique au spectateur. Le chanteur finit par comprendre et se corrige. Le petit Georges assiste à cet échange avec fascination : en suivant les indications de François, le ténor parvient à trouver une posture plus naturelle, débarrassée de ses excès ; mais voilà que maintenant il chante faux. François lui en fait la remarque. Le ténor panique. François le rassure, ce n'est rien, simplement une étape de réglage, la justesse du chant va revenir. Mais pour le ténor, François est aussi fou que dangereux. Ce n'est pas un hasard si le Conservatoire l'a refusé comme professeur et que tout le monde le trouve impossible… Le ténor s'en va, furieux !

Dans l'entrée, Rosine croise le chanteur. Arrivée dans le salon, elle demande à son mari si cet élève reviendra. Non, dit Delsarte. Il a payé, au moins ? Non plus. Rosine accuse le coup. Comment tenir le foyer dans ces conditions ? Georges pose sa main sur celle de Rosine pour la consoler. François, lui, se soucie peu des difficultés financières ; tout ce qui compte, c'est la vérité du sentiment ! Il demande au petit Georges s'il a compris. Oui, répond l'enfant, mais à quoi bon, si les grands noms de la musique lui tournent le dos ? Georges a entendu dire que Berlioz, le fameux compositeur, n'a pas eu de mots assez durs pour critiquer François et ses méthodes originales. François fait remarquer que la vérité ne va pas toujours avec la mode de l'époque. Un silence tombe.

Pour détendre l'atmosphère, Adolphe propose à Georges de jouer quelque chose. L'enfant se met au piano et sort de sa poche la partition du dernier morceau composé par son père. Il l'interprète avec le souci de le défendre le mieux possible auprès de cet auditoire de qualité, mais l'accueil est bien froid. La musique d'Adolphe Bizet n'a pas effacé la tension entre François et sa femme. Aimée ne cache pas sa mauvaise humeur : elle n'aime pas qu'on improvise en présence de son frère. Gêné, Adolphe ordonne à Georges de jouer sa propre version de ce même morceau. Tout plutôt que ce silence ! Comme un bon petit cheval, Georges s'élance. Son attaque change, la mélodie se développe, le morceau est beaucoup plus rythmé, plus surprenant.

– C'est amusant. Je ne sais pas encore si c'est de l'art, mais il y a de la lumière, dit François. Et si on l'inscrivait au Conservatoire ?

– Georges n'a pas l'âge requis, proteste Adolphe.

Aimée veut pourtant que l'enfant tente sa chance, son fils peut tout ! Georges regarde son père reprendre discrètement sur le piano les partitions des deux versions de la composition. Sur celle de son fils, il écrit ACL (pour Alexandre-César-Léopold) Georges Bizet. Sur la sienne, avec mélancolie, Adolphe ajoute à son nom « Bizet », le mot « père ».

Alors qu'il avait une certaine réputation de son vivant, François Delsarte est tombé dans l'oubli après sa mort. Aujourd'hui, il n'est pas connu du grand public français. Pourtant, peu après sa disparition, l'enseignement de l'oncle de Georges s'est rapidement répandu de l'autre côté de l'Atlantique. Grâce à son approche non conformiste de ce qu'il appelait le travail conjoint de l'âme et du corps de l'interprète, il est considéré comme le père de la danse moderne américaine, influençant des danseuses comme Isadora Duncan et Martha Graham.

L'Américain Hermes Pan a été le chorégraphe de nombreuses comédies musicales avec Fred Astaire et Ginger Rogers dans les années 1930, dont *Top Hat* (*Le Danseur du dessus*). Pan a déclaré avoir été influencé toute sa vie par la physiologie de la gestuelle de François Delsarte, sans avoir jamais vraiment su qui il était.

Toute femme est amère comme le fiel. Mais elle a deux bonnes heures, l'une au lit, l'autre à sa mort.

Voilà la citation qui ouvre la *Carmen* de Mérimée. Pas très #Metoo.

Elle est d'un poète antique grec, Palladas.

Avant de devenir l'opéra de Georges, *Carmen* est donc une nouvelle écrite par Prosper Mérimée. L'écrivain, historien et archéologue né à Paris, effectua deux voyages en Espagne, en 1830 et en 1840. C'est aussi en 1840, qu'inspecteur général des Monuments Historiques, il confia la restauration de Notre-Dame de Paris à Viollet-le-Duc. Mérimée était un proche de María Eugenia Ignacia Agustina de Palafox y Kirkpatrick, sérieuse candidate au titre du nom le plus long du monde et dix-neuvième comtesse de Teba. On l'appelait aussi Eugénie de Montijo, c'était la future impératrice des Français. Lors d'un voyage en Espagne, la mère d'Eugénie raconta une histoire à Prosper, celle d'une bohémienne assassinée par jalousie. Voilà comment est née la Carmen de Mérimée. La nouvelle fut d'abord publiée en 1845, dans *La Revue des deux mondes*. Elle sortit un an plus tard sous forme de livre, accompagnée de deux autres nouvelles. Dans une lettre à un ami, Mérimée avoua que *Carmen* serait restée inédite s'il n'avait eu besoin de s'acheter des pantalons. Voilà une glorieuse naissance.

Comme vous peut-être, j'ai étudié la *Carmen* de Mérimée à l'école, sans doute trop jeune, avec le souvenir de n'avoir pas été particulièrement troublé par le personnage. En classe de cinquième, guidés par leurs professeurs, les préadolescents comprennent que cette bohémienne joue de ses charmes pour obtenir ce qu'elle veut des hommes. Que Don José comme le narrateur tombent dans le panneau, que la passion est destructrice et qu'il vaut mieux s'en tenir à l'écart, vivre une vie calme et ordonnée, et gna gna gna et gna gna gna. Pourquoi Georges Bizet, enfant bien comme il faut, devenu un jeune homme toujours bien comme il faut, cherchant à faire plaisir à tout le monde, est-il tombé follement amoureux de ce personnage ? Mystère. Qu'a-t-il vu dans cette femme outrancière et sulfureuse pour avoir eu envie de la transformer en une icône universelle ?

– C'EST QUI, CARMEN, Maman ?

– Ne compte pas sur moi pour te répondre.

– C'est qui, Carmen, Papa ?

– Je crois que ta mère aimerait que tu t'exprimes un peu mieux. Surtout si tu comptes faire impression ici.

– Qui est Carmen, Papa ?

– C'est déjà mieux. Mais je ne sais pas si ta mère veut en parler.

– Qui est Carmen, Maman ?

– C'est une horrible histoire de ce que j'en sais. Et tu es beaucoup trop jeune.

C'est à ce moment que je comprends qu'on peut être trop jeune pour certaines choses et pas pour d'autres. Me voilà assis sur un banc, entre mes parents, dans un couloir. Nous sommes une vingtaine de candidats à attendre, ce matin. Je suis visiblement le plus jeune. Ce n'est pas un problème pour ma mère. Mon père est plus soucieux, comme toujours. Que diront les professeurs quand ils sauront l'âge que j'ai ? Me donneront-ils ma chance ? M'interdiront-ils de revenir plus tard, faute d'avoir respecté la consigne cette fois-ci ? Ma mère a quelque chose de Carmen. Elle se moque de ce qu'on va lui dire à partir du moment où elle est convaincue que ma place est ici. Si Carmen avait vécu assez longtemps et avait eu des enfants, quelle mère aurait-elle été ?

J'étouffe dans mon manteau. Ma mère m'autorise à l'enlever. Je m'agrippe au banc. Quelques grands garçons se demandent ce que je fais là, si jeune, et m'envoient des regards mauvais, mais pas aussi mauvais que ceux de leurs parents. Ma mère m'encourage à les ignorer. J'ai envie de partir. J'ai l'impression d'être à une foire aux bestiaux où chaque propriétaire évalue la concurrence en essayant de ne pas avoir l'air impressionné. Je suis le plus jeune veau, prêt à se casser la figure à chaque pas. Pour détourner mon attention, ma mère me donne à lire des partitions que je connais par cœur. Je n'arrive pas à m'y intéresser, j'écoute les conversations à voix basse à mon sujet, les froissements des vêtements et la musique venant de la pièce voisine. Le candidat interprète l'opus 2, les sept variations du compositeur Franz Liszt, d'après Rossini. Ça va vite. C'est brillant. Ça m'impressionne. J'aimerais savoir jouer comme cela. Ma mère le joue merveilleusement, mais peut-être pas aussi vite. Liszt, né dans l'empire d'Autriche en 1811 (ma mère me fait passer des examens de connaissances musicales tous les après-midi), a composé ces variations à l'âge de douze ans. Et là, derrière la cloison, un enfant sans doute du même âge essaie de faire preuve de la même virtuosité dans l'exécution. C'est osé. Je repère deux fautes minimes. La porte s'ouvre sur le garçon, le visage baigné de larmes. Ses parents l'entourent, amèrement déçus. Leur fils n'entrera pas au Conservatoire national. Mais ce n'est pas lui que tout le monde observe. Un homme de belle allure passe devant nous. Tous les regards sont sur lui, c'est une célébrité. Ma mère m'explique à voix basse que c'est Fromental Halévy. Je connais ce nom, ce monsieur est professeur au Conservatoire, et c'est surtout le fameux compositeur de *La Juive*. Il a de longs sourcils derrière de petites lunettes, un menton en avant et le front dégarni. Spontanément, je commence à chantonner un extrait de *La Juive*, la mélodie « Ô Dieu, Dieu de nos pères » de l'acte II. J'aime l'ambiance de cet opéra. C'est à la maison, en écoutant derrière la porte, pendant que mon père donne ses cours, que j'ai appris à chanter à peu près correctement et de mémoire des morceaux de plus en plus complexes. Mais là, je ne suis pas à la maison. Ma mère me fait taire. C'est trop tard. Fromental s'est tourné vers moi et me regarde par-dessus ses petites lunettes. Il me considère avec hauteur, presque avec dédain, moi qui suis le plus petit. Je sens aussi chez lui une certaine joie d'être cité par un enfant. Sans commentaire, il entre dans la pièce où l'on juge les prestations musicales des candidats. Je l'entends échanger quelques mots avec l'examinateur que je n'ai pas encore vu.

– Alors ? demande Fromental.

– Le niveau est mauvais, bien mauvais.

– Je viens vous soutenir quelques minutes avant d'aller déjeuner.

– Comment ces parents n'ont-ils pas la lucidité de se rendre compte par eux-mêmes que leurs enfants n'iront nulle part ? Et en plus c'est à moi de le leur annoncer. Joyeux programme ! Suivant !

Ma mère me soulève et m'entraîne. Mon père nous suit dans la pièce. C'est une grande salle pourvue de deux hautes fenêtres. La lumière tombant vers nous m'éblouit. Est-ce fait exprès ? On me demande d'approcher. Je vois un peu mieux. Il y a un piano à queue, comme chez l'oncle François. Un homme à la splendide moustache occupe le milieu de la pièce, c'est Meifred, professeur de cor à pistons. Il est plus vieux et plus rond que Fromental qui se tient à ses côtés.

– Les petits frères doivent attendre à l'extérieur.

Ma mère réplique que je suis fils unique.

– Tu viens voir un cousin, un ami ?

J'ai envie de m'enfuir, une fois de plus. Aimée me pousse en avant.

– Quel âge as-tu ?

– Neuf ans, répond mon père, embarrassé.

– Votre enfant est bien jeune, dit Meifred avec une moue dédaigneuse.

Mon père réplique que si je suis petit par la taille, je suis déjà grand par mon savoir, phrase que je trouve prétentieuse. Où est la sortie ?

– Certes, répond Meifred, las de ce défilé de parents convaincus qu'ils ont enfanté un nouveau Mozart. Mais votre fils a-t-il conscience que personne n'est aussi jeune, ici ? Il y a même un âge minimum. Dix ans. C'est le règlement.

– Eh bien vous le changerez, dit crânement Aimée.

Meifred soupire en échangeant un regard avec Fromental amusé.

– Vous ai-je dit que mon fils est le neveu de François Delsarte ?

– Madame, ce matin j'ai vu dix-neuf mères m'assurer que leur fils allait être différent des autres. Mais nulle différence, ce qui pourtant m'aurait fait plaisir, je vous assure, tant je m'ennuie devant ces promesses non tenues.

– Que sait-il faire ? demande Fromental Halévy.

– Placez-vous devant le clavier et frappez des accords, propose ma mère à Meifred.

– Alors c'est à moi de jouer ? dit Meifred. C'est original.

– Au moins vous ne serez pas obligé d'entendre des fausses notes, comme avec les enfants précédents, tente mon père pour être drôle.

– Frappez les accords, répète ma mère, et Georges les nommera sans faire d'erreur.

– Vraiment ? demande Meifred, surpris.

Il hésite un instant, puis va s'asseoir au piano. Ma

mère m'entraîne un peu plus loin, puis me fait pivoter pour que je me trouve dos à l'instrument.

Intrigué, Meifred joue un accord.

– *Do.*

Il en joue un autre.

– *Sol* majeur.

Il en joue un troisième.

– *La* mineur.

Il en joue quatre à la suite.

– *Ré* mineur. *Sol 7*e, *fa* mineur, *si 7*e.

Cette fois, il en joue sept. Sans joie particulière, je nomme tous les accords.

– Retourne-toi, mon garçon, dit Meifred.

À nouveau, la lumière m'éblouit, je baisse les yeux. Ma mère me relève la tête. Si vous aviez vu la fierté dans son regard ! Meifred me toise. Il trouve que je fais preuve d'une oreille particulièrement exercée.

– Toi, mon garçon, tu vas tout droit à l'Institut. Tu maîtriseras la théorie musicale comme personne. On va te trouver une place d'auditeur libre dans la classe de piano de Marmontel, un ami de ton oncle.

– On se recroisera, mon garçon, me dit Fromental Halévy en me serrant la main.

Oh ça oui. Je vais même épouser sa fille qui n'est pas encore née. Pour mon malheur.

– BIEN, GEORGES, le quai Conti, ce n'est pas compliqué, mais ne te perds pas en chemin, je t'ai dessiné un plan, c'est presque tout droit. De toute façon, tu vas vers le sud et si tu es perdu, tu demandes comment rejoindre la Seine. Une fois arrivé sur les berges, tu prends le Pont-Neuf, tu dépasses l'île de la Cité puis en arrivant sur l'autre rive, tu tournes à droite. C'est là, le quai Conti. En arrivant à l'Institut, tu demandes où habite ton professeur, tu as compris ?

– Maman, j'ai seize ans et j'y suis déjà allé dix fois.

Le ciel est sombre par les fenêtres de l'appartement familial des Bizet, rue de la Tour-d'Auvergne. Il est encore tôt dans l'après-midi, mais Adolphe a allumé une lampe pour pouvoir lire son journal. C'est un samedi d'automne de 1854. Georges a bien grandi. Il porte des lunettes. Il a toujours cet air un peu triste qu'il cache derrière de grands sourires soudains qui trompent et réjouissent sa mère.

– Arrête de me faire rire. Laisse-moi te regarder.

– J'ai chaud, Maman.

– Oui, mais tu es élégant. Je veux que tu sois le plus beau possible pour faire ton entrée dans le salon de ton professeur. Tu l'aimes, ce professeur, non ?

– Oui.

– Évidemment. Avoir Fromental Halévy comme professeur au Conservatoire national ! Tu ne mesures pas ta chance. Et tu es sûr que Franz Liszt sera là ?

– Je ne sais pas. C'est Fromental qui a dit que…

– Ça me suffit. Alors, s'il est vraiment là, que lui dirastu ?

– À Fromental ?

– Non, à Liszt !

– « Monsieur Liszt, vous avez toute mon admiration et vous êtes une inspiration pour moi comme pour tous les jeunes pianistes. »

– Tu n'as pas l'air d'y croire.

– Je n'y crois pas. J'admire sa technique, mais ce n'est pas une inspiration pour moi.

– Dis-lui quand même, ça lui fera plaisir. Et aie l'air d'y croire. Tu t'es coiffé ?

– Oui.

– On ne dirait pas. Donne-moi la brosse. Et fais attention à ne pas te salir en chemin.

Par la fenêtre, Aimée regarde son fils partir. Elle confie à Adolphe combien elle est satisfaite devant tant de bonne volonté de la part de leur fils. Heureusement que Georges ne se rebelle jamais. Effectivement, reconnaît Adolphe sans bien se l'expliquer.

Pas facile de ne pas se salir en chemin, pense Georges en arpentant les rues mouillées qui descendent vers la Seine. Il se répète le compliment pour Liszt sans y croire davantage. Franz Liszt fascine tout le monde en Europe à juste titre par sa technique, sa virtuosité, son aisance, sa rapidité stupéfiante. C'est à se demander comment il peut réussir à composer et à interpréter des œuvres aussi complexes sans jamais avoir l'air d'hésiter ni besoin de ralentir. À ce moment-là, on sait déjà que le prodige hongrois restera dans l'histoire. Dans un récital, ce n'est pas le genre de pianiste après lequel on aimerait passer. Georges reconnaît volontiers l'immense talent de Liszt qui le laisse pourtant un peu froid. Avec les années, le jeune homme prend de plus en plus conscience qu'il a besoin d'être ému par la musique pour en admirer le compositeur ou l'interprète. Mais sa mère lui a dit de faire son compliment, alors il le fera. Ce n'est pas aujourd'hui qu'il va commencer à désobéir.

Quai Conti, Georges monte les marches menant aux appartements privés de l'Institut. Fromental Halévy y loge depuis qu'il a été nommé secrétaire perpétuel de l'Académie des beaux-arts. Dans l'escalier, Georges a une drôle de sensation : devant lui, des manutentionnaires montent une commode en bien mauvais état. Ne se trompent-ils pas de direction si c'est pour s'en débarrasser ? À leur suite, Georges entre chez les Fromental. Une femme se tient là, l'air égaré. C'est Léonie, l'épouse de Fromental, une femme au visage rond et au regard inquiet. Elle ne semble pas voir Georges qui lui présente ses respects. Les porteurs posent la commode abîmée au beau milieu de l'entrée. Plutôt que de les engager à la mettre ailleurs pour libérer le passage, elle les enjoint à vite aller chercher le reste en bas.

Léonie se plaint du froid alors qu'il fait une chaleur étouffante dans l'appartement. Fromental Halévy arrive et pose un châle sur les épaules de sa femme. Se sentant de trop, Georges salue brièvement son professeur avant de prendre congé, il a dû se tromper de jour, il croyait venir pour le récital, or ils sont visiblement en plein aménagement. Non, Georges ne s'est pas trompé.

Fromental entraîne son élève à l'écart et lui explique qu'il s'agit de la dernière extravagance de sa femme, rentrée de clinique. Elle s'entiche d'un tas de choses qu'elle fait aussitôt livrer ici, avant que de nouvelles lubies la prennent le lendemain. Cette fois, c'est tout un lot de meubles bons pour le rebut que Léonie a acheté ce matin chez un antiquaire et pour lesquels ils n'ont pas de place… et surtout ce n'est pas le moment, le jour où il tient salon. Malheureusement, les nerfs de Léonie sont fragiles et ses fréquents séjours en maison de repos n'y changent rien.

Au cours des années, Georges a développé une véritable affection pour son maître. Il a de la peine en voyant à quel point Fromental a l'air épuisé. Ce dernier s'inquiète surtout pour ses filles. Grandir auprès d'une mère instable est un fardeau. Justement, Georges entend des pleurs d'enfant. Esther, onze ans, et sa petite sœur Geneviève, jolie fillette de six ans, rejoignent leur père. Leur chambre a été envahie de vieux meubles ; elles n'ont plus la place d'y jouer ni même de s'y déplacer. Désemparé, Fromental serre ses filles contre lui alors que les premiers invités font leur entrée. Un employé de maison prend leurs manteaux. Georges demande s'il est vrai que Franz Liszt va venir. Oui, ce sera un témoin de plus de la déchéance familiale, soupire Fromental en observant sa femme s'agiter en tous sens. Léonie demande aux invités de dégager le passage parce qu'elle attend des meubles. Franz Liszt fait alors son entrée : cheveux longs, traits réguliers, pommettes hautes, regard intense, quarante-trois ans. Bien qu'immobilisé, ses filles toujours serrées contre lui, Fromental serre la main de son célèbre confrère et le remercie d'avoir accepté son invitation. Georges s'apprête à se présenter au grand homme et réciter son compliment comme il l'avait prévu, quand, au dernier moment, il décide d'entraîner les filles en pleurs à l'écart.

Le salon est maintenant plein de monde. Plusieurs personnes assez élégantes sont assises face au piano.

Fromental joue un air de son dernier opéra, *Le Nabab*, pour le bonheur des invités. Au même moment, à quatre pattes, Georges joue à cache-cache avec les filles qui ont oublié leur chagrin. Leur cousin Ludovic Halévy, dix-huit ans, neveu de Fromental, les regarde d'un air amusé. Esther, Geneviève et Georges se poursuivent entre chaises et fauteuils, passent derrière les canapés, frôlent des robes, des pantalons. Elles glissent sous la chaise d'une femme saisie par l'extase musicale. Georges hésite un instant à emprunter le même passage que les filles. Trente ans, les cheveux noirs, la taille fine et la poitrine généreuse, elle ressemble aux créatures qui hantent les rêves de Georges pour le couvrir de baisers. Elle a la bouche entrouverte. Son corps respire au rythme de la musique de Fromental. Elle pourrait ne rien remarquer. Mais Georges se raisonne, il n'est plus un enfant. Ce n'est pas drôle de grandir, se dit-il en contournant l'obstacle.

Le voici devant une grosse armoire en bois de chêne, sans doute laissée là par les livreurs. Elle est couverte de poussière et Georges aperçoit des fourmis qui montent le long de ses flancs. Ses battants sont mal fermés. À ce moment, Fromental termine son interprétation. Tous l'applaudissent. Il remercie son auditoire, puis se tourne vers son prestigieux invité et lui demande si, par hasard, il n'aurait pas, lui aussi, quelque chose à jouer ? Comme il se doit, Franz Liszt se fait un peu prier, puis se met au piano.

Le prodige hongrois se lance alors dans un morceau

virevoltant d'une technicité et d'une difficulté sidérantes. De son côté, alors qu'il contourne l'armoire suspecte, Georges est immédiatement frappé par la qualité d'exécution et la complexité de ce qu'il entend. Pour autant, il ne perd pas de vue son objectif, retrouver Esther et Geneviève. Il ouvre le battant droit de l'armoire… Il y a là une silhouette cachée sous une couverture, d'où dépassent les deux pieds d'Esther. Il ouvre alors l'autre battant. La petite Geneviève est là. Elle croit se soustraire au regard de Georges en se cachant les yeux avec les mains. Le jeune homme a quelques scrupules à mettre fin à la partie. Il décide de passer son chemin comme s'il n'avait rien vu. Il jette alors un regard au salon. Liszt développe son motif avec toujours plus d'aisance et de puissance. Fromental l'écoute avec admiration. Le public est fasciné. Même si Georges goûte modérément l'œuvre de Liszt, la prouesse n'en demeure pas moins extraordinaire. C'est un feu d'artifice de notes qui va crescendo. Égarée, Léonie déplace un petit guéridon boiteux qu'elle vient d'acquérir : triste spectacle. Embarrassé, Fromental espère que personne ne lui prête attention. Heureusement, le morceau de Liszt se termine, tous les regards sont sur lui, on l'applaudit vivement.

Liszt se lève, salue l'auditoire et annonce avec une certaine fierté qu'il n'y a que deux personnes au monde capables de jouer le morceau qu'il vient d'interpréter, Hans Von Bülow, le fiancé de sa fille, et lui-même. On apporte à boire.

Soudain, porté par une force inconnue, le jeune Georges traverse le salon et s'approche du piano. Il regarde la partition du virtuose hongrois, prend place sur le tabouret et se lance… Première note, deuxième, dixième, centième, millième, il rejoue intégralement le morceau que vient d'interpréter Liszt, à la même vitesse que son prodigieux prédécesseur, avec plus de maestria encore. Georges lève de temps en temps les yeux vers Fromental qu'il a réussi, par cette audace, à tirer de sa mélancolie. Fromental en oublierait presque la folie de sa femme : il est stupéfait de voir son élève se mesurer ainsi à l'invité de marque. S'il s'inquiète de la réaction de Liszt, une joie de plus en plus manifeste s'empare de lui. Au lieu de faire le compliment répété avec sa mère, voici que Georges vole la vedette au Hongrois. Sans calcul. En suivant seulement son élan. Le morceau se termine en apothéose : Georges n'a pas fait une seule faute. Le public, saisi autant par l'audace que par la jeunesse de son interprète, voudrait applaudir, mais attend la réaction du maître.

Un silence, puis Liszt :

– Nous étions deux, maintenant nous sommes trois, et le plus jeune est le plus doué !

JE NE SUIS PAS DE CEUX qui aiment comparer la taille de leur verge à celle des autres. Je ne dis pas que le sujet ne m'intéresse pas. Simplement, je me demande si mon manque de passion pour ce sport ne m'a pas valu de sérieuses déconvenues dans mon travail.

À chaque fois que je me suis trouvé en conflit avec un commanditaire au sujet d'un projet d'opéra, je ne pensais qu'à la musique. Serait-elle meilleure si on faisait ce que cette personne disait ? Ou avais-je raison de défendre mon point de vue ? Je n'étais pas assez naïf pour ne pas comprendre que, comme partout ailleurs dans la société, il y avait des jeux de pouvoir à l'œuvre. Je me doutais bien que les demandes de mon interlocuteur étaient souvent motivées par ses ambitions personnelles. Mais quand je parlais d'un projet d'opéra, j'oubliais tout le reste. Comment faire pour qu'il soit éblouissant ? Pourquoi choisir tel librettiste alors que tel autre serait bien meilleur ? Comment convaincre ? Je n'ai jamais su maîtriser l'art de la manipulation. Je n'ai pas su faire preuve de stratégie quand il s'agissait de créer. Si j'avais compris ces jeux qui ont lieu partout et même dans la musique, si j'avais su prendre part à cette tauromachie, j'aurais brillé plus vite certes, mais aurais-je été l'homme de Carmen ?

Florence, mardi 19 janvier 1858

Chère Maman,

Nous partons demain matin, à six heures, pour Rome. Le voyage en voiturin ne laissant pas beaucoup de temps aux correspondances, je t'envoie ce soir de mes nouvelles. Tout va toujours pour le mieux. Le temps est de plus en plus beau, mon rhume se perd dans la nuit des temps. Les camarades sont toujours les mêmes, Colin seul est mélancolique. Il a eu une suite de malheurs comiques qui ont fait son désespoir et notre bonheur : un chapeau brûlé, un paletot déchiré, des chaussettes perdues, etc.

Mais parlons de choses sérieuses. Comment allez-vous tous deux ? Il y a eu à Paris, à ce qu'il paraît, un attentat à la vie de l'empereur. Si je ne vous savais pas si sédentaires, je serais très inquiet, mais je pense bien qu'il ne s'est trouvé personne de mes amis dans cette bagarre. Donne-moi quelques détails, car nous vivons comme des crétins. Du reste, nous aurons des journaux à Rome. Ce que tu m'as dit dans ta lettre au sujet de l'argent m'a ennuyé. J'espère que les leçons iront assez bien pour vous remonter un peu et boucher le gros trou que j'ai fait en partant de Paris.

Rome, vendredi 26 février 1858

Merci chère Maman de tes recommandations, mais encore pour cette fois, elles sont superflues. On voit que tu ne te doutes pas de la vie de l'Académie. S'occuper de politique, mon Dieu ! Mais on ne sait seulement pas ce qui se fait et on ne tient pas à le savoir. On vit tout à fait en artistes, c'est-à-dire que toutes les préoccupations étrangères à l'art et au bien-être de chaque individu sont complètement bannies de notre existence. Tu ne t'es pas trompée, je me suis beaucoup amusé au carnaval. J'ai été en voiture avec quelques camarades et là, nous avons jeté des bouquets et des confetti[1] *à pleines mains. Rien n'est plus charmant que le carnaval à Rome. Toutes les fenêtres sont garnies de femmes charmantes, presque toutes habillées à la romaine. C'est une pluie de fleurs et de confetti qui vous fleurit ou vous blanchit. M. Schnetz a donné un bal masqué. Je me suis fait faire, par la femme d'un de nos domestiques, un ravissant costume de bébé. J'ai eu un succès fou, qui revient tout entier à la faiseuse. Je conserve tous les bibelots pour te les montrer à mon retour et pour me déguiser au besoin.*

1. Dragées de plâtre.

Rome, 16 mai 1858

Chère mère,

Je m'attache de plus en plus à Rome. Plus je la connais, plus je l'aime. Tout est beau, ici. Chaque rue, même la plus sale, a son type, son caractère particulier ou quelque chose de l'antique ville des Césars. Chose étonnante, les objets qui me froissaient le plus à mon entrée à Rome font maintenant partie de mon existence : les madones ridicules au-dessus de chaque réverbère, le linge à sécher étendu à toutes les fenêtres, le fumier au milieu des places, les mendiants, etc. Tout cela me plaît et m'amuse, et je crierais au meurtre si on enlevait un seul tas de boue.

Rome, 30 octobre 1858

Chère Maman,

Je n'ai pas besoin de te dire que ta dernière lettre m'a inquiété. Les nouvelles de ta santé m'ont fort affligé ; tu as beau me persuader que tu te soignes, je n'en crois rien. C'est si peu dans tes habitudes ! J'espère bien que ta prochaine lettre m'apportera un mieux sensible.

Soigne-toi, je t'en prie, vois un médecin, en un mot, agis comme tout le monde : je ne connais que toi qui te refuses à croire que les soins puissent avoir une influence salutaire sur la santé.

1861. LORSQUE GEORGES RENTRE de ses trois années de soleil et d'insouciance à la villa Médicis à Rome, c'est pour enterrer sa mère. Le cercueil, fort simple, descend dans la tombe. François Delsarte, Rosine et leurs enfants sont présents. Georges soutient son père Adolphe qui se sent incapable de rien faire sans sa femme. Georges tente de le rassurer. Je suis là.

L'année suivante, c'est Fromental Halévy qui est porté en terre. Cette fois, le cercueil est luxueux. Esther et Geneviève pleurent ce père tant aimé. Leur mère Léonie semble plus folle que jamais. Esther sera à l'abri, elle vient de se fiancer à son cousin, Ludovic Halévy, maintenant âgé de vingt-huit ans. Auteur du livret de nombreuses opérettes à succès, notamment pour Jacques Offenbach, il a une bonne situation. Georges, triste de perdre son cher professeur, s'inquiète aussi pour la fille cadette de Fromental. Geneviève a treize ans. Qui va veiller sur elle désormais ? Il va vers la jeune fille, quand Léonie, en quête de réconfort, s'interpose et serre son gros corps contre lui.

1864. Un troisième cercueil descend en terre. Face à la tombe, Geneviève, maintenant âgée de quinze ans, est devenue une jeune fille gracieuse. Hagarde, Léonie s'approche. Les employés des pompes funèbres remontent leurs cordes. Léonie ne fait que répéter « ce n'est pas possible ». Geneviève jette une pleine poignée de terre sur le cercueil, puis une deuxième, puis toute la terre, comme enragée. Sa sœur Esther vient de mourir à vingt et un ans.

L'appartement de Léonie et Geneviève, où tous se réunissent après l'enterrement, est envahi de vieilles armoires poussiéreuses semblables à des cercueils. Georges est accompagné de Marie Reiter, une grande rousse pulpeuse, dans le genre de Rosine Delsarte. À cette époque, Georges est toujours au bras d'une jolie femme, mais c'est rarement la même. Georges et Marie rejoignent Ludovic. Georges le serre dans ses bras. Le librettiste qui vient de perdre sa fiancée est inconsolable. Léonie les rejoint. Comme si de rien n'était, elle interroge Georges :

– Alors, votre opéra ?

– Mon premier opéra, oui, avoue Georges, ne sachant trop à quoi s'attendre. Il se joue depuis quelques jours.

– Quel en est le titre ?
– *Les Pêcheurs de perles*.
– Ça marche ?
– C'est mitigé.
– J'en étais sûre, répond Léonie en avalant un éclair au café, tenez, regardez celle-là, dit-elle en désignant Geneviève. Quelle honte !
Georges et Ludovic se tournent vers la jeune fille, figée comme une statue au milieu du salon. Deux hommes lui parlent, elle ne semble pas les entendre. On lui tend une tasse de thé qu'elle tient un court instant avant de la laisser tomber. La porcelaine se brise.
– Tu ne peux pas te tenir un peu mieux ? lui demande Léonie.
– Non, répond la jeune fille, comme réveillée.
Georges ramasse les morceaux de porcelaine.
– Tiens-toi correctement ! ordonne Léonie. Montre un peu de dignité !
– C'est trop me demander, rétorque Geneviève.
– Alors va dans ta chambre !
– C'est plutôt à toi d'aller dans la tienne !
Les conversations s'interrompent.
– Comment oses-tu parler ainsi à ta mère ?
– Comment oses-tu prétendre encore être une mère ?
– Sors d'ici !
Geneviève ne se fait pas prier. Dans la rue, elle pousse un cri de rage. Elle voudrait sa grande sœur pour la consoler. À défaut d'Esther, Georges la rejoint et lui

donne son manteau. Il ignore ce qui est arrivé. Elle lui dit tout.

Quelques jours plus tôt, Léonie était, comme souvent, en maison de repos. Esther, sa fille aînée, est venue lui rendre visite. La nuit, prise d'un nouvel accès de folie, Léonie s'est jetée dans la pièce d'eau glacée du jardin. Réveillée à temps, Esther s'est précipitée pour sauver sa mère de la noyade. La jeune fille est morte des suites de ce bain glacial. Georges est désemparé.

MALGRÉ SON PREMIER PRIX de Conservatoire suivi du grand prix de Rome, son aisance musicale insensée, ses dons d'interprète et de compositeur, à vingt-sept ans, Georges enchaîne les cours de piano avec des enfants sans prédispositions particulières ni envie d'apprendre, mais dont les parents sont prêts à payer pour croire le contraire.

Un soir, au terme d'une de ces journées ô combien frustrantes, Georges se rend au Théâtre-Lyrique, place du Châtelet, au cœur de Paris, avec un peu d'espoir.

Dans le foyer, il aperçoit Ludovic Halévy. Un an a passé depuis la mort d'Esther. Les deux hommes se sont rapprochés. Georges apprend à Ludovic la bonne nouvelle :

– Carvalho, le directeur du Théâtre-Lyrique, a une proposition pour moi ! J'ai bon espoir qu'il me commandera un nouvel opéra, malgré l'échec des *Pêcheurs de perles*.

– Formidable ! s'écrie Ludovic.

– Merci. J'ai apporté des sujets empruntés à mes auteurs préférés : Hugo, Flaubert…

– Je t'arrête. Carvalho veut un succès. Il en a besoin, crois-moi.

– Et alors ? demande Georges.

– Il va sans doute te proposer des valeurs sûres, des œuvres qui sentent le renfermé avec des librettistes de la vieille école.

– Mais non !

– J'espère me tromper.

– Sûrement ! Je te préviens, si jamais il me propose des choses dans ce goût-là, je refuserai, pas question de faire du vieux !

Quelques instants après, Georges se retrouve face au directeur du Théâtre-Lyrique. Né sur l'île Maurice, âgé de quarante et un ans, doté d'un front large et dégarni, le nez imposant, les joues couvertes de longs favoris, Léon Carvalho est un ancien chanteur au tempérament sanguin. Il est heureux d'accueillir Georges.

– Je le suis tout autant, avoue Georges, j'ai terriblement besoin de travailler. Je n'en peux plus des petits cours de musique ! Et je ne vous parle pas des transcriptions d'opéra pour piano que je réalise pour l'éditeur Choudens afin de compléter mes revenus…

– Eh bien ne m'en parlez pas !

– Ah ? Bien. Je vous demande pardon.

– Bizet, je ne vais pas y aller par quatre chemins, j'ai envie de travailler de nouveau avec vous. J'aime aider les jeunes compositeurs, surtout quand je peux les tirer de situations difficiles.

Ce discours réjouit Georges qui s'imagine déjà en train de dire à Ludovic combien il avait tort : Carvalho est l'homme de la situation ! Georges, assis en équilibre sur le bord du fauteuil, s'installe plus confortablement.

– Bizet, je vais achever de vous mettre à l'aise. Contrairement à ce que vous pensez, *Les Pêcheurs de perles* que nous avons fait ensemble n'a pas été un échec !

– Vraiment ? Dix-huit représentations, ce n'est pas un échec ?

– C'est un résultat prometteur !

D'expérience, Georges sait que les moments où on le complimente sont de courtes parenthèses dans une vie rarement bienveillante. Il décide de saisir sa chance.

– Pour le livret, j'ai pensé à Victor Hugo ou à Lamartine…

– J'aime beaucoup Hugo et Lamartine, moi aussi, dit Carvalho. Mais pour le Théâtre-Lyrique, vous n'y pensez pas.

– Non ?

– Ce sont de grands poètes, mais ils ne rempliront pas notre théâtre. Et même si vous avez eu un succès prometteur, vous n'êtes pas encore suffisamment connu. Vous avez besoin d'un succès ! Et moi aussi !

Georges baisse la tête, déçu. Carvalho le voit.

– Que diriez-vous de l'histoire d'une femme courtisée par plusieurs hommes ?

La curiosité de Georges est piquée.

– La *Carmen* de Mérimée ?

– Mais non, répond Léon Carvalho. Bien trop sulfureux ! Non, j'ai pensé à une œuvre de Walter Scott.

– Walter Scott, l'auteur des récits de chevalerie ? N'est-ce pas un répertoire usé jusqu'à la corde ?

– Mais tellement populaire, réplique Carvalho.

– J'ai adoré *Ivanhoë*, reconnaît Georges, il m'a fait rêver de l'Écosse… C'était dans mon enfance !

– Vous devriez le relire, dit Carvalho. Vous êtes un romantique, Bizet, vos univers pourraient se nourrir l'un l'autre. Vous rappelez-vous *La Jolie Fille de Perth* ?

– Vaguement, répond Georges, dépassé mais pas assez sûr de lui pour s'opposer au directeur du Théâtre-Lyrique.

– Les librettistes Jules Adenis et Jules-Henri Vernoy m'ont proposé de l'adapter.

– Vernoy ? Né au XVIIIe siècle, le « Père Éternel du livret » ! Il est encore vivant ?

– Il a du métier, ils en ont tous les deux !

– Puis-je être franc ?

– Évidemment.

– Sont-ils de vos amis ?

– Non.

– Je trouve que leurs livrets sont de plus en plus compliqués et poussiéreux.

– Diantre, vous n'êtes pas tendre.

– J'avais beaucoup d'espoir en venant ici, avoue le compositeur. Je vous prie de m'excuser si mes propos peuvent paraître hautains. J'imaginais que ce rendez-vous prendrait une tout autre direction.

Pour toute réponse, Carvalho saisit un dossier sur son bureau.

– Le contrat est prêt. Mais si vous n'êtes pas intéressé, je peux toujours proposer l'opéra à Gounod.

– Pardon ?

Georges se revoit alors enfant, chez son oncle Delsarte, dans la cuisine pleine de musiciens affamés tombés dans la déchéance. Il entend la voix de sa mère lui intimant de réussir à tout prix. Georges est tiré de ce souvenir par la voix de Carvalho, charmeuse.

– Si vous vous y mettez assez rapidement, nous pourrions ouvrir en décembre. Ce pourrait être formidable de jouer à Noël, glisse Carvalho.

– Si vite ?

Georges se dit que, pour une fois, les échéances de paiement ne seront pas trop lointaines. En un instant, il a piétiné ses ambitions.

– Ce pourrait être de l'argent vite gagné, insiste Carvalho.

Georges sort du bureau du directeur. Dans le foyer, il aperçoit Ludovic qui l'interroge du regard. Sombre, Georges se détourne et sort.

RENTRÉ CHEZ LUI, Georges se tient des propos pleins de bon sens. En dînant, il se répète « dans la vie, on ne fait pas toujours ce qu'on veut ». En se brossant les dents, il marmonne « estime-toi heureux d'avoir une commande ». En faisant ses exercices physiques, il se morigène « ce n'est pas parce que ça te semble une mauvaise idée que c'en est une » et en s'asseyant à son piano, il se sermonne « mets-toi au travail et arrête de te plaindre ».

Peu de temps après, le voilà de retour dans le bureau du directeur du Théâtre-Lyrique.

– Je vous apporte l'opéra ! annonce Georges.

– Déjà ? demande Carvalho.

– Voulez-vous l'entendre ?

– Volontiers.

Pendant deux heures, Georges joue sans partition tous les airs qu'il a créés pour les quatre actes de *La Jolie Fille de Perth*. Sa musique regorge d'idées mélodiques et instrumentales brillantes.

Une fois qu'il a terminé, Carvalho le félicite :

– C'est superbe ! Mais comment avez-vous fait ?

– Vous m'avez dit qu'on pouvait ouvrir à Noël. J'ai fait au plus vite.

– Non, je voulais dire pour jouer quatre actes sans partition ?

– J'ai une bonne mémoire, répond Bizet. Je vous apporte la partition dès que possible.

– Que voulez-vous dire ?

– Il n'y a pas encore une seule note d'écrite.

– Rien ? Pas une seule note ?

Carvalho est sidéré.

Il raccompagne Bizet à la porte de son bureau.

– Et encore bravo !

– La première est toujours prévue pour décembre ? demande Georges.

– Décembre ? Non. C'est pour l'année prochaine.

– Mais vous m'aviez dit décembre… lui rappelle Bizet.

– Rien ne m'aurait fait plus plaisir, l'assure Carvalho, mais j'ai *Deborah* de Devin Duvivier en répétition. Après, j'ai prévu *Sardanapale* de Joncières…

Georges est bien amer.

– Et donc pour le paiement ?

– Je ne peux évidemment pas vous payer avant que

les répétitions ne commencent. Allez, bonne journée et encore bravo !

Georges baisse la tête. Il sort, abattu. Il passe devant la vitrine d'une appétissante boulangerie mais il n'a même pas faim, il se sent lourd.

J'EN AI BOUFFÉ, DE LA MERDE. Je sais que je ne suis pas seul dans mon cas. Les gens qui vous demandent de faire des choses, puis changent d'avis. Les gens qui vous font des promesses qu'ils ne tiennent pas. Les gens qui vous en veulent de les avoir mis face à la nullité de leurs idées. Les gens qui vous font croire qu'ils sont passionnés par ce qu'ils font et ne cherchent en réalité que le profit ou le pouvoir. Ceux qui vous font croire que vous êtes dans une relation d'égal à égal pour mieux vous exploiter. Ceux qui vous font recommencer encore et encore, non pas parce qu'ils ont une idée précise en tête mais parce qu'ils n'en ont aucune et espèrent qu'à force de refaire, vous trouverez la solution miraculeuse qui ira à tout le monde. Ceux qui en ont après quelqu'un, leurs parents, la terre entière et vous le font payer. Ceux qui n'aiment jamais rien et vous laissent croire que vous seul les décevez. Ceux qui sont prêts à vous écraser pour monter un peu plus haut. Ceux qui vous proposent une grande et belle aventure mais veulent seulement que vous leur teniez compagnie dans la sombre impasse qu'ils ont eux-mêmes créée. Ceux qui prétendent casser les codes par conviction alors que c'est par calcul. Ceux qui vous disent qu'ils sont avec vous dans cette épreuve mais s'éclipsent au moindre accroc. Ceux qui parlent de compagnonnage, de solidarité, mais vous font connaître des degrés de solitude que jamais encore vous n'aviez explorés.

Jusqu'à ma rencontre avec Carmen, j'en ai bouffé, de la merde. Et dans des quantités vertigineuses. Comme des millions de gens. À part quelques très rares privilégiés, c'est notre lot à tous. Mon seul problème, c'est que je n'arrivais pas à tout bien digérer.

– GEORGES, c'est le moment !

Une belle et chaude journée de juin. Un nouveau cercueil est porté en terre. Une foule considérable est présente dans le cimetière du Père-Lachaise. Des femmes s'éventent. Georges, lui, tremble de froid. Il passe son temps à éternuer bruyamment, à se moucher puis à s'excuser de faire un tel vacarme. Il dit aux gens autour de lui à quel point le défunt était quelqu'un d'attachant qui méritait mieux, mais personne ne semble l'écouter ni même le voir. Dernier de la file pour présenter ses condoléances aux proches, Georges cherche ce qu'il pourrait dire de réconfortant et d'un peu original, mais ne trouve que des banalités qui le désespèrent. Il se met à pleurer sans plus pouvoir s'arrêter. Quand vient son tour de parler aux proches, Georges découvre qu'il n'y a soudain plus personne. Georges est seul dans le cimetière. Il regarde le cercueil dans la fosse, il est couvert de roses rouges. Néanmoins la plaque est toujours bien visible, avec le nom du défunt, Georges Bizet.

– Georges, c'est le moment !

Georges se réveille soudain dans son lit. Deux hommes en tenue de cérémonie, Ludovic Halévy et Ernest Guiraud, se tiennent debout dans la chambre. Compositeur, Guiraud est un ami de Bizet depuis l'époque du Conservatoire. Tous les trois ont fait la fête toute la nuit ; seul Georges ne s'est pas réveillé.

– Un cauchemar, Georges ?

– Ou bien fais-tu semblant de dormir pour échapper à tes engagements ? demande Guiraud en souriant. Veux-tu que nous disions que nous ne t'avons pas trouvé ?

– Moi, je crois que Georges rêve de ce jour depuis si longtemps qu'il s'en voudrait d'en rater une minute, affirme Ludovic en ouvrant fenêtres et volets.

– Bien sûr, bien sûr, dit Georges, essayant de reprendre pied dans la réalité. Rater une minute de quoi, déjà ? Vous voilà fort bien habillés tous les deux…

Les deux amis rient franchement.

– Dépêche-toi, nous avons juste le temps d'arriver à l'église, il va être onze heures.

Georges a aimé beaucoup de femmes, petites, grandes, minces, fortes, dures, douces, drôles, brillantes, naïves, expertes. Celles avec lesquelles il s'est le mieux entendu sont celles qui, comme lui, aimaient passer des heures au lit à explorer le corps de l'autre. Celle qu'il épouse aujourd'hui ne fait pas partie de cette catégorie. Pourtant, voilà deux ans qu'il lui fait la cour. Voilà deux ans qu'il est régulièrement rejeté par la famille de la jeune fille, mais qu'il tient bon. En cette matinée de 1869, Georges n'épouse pas une de ces femmes flamboyantes avec qui il rêvait de s'engager à la vie à la mort ; il s'unit à Geneviève Halévy, la fille cadette de feu son professeur tant aimé. Georges ne se marie pas par désir, par amour, mais par devoir, par compassion. Geneviève a vingt ans alors que Georges en a trente et un. Il n'a plus que cinq ans à vivre et elle, cinquante-sept. Dans l'église, Georges ne quitte pas sa fiancée des yeux. Elle le remarque et demande en chuchotant :

– Qu'y a-t-il ? Un problème avec ma robe ?

– Non.

– Avec ma coiffure ?

– Non.

– Qu'y a-t-il alors ?

– Rien, répond Georges.

– Pourquoi me regardes-tu sans cesse ?

– Pour rien. On y est arrivés ! C'est tout !

– Oui.

Geneviève n'est pas plus amoureuse de Georges qu'il ne l'est d'elle. Elle ne sait trop que penser de cet homme qui a dix ans de plus qu'elle mais qui, par son tempérament, semble bien plus jeune. Elle aime sa musique. Elle aime partager avec lui des souvenirs de son père.

Elle le voit davantage comme un frère que comme un mari. Malgré les lettres et les promenades, elle a l'impression de mal le connaître. Elle aime son rire. Elle aime qu'il sache à quoi s'en tenir avec Léonie et qu'il n'ait pas battu en retraite.

Léonie, justement, est toujours là, à un mètre d'eux, comme une ombre menaçante, tantôt souriante, tantôt morose. Georges se demande pourquoi certains suicidaires survivent pour empoisonner leur entourage alors que d'autres ne se ratent pas et laissent un trou béant. Léonie désapprouve ce mariage, elle s'est habillée en noir, comme en deuil. C'est à se demander qui est vraiment heureux dans cette église.

L'appartement des Halévy, où se déroule la réception après la messe, semble maintenant abandonné aux fantômes. Georges passe l'après-midi à faire barrage entre Léonie et Geneviève. Il parle à tort et à travers pour empêcher Léonie de dire des choses désagréables à sa fille. D'un enthousiasme exagéré, Georges trinque avec Geneviève, elle sera sa muse, il va se couvrir de gloire avec ses opéras, il va connaître un succès incroyable et ils gagneront beaucoup d'argent. Elle vivra une vie facile, ils auront de beaux enfants et elle n'aura plus de souci à se faire !

Peu convaincue, Léonie ne se prive pas de critiquer le nouvel opéra de son gendre, *La Jolie Fille de Perth*.

– Combien de représentations ?

– Dix-huit, ma chère belle-mère.

– Seulement dix-huit ? Pas mieux que le précédent, alors ?

– Comme *Les Pêcheurs de perles*, effectivement. Carvalho m'a dit que dix-huit représentations étaient un résultat prometteur.

– Vous comptez être prometteur toute votre vie ?

– Non.

– Regardez la réalité en face : c'est un échec. Le sujet, comme le traitement, était promis à la faillite. Comment peut-on encore s'intéresser à Walter Scott aujourd'hui ?

Ludovic Halévy et Ernest Guiraud viennent à la rescousse de leur ami.

– N'y a-t-il pas des sujets de conversation plus joyeux pour un jour de fête ? proteste Guiraud.

– Et puis, maintenant que Georges est de la famille, j'espère qu'il me demandera d'écrire le livret de sa prochaine œuvre ! ajoute Ludovic.

– C'est vrai ? Tu accepterais ?

– Oui, mais alors pas Walter Scott, ni Rabelais, ni *La Chanson de Roland*. Si tu pouvais sortir du Moyen Âge, je préférerais.

– Ne me parle plus de Walter Scott, s'il te plaît !

– Ne parlons plus de Walter Scott ! s'écrie Guiraud en resservant les verres.

– Et pourtant vous avez accepté de composer *La Jolie Fille de Perth* ! insiste Léonie, retournant le couteau dans la plaie. N'avez-vous pas de tripes ? Pas de goût ? Pas de conviction ? Ce n'est pas avec tant de médiocrité que vous arriverez à faire la carrière de mon défunt mari, un vrai grand artiste lui, et qui a permis à sa famille de vivre confortablement !

EN 1872, GEORGES S'EST FAIT À SA VIE de professeur de piano insatisfait. Il donne même plus de cours qu'avant pour subvenir aux frais du ménage. Geneviève a accouché de leur fils Jacques quelques mois plus tôt. Georges compose toujours, mais sans jamais rencontrer le succès. À chaque nouvelle œuvre, son cœur se serre un peu plus. *Djamileh,* son opéra en un acte, s'interrompt au bout de dix représentations. On lui commande la musique de *L'Arlésienne,* une pièce d'Alphonse Daudet tirée des *Lettres de mon moulin*. Georges compose vingt-sept morceaux, dont six chœurs. C'est un four.

Un soir, Georges se couche avec *Carmen,* le livre de Mérimée, et se demande pourquoi il n'a pas le courage de cette femme. Le lendemain, on le demande à l'Opéra-Comique. Se pourrait-il qu'enfin une bonne nouvelle se présente ?

Voilà Georges face aux deux directeurs de cette institution. À droite, Camille Du Locle, quarante ans, accent provençal, cheveux ras, moustache et menton proéminent. À gauche, Adolphe de Leuven, soixante-dix ans, traits fins, yeux enfoncés, cheveux bouclés. Les deux hommes commandent un opéra à Georges. Pourtant celui-ci ne saute pas au plafond comme on pourrait s'y attendre. Georges n'a plus l'enthousiasme des débuts.

– Faites-nous quelque chose de gai ! dit Leuven.

– D'accord, répond Georges d'une voix éteinte.

– D'exotique ! ajoute Du Locle.

– D'accord, répète Georges. Pas Walter Scott, si possible…

Les directeurs sont un peu surpris.

– Non, nous pensons à des œuvres plus contemporaines, précise Du Locle.

Une lueur se rallume dans l'œil de Georges.

CE SOIR, À L'OPÉRA-COMIQUE, on donne à entendre des extraits de différentes œuvres. Avec Geneviève, nous sommes assis dans une loge sur le bord de la scène. Elle écoute, alors que moi, discrètement, je relis *Carmen*. L'ouvrage est posé sur mes genoux.

Deux chanteurs interprètent un extrait de mes *Pêcheurs de perles*. Le public applaudit. Avant de quitter la scène, le duo me désigne. Je me lève et salue poliment. Je me replonge aussitôt dans *Carmen*, je suis transporté en Espagne. Soudain, une voix me tire de ma lecture. Sur scène, une femme chante, seule. C'est la mezzo-soprano Célestine Galli-Marié. Je l'ai déjà entendue chanter, mais sa pose, son sourire vainqueur, son air de défi, font que je la regarde avec une rare curiosité et que j'en oublie un instant mon livre. J'aime sa voix souple, sa diction claire et incisive. Quelle femme !

ME VOICI À NOUVEAU face aux directeurs Leuven et Du Locle, dans leur bureau de l'Opéra-Comique. Mon exemplaire de *Carmen* de Mérimée est posé sur le bureau. La conversation est mal engagée.

– Que ne comprenez-vous pas dans le mot « gai » ? me demande Leuven.

– Ce n'est pas vraiment une comédie, ajoute Du Locle.

– Cette histoire est terrible et noire, s'indigne Leuven. Cette gitane est insupportable, elle n'a aucune morale, elle est indifférente aux sentiments des hommes…

Je m'apprête à me taire et à encaisser, comme d'habitude, mais je réplique :

– Mais c'est ça qui est formidable !

Les directeurs ne comprennent pas. Forcément. J'enfonce le clou. Je leur explique que Carmen ne se soucie pas de ce qu'on pense d'elle, c'est une femme libre !

– Et en quoi cela pourrait-il plaire à notre public ? me demande Leuven.

Je ne l'aime pas ce vieux bonhomme ronchon. Je réponds la vérité :

– Parce que c'est différent. Ça change. Le public n'aime-t-il pas varier les plaisirs ?

– Nous reconnaissons de l'intérêt à l'œuvre et une certaine résonance avec vos opéras précédents, Bizet…

– Mais à l'Opéra-Comique, on ne peut pas monter un opéra qui s'arrêtera à la dixième ou à la dix-huitième représentation, poursuit Leuven. Et nous ne sommes pas non plus le théâtre du Vaudeville, indépendamment des qualités de votre *Arlésienne*.

Le coup est bas. Combien de fois va-t-on me reprocher de ne pas avoir dépassé la dix-huitième représentation avec mes opéras ? Je devrais leur présenter Léonie, tiens, ils s'entendraient bien ! Et puis j'aime *L'Arlésienne* et Alphonse Daudet. Mais je me tais.

– Nous voulons un succès ! martèle Leuven.

Je prends congé. Du Locle, le plus jeune des deux, me suit. Je ne sais pas prendre l'air bravache quand je suis malheureux. Tout se voit sur mon visage et là, je dois sembler bien désemparé pour que Du Locle me raccompagne jusqu'au grand escalier, descende les marches avec moi et sorte même sur la place. Manquerait plus qu'il me ramène chez moi et me fasse une tartine et un chocolat chaud pour me consoler !

– Je suis désolé, le vieux Leuven n'est pas très amusant et moi non plus.

Je hausse les épaules, ne sachant que dire. Du Locle conclut :

– Ce n'est pas ce que nous attendions de vous. Voilà tout.

Et merde !

– UNE PROMENADE AU BOIS de Boulogne, ma chérie ?

– Tout plutôt que rester enfermée ici avec le petit qui pleure, répond Geneviève.

– Formidable ! Marie, nous sortons, Madame et moi !

– Bien, Georges.

– Vous ne pouvez pas l'appeler Monsieur ? s'offusque Geneviève.

– Est-ce vraiment nécessaire ? demande Georges.

– Je le crois, répond Geneviève.

– Dans ce cas, dit Georges, si ça ne vous dérange pas, Marie…

– Non Monsieur, répond Marie, prenant le petit Jacques dans les bras. À tout à l'heure… Messieurs-dames !

Sortant après Geneviève, je referme la porte du petit appartement que nous occupons rue de Douai, dans la Nouvelle Athènes, à Paris. J'ai besoin de sortir, de marcher, de réfléchir à Carmen, et j'espère que Geneviève pourra me donner un conseil. À ce stade, j'entretiens encore un rapport d'ordre cérébral avec Carmen. Je suis attiré par elle, mais plutôt que de me laisser entraîner, j'essaie de comprendre pourquoi je n'arrive pas à me résoudre à proposer un autre sujet à l'Opéra-Comique. En vain. Je tente de lancer la conversation sur Carmen.

– Tu sais ce que m'a dit Du Locle ?

Mais Geneviève me coupe :

– Cette Marie est insolente !

Je ne trouve pas. Elle insiste.

– Je n'aurais jamais dû accepter d'engager ton ancienne maîtresse.

– Je ne pouvais pas l'abandonner avec son fils.

C'est vrai, quoi.

– Ton fils !

C'est vrai aussi. Je propose un serment sur l'honneur.

– Veux-tu que je te jure une fois de plus que Marie et moi avons mis fin à toute forme d'intimité, deux ans avant que je ne t'épouse ? Je le jure.

C'est encore vrai.

– C'est bon, dit Geneviève.

Si j'avais les moyens de payer une pension à Marie pour qu'elle ait de quoi élever Jean, je le ferais. Mais avec ce que je gagne, je ne vois pas d'autre solution que de la faire travailler chez nous. Et elle s'occupe bien de Jacques.

– J'ai compris que tu trouves cette situation idéale, mais pas moi ! s'emporte Geneviève, ne souhaitant pas m'entendre poursuivre mes explications qui, au lieu de l'apaiser, l'énervent encore plus.

Nous voici au bois de Boulogne. Les sons de la ville – destruction de vieux immeubles, installation d'échafaudages pour en bâtir de nouveaux, cris des ouvriers se mêlant à ceux des vendeurs ambulants – ont fait place au bruissement des feuilles d'arbres, aux froufrous des robes des jeunes filles dans le vent, aux rires des familles, aux cris des cygnes sur le lac.

Au bord de l'eau, faute de pouvoir partager mes interrogations sur Carmen avec Geneviève, je me déshabille. Se doutant de la suite, elle me met en garde. Ça ne se fait pas ici. J'hésite, je me justifie comme je peux et finis par me baigner tout de même. Geneviève s'inquiète de la réaction des promeneurs. Et si des amis nous reconnaissaient ?

Je plonge sous l'eau et ne laisse dépasser que mes mains, puis seulement mes fesses, puis mes pieds. Je m'amuse, bois l'eau, la recrache en me prenant pour une fontaine ; j'éclabousse à la ronde, je m'esclaffe. Sur le bord, Geneviève d'abord indifférente, se laisse peu à peu dérider. Je l'invite à me rejoindre. Elle refuse.

Allongé dans l'herbe, yeux fermés, je me sèche au soleil. Geneviève est assise à côté de moi.

– Quand je serai riche et reconnu…

– Et c'est reparti, s'amuse Geneviève. Quoi cette fois ? Une maison à la mer ?

Je ne rêve pas précisément du bord de mer. Mais une maison près de l'eau pour pouvoir me baigner tous les jours, oui, ça me plairait.

– J'ai lu *Carmen,* dit Geneviève. C'est sombre ! Pourquoi ne leur proposes-tu pas autre chose ? Tu es sûr que c'est un bon sujet d'opéra ?

– Je le crois.

– Mais… Tu penses vraiment être la bonne personne ?

Je me redresse, sentant le danger.

– Que veux-tu dire ?

– Simplement que d'autres l'ont envisagé avant de laisser tomber, répond Geneviève. Ton ami Gounod n'est-il pas le dernier ?

– Si, et alors ?

– Cette Carmen est une femme qui n'en fait qu'à sa tête : brusque, indépendante, intransigeante, un peu effrayante… Ne te vexe pas, mais tu es tout le contraire !

Ça fait mal. J'attrape mes affaires.

– On rentre à la maison, j'en ai assez.

Sur le chemin du retour, Geneviève ne veut pas en rester là.

– Mais enfin, je te dis que tu es gentil, attentionné, et tu le prends mal !

– Y a-t-il jamais eu un grand artiste gentil et attentionné ? Ce que tu es en train de me dire, en fait, c'est que Carmen est forte alors que moi, je passe mon temps à faire ce que me disent les autres. Je l'admets, je n'ai pas la moitié des couilles de cette femme !

– Je n'ai jamais dit ça !

– Mais c'est vrai en plus ! Et pourtant je me sens entraîné vers elle…

– Ça, c'est un autre problème. Comment peux-tu prétendre m'aimer et être attiré par ce genre de femme ?

UN SOIR, DANS L'APPARTEMENT de la rue de Douai, un verre de porto posé à côté de lui, Georges s'assied au piano et joue pour se délasser. Après avoir entendu Mozart, Bach, Beethoven et Schubert se faire massacrer l'un après l'autre, il a besoin de se réconcilier avec la musique. Sous ses doigts, le piano, heureux comme un chien retrouvant son bon maître après avoir été maltraité par des enfants, vibre, respire, murmure, résonne clairement. Entendre et voir jouer Georges devait être un spectacle prodigieux.

– Tu pourrais jouer un peu moins fort ? Maman dit que ça la dérange.

Georges s'arrête.

– Bien sûr, ma chérie. Si ça dérange ta mère…

– Moi-même, je me sens épuisée, lâche Geneviève.

– Ça ne va pas ? Qu'est-ce que je peux faire pour toi ? Veux-tu que je masse tes petits pieds ?

On frappe à la porte. C'est Ludovic Halévy, trente-sept ans, habillé à la dernière mode.

– Tu tombes bien, lui dit Georges. Je suis encore privé de piano et mes mains me démangent. Cartes ?
– Oui.

La partie est arrosée au porto, un rituel fréquent entre les deux amis qui habitent le même immeuble. Ludovic regarde Georges à la dérobée, avec malice.
– Bonne journée pour le pianiste de génie ?
– Exaltante !
Georges montre sa main à Ludovic qui y découvre une égratignure.
– Un petit m'a même mordu, tellement il ne supporte pas le piano. C'est pas très juste, tout ça : ceux qui ne veulent pas jouer, on les y force, et ceux qui comme moi veulent jouer, on les en empêche... Et toi, avec Offenbach, ça va toujours ?
– Oui, on attaque une nouvelle collaboration.
– Bravo !
Ravi pour son ami, Georges remplit les verres et vide la bouteille.
– À mon cousin par alliance qui réussit tout ce qu'il entreprend !
– J'ai fait un crochet par l'Opéra-Comique en revenant.
– Ah, tu prépares quelque chose là-bas aussi ?
– Peut-être, répond Ludovic avec une pointe de mystère.
– Raconte !
– Je suis allé voir Alphonse de Leuven !

– Je ne l'aime pas beaucoup celui-là ! commente Georges.

– Je sais, mais j'avais quelque chose à lui vendre !

– Bon courage, lâche Georges. Tu sais comment ça s'est passé pour moi, la dernière fois ?

Georges imite alors de façon comique la voix de Leuven :

– « Cette Carmen est un être immoral, monsieur Bizet, combien de fois faut-il vous le répéter ? »

– Je me rappelle bien.

– Que lui as-tu proposé ? demande Georges.

– Ta Carmen.

– C'était voué à l'échec, mais merci ! Du Locle serait d'accord, mais Leuven est un roc. Il t'a jeté dehors ?

– Non.

– Il t'a ri à la figure ? Il a saisi son coupe-papier pour te tuer ?

– On a parlé. J'ai reconnu bien volontiers la dimension sulfureuse de Carmen, je ne me suis pas privé de dire que le personnage de Mérimée est bien trop fantasque…

– Mais c'est ça qui est extraordinaire ! Quelle liberté ! Si j'osais moi aussi, certains jours, tiens, rien que vis-à-vis de ma belle-mère…

– Elle est pire qu'insupportable, Georges ! le coupe Ludovic.

– Léonie ?

– Carmen ! Il faut faire quelque chose !

– Je connais ta position là-dessus. Et après ?

– La fin est impossible aussi…
– La fin est grandiose !
– Veux-tu que je te raconte l'entrevue ou non ?
– Je me tais, je t'écoute.
– Je lui ai vanté l'Espagne, Séville, le soleil, les castagnettes… Tout le monde veut voir des espagnolades ! Et j'ai ajouté que j'en signerais le livret, conclut Ludovic.
Georges se lève.
– Soyons fous, j'ouvre une nouvelle bouteille !
Il sert leurs deux verres.
– Et Henri ne devrait pas être difficile à convaincre.
– Toi et Meilhac ? Le duo de librettistes le plus recherché de Paris. Quel cadeau !…
– En tout cas, je l'ai vendu avec moi !
– Je t'aime ! s'écrie Georges.

La même nuit, un bouchon de champagne saute au plafond d'un petit cabaret de la butte Montmartre avant de retomber sur ma tête. Je ris. Ce soir, tout m'amuse. Je sers d'abord Ludovic, messager de la bonne nouvelle, puis son complice, le librettiste Henri Meilhac, quarante ans, bonne tête chauve, l'œil vif, le corps rond. Mon Ernest Guiraud adoré a réuni mes amis à la hâte, surtout ceux que j'avais bêtement perdus de vue depuis mon mariage. Heureux de les retrouver, je leur propose un toast :
– À Carmen, la femme la plus excitante du monde ! À l'audace, à la liberté !
– À la liberté ! répondent les autres.

Les verres s'entrechoquent. Je n'en reviens pas. Je vais pouvoir me donner tout entier à une œuvre qui me fascine ! Je ne croyais plus qu'une chance pareille se présenterait.

On boit. On mange. Je remarque alors le verre de Ludovic, resté plein.

– Quelque chose ne va pas ?

– Tout va bien, me répond Ludovic, souriant. Profitons. C'est le moment de fêter ça. Il faudra juste que je te dise deux ou trois petites choses… Plus tard.

– Quoi donc ?

– Ça peut attendre.

– Je veux savoir !

– C'est quand tu parles d'audace et de liberté… Tu te doutes que Leuven a posé ses conditions…

– Lesquelles ?

– Ne gâchons pas ce bon moment. Tu as déjà eu affaire aux caprices des commanditaires, tu as toujours trouvé un moyen de les satisfaire.

– Tu m'inquiètes.

Le lendemain matin, je finis de relire *Carmen* pour la vingtième fois. Sur le lit voisin, Geneviève somnole, notre fils endormi dans ses bras. Mes pensées débordent. Je finis par lâcher :

– C'est un cauchemar !

– Trop d'alcool hier soir ? demande Geneviève.

– Je parle de Carmen.

– C'est vrai que c'est un personnage pénible... concède-t-elle.

– Ça ne me fait pas rire. Je parle des contraintes imposées par l'Opéra-Comique.

– Que veulent-ils cette fois ?

Je lui rapporte les injonctions du vieux directeur, telles que Ludovic me les a présentées.

– « Faites-nous quelque chose de léger. »

– *Carmen*, léger ?

– Attends, ce n'est pas fini : « Dans le goût de notre public... »

– Si c'est le public habituel de l'Opéra-Comique, je ne vois pas bien comment tu vas faire...

– « Et surtout, avec une fin heureuse ! »

– Hein ? demande Geneviève, se réveillant tout à fait. Donc rien à voir avec la nouvelle de Mérimée !

Voilà ! En fait, ils n'en veulent pas ! Ils veulent une jolie musique sur une gentille espagnolade écrite par les fameux librettistes d'Offenbach.

Geneviève reste un moment sans rien dire avant de conclure, pragmatique :

– Mais au moins, tu montes *Carmen*, c'est ce que tu voulais.

– Mais pas à ce prix-là ! Si j'avais le courage de Carmen, je les enverrais tous au diable ! Je ne peux pas être à la fois fidèle à Carmen et à l'Opéra-Comique.

– Tu t'adapteras !

– Et si je ne veux plus m'adapter ? Rentrer dans les petites cases ? Si je dois choisir mon camp, cette fois c'est à Carmen que je veux être fidèle !

On frappe à la porte. C'est Marie. Elle m'annonce que Ludovic m'attend dans la cour pour aller aux auditions. C'est déjà l'heure. *Carmen* devient réalité. Le temps s'accélère furieusement. On rêve inlassablement d'une œuvre et voilà qu'elle se lance sur un malentendu.

LES VOCALISES D'UNE CHARMANTE VOIX de soprano envahissent la vaste cage d'escalier dont Bizet, Halévy et Meilhac montent les marches.

Les voici dans des fauteuils, face à la chanteuse Marie Rôze, vingt-six ans. Georges s'est lancé dans *Carmen* en pensant lui confier le rôle. La jeune soprano a la beauté d'une poupée, un visage et des épaules d'un blanc éclatant sur lesquelles retombent d'épaisses boucles brunes. Elle monte dans les aigus avec une maîtrise et une facilité déconcertantes. Georges essaie de l'imaginer en Carmen. Ludovic est déjà conquis. Amateur de femmes, Meilhac admire sa beauté. Mais quand la chanson se termine, Georges est gêné, il sent que quelque chose ne va pas.

Il demande :

– Aimez-vous le personnage de Carmen ?

– Pardon ? Oui, bien sûr, répond Marie Rôze.

– Il faut l'aimer absolument ! Entièrement, dit Georges.

– Je ne l'aime pas autant que vous le dites, avoue la cantatrice. Mais on m'a parlé d'atténuer ses humeurs.

– Bien sûr, répond Meilhac.

– Nous allons alléger tout cela, ajoute Halévy.

– Certes, admet Georges, mais ce sera toujours Carmen, la gitane au tempérament de feu.

– L'Opéra-Comique m'a dit qu'il y aurait une nouvelle fin, aussi j'ai supposé que vous alliez gommer la dimension scandaleuse de l'histoire…

– Je ne sais pas jusqu'où nous irons, mais notre seul matériau, pour l'instant, c'est *Carmen*. Comme vous, il y a plein de choses que je n'aime pas dans le texte de Mérimée, à commencer par l'épigraphe, mais il y a cette héroïne, Carmen, nous allons la retravailler, pas la dénaturer.

– Je comprends, répond Marie Rôze à Bizet. Je suis désolée de vous avoir fait venir ici pour rien.

Quelques jours plus tard, dans une salle de répétition de l'Opéra-Comique, les trois hommes font face à une autre cantatrice. Ils ont prévu d'en entendre quatre dans la journée.

La femme aux cheveux blonds, presque blancs, vêtue de bleu, chante avec vigueur. Les trois hommes lui reconnaissent du talent et une vraie puissance vocale.

– Avez-vous lu *Carmen* ?

– Non, je m'en excuse. Je suis venue parce que j'admire votre travail depuis toujours. J'ai adoré tout ce que vous avez écrit pour Offenbach ! J'ai accouru quand mon imprésario m'a dit que vous recrutiez !

Meilhac et Halévy apprécient le compliment. Quant à Georges, il a de nouveau la désagréable impression que lui et sa musique sont secondaires dans le projet *Carmen*. Bizet est un inconnu qui n'a même plus l'excuse d'avoir vingt ans. Il doit s'y faire. Il se tait.

Halévy demande à la cantatrice si elle se voit jouer une bohémienne.

– Jamais de la vie !

Ludovic la reconduit jusqu'à la porte puis revient s'asseoir. Tout le reste de la journée, ils attendent la venue de grandes cantatrices… qui se font excuser, prétextant un rhume ou un autre engagement.

Personne ne veut-il jouer Carmen ?

– CETTE *CARMEN* PORTE MALHEUR, prévient le vieux Leuven.

– Adolphe, essayons plutôt de dire des choses qui nous aident à aller de l'avant, non ? suggère Du Locle.

– Elle nous portera malheur à tous ! ajoute Leuven.

– Voilà qui est mieux ! Vous voyez, quand vous y mettez du vôtre ?

Face à la rudesse d'Adolphe de Leuven, Camille Du Locle, de six ans mon aîné, m'adresse un regard mi-amusé, mi-désolé.

– Mais j'ai une bonne nouvelle, annonce Camille.

Surpris, je me tourne vers lui en même temps que les librettistes.

– J'ai été voir Marie Rôze pour lui demander de reconsidérer le rôle. Ça n'a pas été facile. Elle m'a assuré qu'elle avait beaucoup de respect pour Georges et pour vous, messieurs les fameux auteurs, mais que le rôle lui fait toujours un peu peur.

– Vous m'étonnez. À sa place je prendrais mes jambes à mon cou.

– Merci Adolphe. Je vois que vous avez bien compris ma suggestion de faire des commentaires bienveillants et optimistes. Bref ! Elle ne doute pas que l'œuvre sera belle, mais elle s'inquiète de ce que les gens pourraient penser d'elle dans ce rôle de femme légère. Elle accepte de reconsidérer sa position… à condition que tout soit corrigé.

– Bien sûr, dit Meilhac, bien sûr.

– Parfait, conclut Leuven, Meilhac et Halévy, vous allez nous faire quelque chose de très leste, très gai, on va enlever le côté bohémienne, ce sera exotique et amusant. Et on va réduire tout le drame.

Les librettistes sont pragmatiques, ils acceptent. Le vieux Leuven se tourne vers moi.

– Et la fin, Georges ? Y pensez-vous ? Elle est impossible ! Il faudra réduire le feu sous Carmen et grossir le personnage de Micaëla, la jeune fille pure. L'Opéra-Comique loue au moins six loges par soir aux familles bourgeoises pour sceller des alliances entre leurs enfants, qu'on s'en souvienne !

Je me tiens à l'écart, dans l'encadrement d'une fenêtre. Regardant au-dehors, je ne réponds ni oui ni non. J'ai mal au ventre.

La porte du bureau s'ouvre dans mon dos. Une femme s'avance. Elle a entendu dire qu'on recrutait pour *Carmen*. Pourquoi n'a-t-elle pas été convoquée aux auditions ?

Avec une animosité à peine dissimulée, Leuven dit à la cantatrice qu'elle ne correspond pas au rôle. La chanteuse répond qu'elle a joué des hommes, des Arabes, incarner une bohémienne ne lui fait pas peur. De toute façon, elle vient pour la musique de monsieur Bizet. Elle veut en être.

À la fenêtre, sans bouger ni révéler ma présence, je reconnais sa voix. Je l'ai déjà entendue sur scène. Je reste en retrait. Les librettistes se présentent à elle, espérant provoquer son admiration, en vain. Camille Du Locle demande à la cantatrice si elle serait disponible pour une audition. Elle dit qu'elle n'en passera pas. C'est à prendre ou à laisser. Je suis soufflé. Alors c'est peut-être à laisser, dit Leuven, faussement désolé. Il précise qu'elle est mezzo et que le rôle est destiné à une soprano. La cantatrice ne peut y croire. Une bohémienne soprano ? Et pourquoi pas une Carmen blonde avec des nattes ? Dans mon coin, entre rideau et fenêtre, je souris, contrairement à Leuven, courroucé.

– Et si vous ne passez pas d'audition, comment monsieur Bizet va-t-il vous entendre ?

Du doigt, le vieil homme désigne le recoin où je me suis réfugié depuis un moment. Je me sens envahi d'une douce chaleur. Depuis le début de cet entretien et même depuis le début de ma vie, j'ai été considéré comme un exécutant, quelqu'un qui va faire ce qu'on lui dit, et maintenant que cette femme est entrée, il semblerait que, pour la première fois, c'est moi qui vais prendre une décision. Donner un avis qui ne va peut-être pas plaire à tout le monde. Ce genre d'opportunité ne se présente pas souvent. Cette femme ne plaît pas à Leuven, ce qui est un problème. Elle a remis en cause la tessiture de la voix de Carmen. Cela signifie que, si je lui donne le rôle, une bonne partie de mon travail des semaines passées est bon pour la corbeille à papier. Mais de toute façon, je n'étais pas content de ce que j'avais fait, alors pourquoi ne pas repartir de zéro et profiter d'une nouvelle impulsion ?

Je quitte la fenêtre et m'avance dans la pièce sombre. Mes yeux ont besoin de quelques instants pour s'acclimater. Je vois les silhouettes, les lampes sur le bureau et face à moi, cette femme. C'est bien Célestine Galli-Marié que j'avais vue chanter ici, à l'Opéra-Comique. Main sur la hanche, un pied devant l'autre, elle m'interroge du regard, indifférente à l'avis des autres. J'ai l'impression que si je dis non, je ne la reverrai plus jamais ; elle partira vivre d'autres aventures, sans regret. Les regards de Du Locle, Meilhac et Halévy sont sur nous. Leuven fait semblant de consulter quelque chose sur son bureau, ne supportant pas que le pouvoir ait soudain changé de main. Je dis n'avoir besoin de rien de plus. Je suis conquis. Elle sera ma Carmen.

– Vous le regretterez jusqu'à votre mort ! affirme Leuven, après la sortie de Célestine Galli-Marié.

Je réponds dans un sourire que c'est bien possible.

JE SUIS DANS UN DRÔLE D'ÉTAT. Je marche tout droit, sans rien voir, indifférent aux passants, aux marchands ambulants et au trafic du boulevard des Italiens.

– Georges, tu ne m'attends pas ? Georges ? Georges !

Je me retourne. Ludovic cherche à me rattraper.

– Tu ne veux pas qu'on rentre ensemble ?

– Si, bien sûr, je t'attendais !

Ludovic traverse le boulevard et me rejoint.

– T'es heureux ?

– Furieux.

– Ah ? J'ai cru qu'elle te plaisait.

– Évidemment. Mais tu ne trouves pas ça étrange, toi ?

– Quoi donc ?

– Pourquoi ne nous a-t-on pas proposé la Galli-Marié d'entrée de jeu ? Pourquoi avons-nous perdu tout ce temps avec ces filles qui n'avaient rien du personnage ? La Galli-Marié n'est pas étrangère à l'établissement, elle est même pensionnaire de l'Opéra-Comique depuis une dizaine d'années. Pourquoi Leuven a-t-il prétendu qu'elle n'était pas disponible ?

– Je crois qu'elle a un sacré caractère, répond Ludovic, même si tu as l'air de penser le contraire.

– Et alors ?

Oui, je suis passé de la joie à la fureur en un rien de temps. J'ai l'impression de m'être fait avoir.

Laissez-moi vous dire quelques mots du parcours de Célestine Galli-Marié : elle chante le rôle de Zerbine dans *La Servante maîtresse*, en août 1862. Aussitôt, Paris l'adopte. Elle est Jeanne, elle est Marie, elle est la marquise de Bryane dans *Les Porcherons*. Elle est César dans *Les Rendez-Vous bourgeois*. Elle est Kaled, dans la création de *Lara* d'Aimé Maillart, en 1864. Elle est Blanche d'Étianges à la création du *Capitaine Henriot* de Gevaert, la même année. Elle est Piccinina dans *Fior d'Aliza* de Victor Massé, à l'hiver 1866, mais aussi Diane Arméro dans *José-Maria* de Jules Cohen, l'été suivant. Elle est *Mignon*, le rôle-titre de l'opéra d'Ambroise Thomas. Un immense succès amplement mérité. Pas sûr qu'elle retrouve un jour un rôle qui fasse autant parler d'elle… Puis elle est Vendredi dans le *Robinson Crusoé* de Jacques Offenbach, elle crée *La Petite Fadette* de Théophile Semet en septembre 1869. Elle est le *Fantasio* d'Offenbach, créé le 18 janvier 1872. Elle est Zanetto dans *Le Passant* d'Emile Paladilhe au printemps 1872, puis Lazarille dans le *Don César de Bazan* de Massenet à l'automne de la même année. Elle a largement l'étoffe de jouer Carmen !

Alors certes, il y a la tessiture. J'ai commencé à composer pour une soprano, pas pour une mezzo comme Célestine. Et pourquoi ? Parce que j'ai suivi le pénétrant conseil de Leuven : « Vous nous ferez ça pour une soprano, hein Georges ? Le personnage sera plus enfantin, plus attachant, plus excusable. » Voilà ce que je crois : ce vieux barbon voulait dénaturer Carmen d'entrée de jeu, par peur du scandale. Je suis hors de moi !

Rentré à la maison, je retrouve une description de la chanteuse dans une brochure :

Avec la grâce que les femmes ont de plus que les hommes, elle a le nez retroussé et impertinent de Coquelin de la Comédie-Française. Modeste, presque timide à la ville, elle est crânement campée et provoquante à la scène ; talent incarné, excellente chanteuse, remarquable comédienne, musicienne consommée, elle crée un emploi au théâtre. De l'esprit jusque dans ses cottes, elle sait mettre de côté le ton et les allures de Manon pour porter la poudre et les paniers de Madame de Bryane, ou s'armer du poignard de la Bohémienne. Dans chacun de ses rôles, elle est une autre femme.

Mais oui ! Elle a déjà joué une bohémienne ! Elle était la reine des bohémiens dans l'opéra de l'Irlandais Michael William Balfe. C'est grâce à ce rôle qu'elle a été engagée à l'Opéra-Comique. Si seulement Perrin, le directeur qui l'avait recrutée, était encore en place, plutôt que le vieux Leuven…

Je m'en veux. Me voilà en train de critiquer Leuven dans mon salon, incapable de lui tenir tête quand je suis face à lui… Il y a des semaines, il m'a dit que Galli-Marié n'était pas libre et j'ai fermé ma gueule. Bien, monsieur Leuven. D'accord, monsieur Leuven. Pourquoi n'ai-je pas insisté ?

Quel temps perdu ! Je suis sûr qu'il n'a même pas pris la peine de vérifier si elle était disponible. Il ne voulait pas d'elle.

« Crânement campée », « provocante à la scène », « talent incarné », « excellente chanteuse », « remarquable comédienne »… Ne dirait-on pas une petite annonce pour recruter la Carmen idéale ?

J'aurais dû me battre. Dorénavant, je me battrai.

Oui, moi, Georges le timide.

Oui, je reconnais que ça va faire du changement.

J'avais apporté à l'Opéra-Comique une œuvre sulfureuse, mais tant qu'on me mettait une soprano bien comme il faut dans les pattes, rien de bien dangereux ne pouvait arriver. Du jour où je rencontrais Célestine, tout pouvait arriver. Et tout arriva.

DE NOMBREUX ARTISTES et gens de plume habitent la Nouvelle Athènes à Paris, dans la seconde moitié du XIXe siècle. C'est un quartier à la fois paisible et encore un peu campagnard. Le romanesque commanderait de dire que Georges s'y est épanoui. Disons plus simplement qu'il y a vécu.

Si l'on excepte les deux ans à Rome, les échappées au Vésinet et à Bougival, Georges Bizet a passé quasi toute sa vie dans le 9e arrondissement de Paris. Après son enfance rue de la Tour-d'Auvergne, il a habité rue de Laval (rebaptisée depuis rue Victor-Macé) puis rue Fontaine. Depuis son mariage avec Geneviève, le voici installé au 22 rue de Douai.

Franchissez la grande porte cochère du 22 à cette époque et vous entendrez de la musique. Georges donne fréquemment des cours de piano. Ce n'est pas bien rémunérateur, alors il les enchaîne. À chaque fin de cours, les pièces produisent un son clair en tombant sur le vernis du piano. À la semaine prochaine ! L'élève et son manteau disparaissent. Le silence revient jusqu'au cours suivant.

D'autres sons se font entendre, venant des ateliers du sculpteur et ornemaniste Michel-Victor Cruchet, propriétaire de l'immeuble où habite Georges. On y travaille la pierre tout le matin, à petits coups secs. Au début, ça agaçait le musicien, mais maintenant qu'il est allé parler aux ouvriers et leur a fait cadeau d'un métronome, ils travaillent avec régularité. Au deuxième étage, Georges peut se caler sur leur rythme pour composer.

L'après-midi, il entend souvent les pas du fils Cruchet dans l'escalier. Ce dernier entraîne à sa suite des clients fortunés à qui il fait visiter le salon d'apparat entièrement conçu et réalisé par le maître. Cette vitrine du savoir-faire de la maison se trouve sur le même palier que le modeste appartement de Georges. Le musicien entend les visiteurs monter les marches, puis s'exclamer invariablement « oh, mais c'est superbe » en pénétrant dans le fameux salon. Georges qui compose au même moment s'amuse à prendre les compliments pour lui-même et répond « c'est vrai, vous trouvez ? Oh, mais ce n'est rien ». Parfois, il entend deux paires de jambes monter les escaliers, puis on frappe à sa porte. Ce sont Meilhac et Halévy qui lui apportent de nouvelles pages pour le livret de *Carmen*. Ils travaillent dans un bureau à l'étage du dessous, ce qui va bien à Bizet. Comme il aime à le dire, la musique doit toujours dominer !

Cela dit, pour être exact, si Ludovic dispose de ce bureau en dessous de chez Georges, il occupe également un vaste appartement au troisième étage… la question de la domination est donc plus complexe qu'il n'y paraît.

Bien qu'appartenant au sculpteur Cruchet, le 22 rue de Douai est connu comme l'hôtel Halévy. Léon Halévy, journaliste et frère de feu Fromental Halévy, y habite avec sa femme Alexandrine Le Bas. Son fils Ludovic y vit avec sa femme Louise Bréguet, et leurs deux enfants en bas âge, Elie, futur philosophe et celui qui vient de naître, Daniel, futur historien. Léonie est aussi là, quelque part, entre deux séjours en clinique. Quant à Georges, Geneviève et Jacques, ils occupent deux pièces côté cour, une chambre ainsi qu'un salon où Georges compose et donne ses leçons. Georges savait qu'en épousant Geneviève c'est un peu toute la famille Halévy qu'il embrassait et avec qui il allait vivre. C'est plutôt une joie. C'est même à se demander s'il n'a pas épousé Geneviève, jolie mais singulièrement dépourvue de fantaisie, pour être lié à la mémoire de Fromental et aux différents membres de cette tribu si pleine de vie. Georges aime les croiser dans la cour, passer leur demander quelques pommes de terre, les inviter à prendre le thé, ou les entendre se saluer d'une fenêtre à l'autre. Ces cris viennent s'ajouter, sur une nouvelle portée, aux bruits des marteaux qui montent des ateliers.

On pourrait penser que Georges a tout pour être heureux, si l'on met de côté une femme terne qui ne l'aime pas, une carrière médiocre et des finances en berne. Il aime se réveiller dans cet immeuble de la Nouvelle Athènes, jouer, encourager ses petits élèves et surtout composer *Carmen* en lisant les mots envoyés par Célestine Galli-Marié qui aiguisent son inspiration autant que son inquiétude.

Ce matin encore, il a reçu une lettre qu'il pose sur le pupitre avec les autres. Il la lit comme une partition.

Cher Monsieur, il est impossible que vous doutiez de mon grand et sincère désir d'être l'interprète de votre musique, surtout dans un ouvrage comme celui-là. Je vais tâcher d'arranger cela pour mes engagements déjà faits et pour ceux à faire. Pardon pour tout le mal que je vous donne aussi et merci d'avoir pensé à moi. Je vous assure qu'il vous était difficile de trouver quelqu'un de plus admirateur de vos œuvres.

Georges ne peut s'empêcher de sourire à ces mots. Son ventre gargouille de plaisir à la relecture. S'apprêtant à sortir pour rejoindre des amies, Geneviève lit la lettre de Célestine par-dessus l'épaule de Georges.

– Cette Galli-Marié est bien compliquée, tu n'es pas près de l'avoir pour *Carmen* !

Geneviève Bizet sort. Les doigts se remettent à parcourir le clavier.

Un autre jour, voici ce que Célestine écrit à Georges depuis Bruxelles :

À l'heure qu'il est, vous devez avoir enfin une solution. Je vous dirais que je l'attends avec grande impatience, car il faut absolument que je donne des réponses à deux ou trois directeurs qui ont besoin de savoir pour leur répertoire si je viens ou si je ne viens pas. Je leur ai demandé encore huit jours. Passé ces huit jours, je pourrais accepter n'est-ce pas ?

Revoici Georges à son piano, face à une lettre venant cette fois de Venise :

Presque en même temps que votre lettre, j'en reçois une de monsieur Du Locle qui me parle de Carmen et insiste très aimablement pour que je hâte mon retour, mais en somme, il ne conclut rien et la question fondamentale reste toujours en suspens. Vous me demandez si je tiens à vous. La meilleure preuve que je puisse vous en donner est d'attendre comme je le fais que la chose soit décidée de votre côté avant de répondre aux propositions sérieuses qui me sont faites. Ceci dit, entre nous, je ne vous en reparlerai plus, ces questions d'intérêt me sont extrêmement désagréables. C'est un supplice pour moi que d'être obligée de m'en occuper et de les maintenir avec autant de fermeté.

Georges ne reste pas bêtement vissé à son piano entre chaque missive. Il se rend régulièrement à l'Opéra-Comique où il plaide la cause de Célestine. Leuven affirme que les caprices de la chanteuse sont impossibles à satisfaire. Quant à Du Locle, rangé à l'avis de Georges sur la nécessité de signer avec Célestine, il assure le compositeur qu'il fait ce qui est en son pouvoir, mais que la cantatrice refuse tout compromis. Ces jours-là, Georges rentre chez lui en serrant les poings. Et si les négociations échouaient ? Comment faire sans elle ?

Nouvelle lettre de Menton.

Vous m'avez dit que la question des appointements était chose décidée, qu'il ne s'agissait plus que de l'époque, que vous ne me demandiez qu'une chose, c'était de ne rien signer pour après le 15 décembre. J'ai tenu ma parole et voilà que je tombe des nues en recevant votre lettre si désolée. Tout d'abord, votre lettre est tellement ambiguë qu'à vrai dire je ne l'ai pas nettement comprise. (À force de ménager la chèvre et le chou, on a souvent reproché à Georges d'être flou, il a l'habitude.) *Pouvez-vous me répondre ici tout de suite poste restante et vous exprimer plus clairement ? Si c'est pour vous donner ma parole d'honneur et ne parler à personne de ce que vous m'écrivez, je vous la donne d'avance. Pour vous fixer mieux, voulez-vous que je vous fasse encore pour votre œuvre une dernière concession ? Seulement deux années d'engagement au lieu de trois et un mois de congés par an dans l'hiver au lieu de quatre mois de congés, si le mois dans l'hiver est trop difficile à obtenir, remplacez-le par deux en été. Ainsi c'est entendu, engagement de deux ans à 3 000 francs par mois et que cela ne vous paraisse pas une petite concession ! Mes mois de congés peuvent me rapporter et m'ont rapporté de 6 à 8 000 Fr. chacun. Je vous assure que je suis profondément désolée mais j'ai cependant des raisons majeures pour être inflexible quant à la question des appointements. Si vous étiez à Venise, comme vous le dites, nous irions traduire votre Carmen et je vous promets que nous lui ferions faire un beau bout de chemin car je suis en pourparlers avec Marini, l'imprésario de la Fenice...*

– Venise, lâche Bizet, rêveur à son piano. Comme ce doit être beau là-bas, comme on doit être loin de ses soucis !

En lisant la lettre à son tour, Geneviève amusée, conseille à Georges de cesser de croire que ses opéras marcheraient mieux ailleurs qu'à Paris.

Geneviève s'éloigne. Georges termine la lecture de la lettre de Célestine :

Je vous assure que je suis moins mercenaire que j'en ai l'air. Je suis très ennuyée de vous savoir aussi malheureux. Je veux rester avec l'espérance qu'il se trouvera un moyen d'arranger tout cela. Croyez à toute la sympathie de votre amie Galli-Marié. Encore une dernière idée, croyez-vous qu'il vous serait possible de signer un engagement rien que pour créer votre pièce ? Et de quelle durée pourrait-il être ?

Mais oui ! C'est cela qu'il faut faire, se réjouit Georges. Et à l'instant, il trouve au piano le thème autour duquel il tournait depuis quelques jours. Voilà ! C'est sur ces notes que Carmen entrera en scène dans son opéra ! Georges se représente aussitôt Célestine en train de les chanter.

C'EST FOU ce que ça peut être sombre et froid, une immense salle de représentation en fin de matinée avec ses lustres éteints et ses dorures dans l'ombre. C'est à décourager le plus inspiré des compositeurs. Les légions de fauteuils vides à perte de vue semblent l'avertir : ami, reprends ta musique et passe ton chemin. Nous ne sommes pas là pour t'aimer mais pour être divertis, alors toi ou un autre, cela nous est indifférent. Si tu nous déçois, nous n'aurons aucune pitié. L'idée de musique que tu as dans la tête n'est sans doute même pas bonne. Nous te disons cela avec bienveillance, fuis tant qu'il est encore temps. À un moment, les chanteurs vont entrer, les répétitions vont commencer, les décorateurs vont s'affairer, les costumes seront ajustés, et même si tu veux te cacher et disparaître, il sera trop tard. On collera un tas d'affiches sur le mur de ce bâtiment et partout ailleurs dans le quartier ; on fera venir des gens importants, bien plus brillants que toi. Ils seront assis là, parce qu'on leur aura fait je ne sais quelle promesse. Ils écouteront et regarderont, du moins au début. Et très vite, s'ils ne sont pas charmés, ils se mettront à faire des comparaisons. Cela nous rappelle tel sujet, telle musique, tel compositeur, ce n'est pas meilleur, c'est même moins bon, pourquoi sommes-nous venus nous enfermer ici ? Combien de temps cela va-t-il durer ? Si encore nous pouvions allonger nos jambes. Mais après tout, qu'est-ce qui nous retient ? Il doit faire bon ce soir dans les rues… Ami, connais-tu le son des fauteuils qui se referment ? Si tu échoues à nous séduire d'emblée, ce son deviendra ton compagnon régulier. Tu l'entendras même une fois rentré chez toi et il te réveillera la nuit dans ton lit. Pars. Pars vite, les portes sont encore ouvertes.

Georges hésite : vaut-il mieux monter les dernières marches pour se retrouver sur la scène ou s'enfuir ? Il reste là, immobile, jusqu'à ce qu'il entende des voix au loin. Rassuré par ces présences humaines, Georges rejoint le piano posé sur scène. Il se met à jouer son thème d'entrée, inspiré par les lettres de Galli-Marié.

Voilà justement la cantatrice, tout en noir, dans des vêtements qui mettent ses jolies courbes en valeur. Georges la voit. Il a aussitôt envie de coucher avec elle, rate une note, s'excuse, puis se reprend et joue la suite de sa composition. Le trac a laissé place à l'excitation de présenter ce morceau à Célestine. Il espère une réaction plus encourageante que celle de Geneviève. Au centre de la scène, jouant avec son ombrelle, la chanteuse écoute l'instrument s'animer sous les doigts de Georges en imaginant que, demain, ce sera tout un orchestre à ses pieds qui donnera vie à cette mélodie. C'est coloré, vivant, enjoué, puissant.

Les joues rouges, le souffle court, Georges frappe la dernière note et attend comme un écolier de savoir ce qu'en pense sa maîtresse.

– Je refuse de chanter cela pour mon entrée en scène.

– Pardon ?

Georges n'avait pas prévu cette réaction. Soudain, l'image merveilleuse qu'il s'était faite de Célestine se brise. Il n'a plus envie d'être là, plus envie de l'écouter, il aurait dû suivre le conseil silencieux que semblait lui adresser la salle vide, et partir. Mais quelle cruche, celle-là ! Et lui, quel abruti ! Comment peut-il avoir voulu coucher avec elle ? C'est une mondaine, elle n'a pas de goût, elle veut certainement entendre de vieux airs, comme les autres. Toujours la même tambouille ! Tant pis. Pourquoi Georges a-t-il cru que Célestine serait différente ?

– C'est bien, dit-elle, mais c'est attendu.

Vexé comme un enfant, Georges essaie de se composer un visage d'adulte froid et indifférent, qui en a vu d'autres.

– Je m'ennuie en vous écoutant, ajoute Célestine.

– C'est à ce point-là ?

Tous ces efforts pour rien ! J'ai beau savoir que la qualité d'une œuvre ne se mesure pas au temps passé à la composer, je suis toujours énervé quand je dois jeter quelque chose. Et si je n'avais pas le temps de tout finir ? Et si ma capacité à inventer, à improviser se tarissait ? Et si mon âme s'asséchait ? À chaque fois qu'on me refuse quelque chose, et Dieu sait que cela m'est souvent arrivé, je crois que c'est mon dernier élan. Dans mon esprit, ce refus ne sanctionne pas seulement ce dernier morceau, mais mon être tout entier : et si tu n'étais bon à rien, en fait ?

Une troisième personne fait son apparition dans la salle mal éclairée. C'est Du Locle. Ils sont prêts pour recevoir madame Galli-Marié !

– Allons signer, se réjouit Célestine.

Je la suis à regret tout en la prévenant :

– Vous pouvez encore dire non, si vous n'aimez pas ma musique.

– Ne soyez pas bête.

UN SILENCE PESANT RÈGNE au sommet de l'Opéra-Comique. Galli-Marié étudie les termes de son engagement pour *Carmen*. Bizet, Du Locle et le vieux Leuven attendent qu'elle ait terminé. Ce dernier manifeste son impatience, ce qui ne fait qu'encourager la cantatrice à lire plus lentement encore ce qu'elle a sous les yeux.

Georges pense encore à la réaction de Galli-Marié un peu plus tôt. Comment a-t-elle pu s'ennuyer à l'écoute de son thème d'entrée ? Et puis quand il lui a proposé d'en rester là, elle ne l'a pas pris au sérieux. C'est à n'y rien comprendre. Elle a remis en cause le morceau, mais pas Georges. Par le passé, le compositeur a souvent entendu : « ce n'est pas vous le problème, c'est ce morceau que vous m'avez apporté ce matin », mais il n'y a jamais cru. Il a toujours interprété ça comme une formule de politesse pour le faire retravailler à l'œil. Quand on critiquait une de ses créations, il lui semblait qu'on s'attaquait à un de ses enfants. Comment prendre la critique avec détachement, jeter le bébé et se remettre à en faire un autre ?

Et puis là, juste avant qu'elle aille lire son contrat, elle lui a dit « ne soyez pas bête » avec une telle assurance ! Croit-elle réellement toujours en lui ? Dans le doute, Georges décide d'arrêter de bouder dans son coin et lève les yeux vers la Galli-Marié. Décidément, cette robe lui va fameusement bien ! La propriétaire de la robe en question finit par parapher et signer.

Après avoir vérifié toutes les pages, les directeurs, satisfaits, s'apprêtent à raccompagner la cantatrice, mais celle-ci ne bouge pas de son fauteuil. Les directeurs lui assurent que tout est bien signé, mais celle-ci n'est pas née de la dernière pluie. Elle ne sortira pas d'ici sans le premier versement prévu au contrat. Georges cesse aussitôt de détailler la silhouette de la chanteuse, car voilà qui est encore plus séduisant pour lui. Elle est en train de tenir tête à deux hommes qui sont ses patrons. Tête haute, Galli-Marié considère Leuven d'égal à égal, sans peur. Le compositeur est aussi fasciné qu'un enfant timide qui en regarderait un autre insulter l'autorité. Embarrassé, Du Locle affirme qu'elle recevra le paiement sous peu, le temps d'accomplir les démarches administratives. Mais Célestine veut son premier paiement. Leuven demande pourquoi c'est si pressé. La cantatrice considère qu'elle n'a pas à donner ses raisons. Ça, Georges adore, lui qui a toujours préparé des tartines d'explications dès qu'il se permettait de demander le début de la queue d'un changement par rapport à ce qu'on attendait de lui. Le voilà qui contemple une femme qui dit non, ici, maintenant, sans se justifier, se pourrait-il qu'elle soit devenue plus belle encore ?

Galli-Marié se tourne vers Bizet, guettant sa réaction. « C'est normal » approuve Georges, d'une toute petite voix de débutant dans la révolte. Contrairement à Leuven courroucé, Du Locle aimerait contenter la cantatrice, mais il est désolé, le comptable est malade ce matin. Célestine toise les directeurs. Il y a un prix sur le contrat à la signature, et à moins qu'ils ne sachent pas lire, il n'est nul besoin d'un comptable pour lui verser ce montant. Le vieux Leuven lance des regards noirs à Georges, l'air de dire « tout cela est de votre faute ». Il fouille ensuite ostensiblement ses poches et annonce qu'il n'a pas les clés du coffre. C'est le comptable qui les a. C'est désolant mais c'est ainsi. Célestine repose son ombrelle et dit être prête à attendre que le pauvre comptable guérisse. Du Locle se tourne vers Leuven. Que faire ? Leuven n'aime pas qu'une femme le mette au pied du mur. Il a dégainé tous ses arguments, mais aucun n'a pris. C'est la petite Galli-Marié qui a gagné. Cet opéra va être une tannée, il le pense depuis le début et chaque nouveau jour lui donne raison.

Le vieux directeur se met à fouiller les tiroirs de son bureau, trouve quelques billets, mais pas suffisamment.

Célestine attend la suite. Leuven trouve grossière l'insistance de Galli-Marié à se faire payer. Elle s'en moque. Il n'a d'autre choix que de lui avancer personnellement le reste de la somme et sort théâtralement son portefeuille. Leuven espère sans doute inspirer quelque culpabilité en se faisant passer pour la victime d'un piège, mais ça ne prend pas. Quant à Georges, il croit avoir une hallucination. Jamais il n'a vu Leuven aussi bas et s'en inquiète, car le vieil homme trouvera certainement un moyen de se venger. En attendant, le moment est trop beau. Leuven annonce qu'il n'a pas la somme requise. Voyant cela, Du Locle met à son tour la main à la poche et ensemble, ils avancent la somme à Célestine qui ne montre aucune espèce de reconnaissance particulière. L'argent à la main, elle prend congé. Du Locle semble beau joueur, Leuven beaucoup moins.

– Vous venez, Georges ? lance-t-elle.

Toujours aussi troublé, sans pouvoir se départir de son air ahuri, il lui emboîte le pas. Comment résister ?

Voici Georges et Célestine sur la petite place de l'Opéra-Comique. Elle lui propose d'aller fêter ça.

– Hein ? Quand ?

– Eh bien maintenant.

– Tout de suite ?

Voilà un temps fou que Georges n'a rien fait d'aussi spontané avec une femme. Il en aurait presque des frissons. Il pense aussitôt à Geneviève. Comment prendra-t-elle la nouvelle ?

Georges répond à Célestine qu'il ne sait pas si… il pourrait… mais vite alors…

Georges écrit un mot à la va-vite dans lequel il prétend qu'il doit aller voir un ami malade. Il fait porter le mot à sa femme. Célestine lui demande pourquoi il n'assume pas d'être là où il est, avec qui il est. Le compositeur explique qu'il a des responsabilités familiales, sa femme à soutenir, sa belle-mère, une situation compliquée. La cantatrice le regarde attentivement.

– Quoi ?

– J'aime votre musique, je vous l'ai déjà dit… Mais vous, je n'arrive pas à me faire un avis.

– Si vous m'aimez ?

– Si vous êtes vraiment différent de ces pâles messieurs que nous venons de quitter. Quand j'écoute votre musique, je me dis que oui. Quand je vous vois avec votre petit mot, votre air gêné, je me dis que non. Pour ce soir je vais vous laisser le bénéfice du doute.

Une nappe blanche. D'épaisses serviettes en coton. Des couverts en argent. Des verres fins et légers. Du pain frais. Un décor de paysage de campagne peint sur des parois de bois qui protègent Georges et Célestine du reste du monde. Les bruits montent des salons voisins et de la salle du rez-de-chaussée. Éclats de conversation.

Disputes de couples. Verre qu'on brise. Plat qui tombe. Rires. Chant. Un violon qui joue un air à la mode. Que dire à Geneviève en rentrant ce soir si elle se doute de quelque chose et demande des explications ? Qu'il a fallu retravailler un passage ?

– Où êtes-vous, Georges ?

– Ici, dit-il, se forçant à revenir à l'instant présent.

À cette table, ce pain, ces verres et les mains de Célestine. Celles-ci sont plus petites que celles de Georges, mais plus épaisses que celles de Geneviève et pourtant elles sont jolies. Georges voudrait les toucher.

– Vous voulez les toucher ?

– Pas du tout, quelle drôle d'idée !

– Vous n'en avez pas envie ?

– Non, enfin si, enfin je... c'est votre bague que je regardais.

– Un cadeau de mon mari.

– Vous êtes mariée ?

– À un sculpteur, oui. Galli. Vous aimez la sculpture ?

– Euh, oui !

– Le nom de mon père, c'était Marié de L'Isle. J'ai pris ce nom de Galli-Marié à mon mariage.

– D'accord.

« D'accord. » Voilà quelque chose d'intelligent à dire, se lamente Georges. Ce n'est pas la première fois qu'il se maudit intérieurement pour des paroles idiotes et notamment ses « d'accord ». Lui a-t-elle demandé son avis ? L'a-t-elle consulté sur son projet de mariage ? Pas vraiment. Et pourtant Georges a dit d'accord. Georges lâche souvent ce mot quand il n'est pas d'accord, en fait. Seulement il a l'impression que « pas d'accord » n'est pas la réaction que ses interlocuteurs attendent de lui. Si Georges prenait la peine de décomposer sa réaction plutôt que de s'empresser d'acquiescer à tout et n'importe quoi, voici ce que cela pourrait donner : « D'abord on me dit quelque chose qui me fait de la peine, par exemple que la femme dont je voudrais toucher les mains est mariée. J'ignore quelle réaction on attend de moi. Peut-être que je lui plais, à Célestine, tout ver de terre un peu minable effrayé par sa femme que je suis. Peut-être qu'elle se demande à quel genre d'homme elle a affaire, comme elle me le disait dans la rue tout à l'heure. Peut-être qu'elle me teste, me provoque, peut-être qu'elle est effectivement mariée, mais qu'elle adorerait tromper son mari avec un musicien, c'est connu que les musiciens sont des amants bien plus amusants que les sculpteurs… Mais par un mécanisme mystérieux, convaincu que je ne suis qu'une chambre d'enregistrement des mauvaises nouvelles, je me suis empressé de donner mon blanc-seing. "D'accord". J'aurais aussi bien pu dire "Très bien" ou "Parfait". J'ai parfois l'impression d'être assis avec d'autres hommes dans une forêt, on me passe une grosse pierre et on me demande de la manger. "D'accord." Pas de pourquoi ? Ne pourrais-je oser : "C'est une pierre, ce ne doit pas être particulièrement digeste. En fait je n'aime pas trop les pierres, ne pourrais-je plutôt m'attaquer à une racine ou à un peu de cette belle mousse qui pousse au pied de cet arbre ? Quitte à avaler quelque chose, ne puis-je faire un choix par moi-même ?" J'ai dit oui sans même qu'on me le demande, pour masquer ma gêne, pour me couper moi-même de l'envie de dire que ça me déprime de savoir cette femme mariée. En fait je m'empêche d'exprimer quelque chose de maladroit, d'un peu vif, de déplacé, mais de vrai. Je coupe la réaction vive qui monte et je mets fin à la discussion. D'accord. Malheureusement, avec le temps, j'ai tellement dit d'accord, si souvent accepté des choses qui me déplaisaient, par peur de déplaire aux autres, que ma capacité à dire mon fait s'est émoussée dangereusement. J'ai avalé bien trop de couleuvres, de pierres, j'ai le ventre atrocement lourd, je le charge chaque jour un peu plus sans jamais lui laisser une chance de s'exprimer. »

– « D'accord ? » Vous êtes bien gentil d'être d'accord, Georges. Et décidément étrange. Je me demande si on va réussir à travailler ensemble. Parce que moi, je vous préviens, et vous vous en êtes sans doute rendu compte, je ne suis pas une femme « d'accord ». Ce n'est pas par choix. Je veux chanter des airs qui correspondent à mon envie. Qui me semblent inédits ou que mon approche va rendre singuliers. Je ne chante pas que des chefs-d'œuvre, loin de là. Mais ils doivent avoir une fraîcheur nouvelle pour moi au moment où je les interprète. Or j'ai remarqué, et peut-être que vous aussi, que pour faire quelque chose de frais et d'inédit, on a rarement l'accord de tout le monde. Dans mon expérience et celle de mon père avant moi… À propos, savez-vous que je suis fille de musicien ?

– Oui.

– Vous dites oui comme vous dites d'accord ? Par politesse ? demande Célestine.

– Souvent, oui, mais là, quand vous avez dit votre nom de jeune fille, je me suis souvenu du ténor Claude-Marie Marié de L'Isle. N'est-ce pas lui qui avait créé le personnage de Tonio dans *La Fille du régiment* de Donizetti ici, enfin je veux dire à l'Opéra-Comique ?

– Oui. Il est également chef d'orchestre. Grâce à lui, je connais la musique et pas seulement du point de vue du chant. Je vous donnerai mon avis en permanence et ce ne sera pas toujours celui que vous voudrez entendre.

– D'accord… Non, pardon, se reprend Georges. Je veux dire que j'en prends note et que j'espère que nous partagerons certains points de vue ou plutôt que nos points de vue différents pourront s'enrichir l'un l'autre.

– C'est quoi, cette phrase ?

– C'est pathétique, je sais. Je crois que j'essayais de vous dire que j'aime bien que vous soyez comme vous êtes parce que c'est comme ça que je vois Carmen, mais qu'en même temps je réalise à quel point ça va être compliqué de travailler avec vous.

– On va beaucoup s'affronter vous et moi, annonce Célestine.

– La confrontation n'est pas mon point fort. Je crains que vous ne gagniez la plupart du temps et que Carmen, au bout du compte, ne soit plus ma Carmen mais la vôtre.

– Là-dessus n'ayez crainte. Je vous refuserai un tas de choses, mais je ne prendrai pas votre place. Je ne sais pas composer. J'espère juste que vous tiendrez bon.

– Comptez sur moi.

Mais au moment même où il prononce ces trois mots, Georges sent que c'est foutu. C'est encore un de ces partenaires, même si c'est une femme pour changer, qui va l'écraser. Pour manger et en même temps avoir l'illusion qu'il est un artiste, il va devoir une fois de plus s'adapter et composer une œuvre qui ne lui ressemble pas. Il a trop plié dans le passé pour être capable de lutter contre cette femme qui va le dévorer, lui et sa musique.

Quand Georges lève les yeux, il ne voit plus le visage de Célestine caché derrière la carte du restaurant. Et s'il lui disait tout de go ce qu'il ressent à cet instant ? Après tout, elle semble plus franche que les autres. Non. Georges a déjà donné. À chaque fois qu'il a avoué ses peurs, ses interlocuteurs en ont toujours profité d'une manière ou d'une autre. Alors il se plonge dans la carte, lui aussi. Entrées, fruits de mer, poissons, viandes, volailles. Face à toutes ces tentations plus alléchantes les unes que les autres, Georges annonce :

– Je vais prendre une soupe.

– Une soupe, note le maître d'hôtel que Georges n'avait pas remarqué.

Ça fait rire Célestine.

– J'ai un peu de poids à perdre, se justifie Georges.

– Pas de soupe ce soir, répond-elle. Pas « d'accord ». Ce soir nous fêtons notre collaboration et tous nos désaccords à venir.

– Vos désaccords.

– Et les vôtres.

– Les miens ? Vous me connaissez mal.

– Si vous m'annoncez que vous direz amen à toutes mes remarques, je quitte le projet à l'instant.

Georges est interloqué.

– Qu'y a-t-il ? demande Célestine.

– Vous attendez de moi que je vous contredise ?

– Évidemment.

– Donc pas de soupe ? demande le maître d'hôtel.

– Georges, tout ce que je veux, c'est une relation d'égal à égal avec vous. Et moi, je vais passer mon temps à tout remettre en cause, alors si vous n'en faites pas autant de votre côté, c'est voué à l'échec. Vous êtes le compositeur de cet opéra, pas le grouillot. Je vais dire ma vérité, car c'est mon habitude, il faut que vous disiez la vôtre.

– Je ne suis pas aussi à l'aise que vous pour donner mon avis. Quand je fais ce que j'aime, quand je compose, des élans me viennent et je les laisse s'exprimer au piano, mais pour parler, je ne suis pas bon. Le combat ne sera pas équitable.

– On verra. Vous aimez les escargots, Georges ?

– Je les adore. Mais c'est gras et…

– Deux douzaines d'escargots.

– Deux douzaines…

– Et le foie gras, Georges, c'est quelque chose sur lequel on peut être « d'accord » ?

– Ah oui, le foie gras, surtout quand il est poêlé comme je le vois sur la carte, avec les petits raisins…

– Un foie gras poêlé. Et un beau lobe. Pas des petits bouts reconstitués, hein ?

– Bien sûr, Madame.

– Et la poularde au vin jaune, comment est-elle ce soir ?

– Magnifique.

– Mettez-nous-en une avec un gratin.

– Madame, coupe le maître d'hôtel, ces plats ne sont pas les moins chers de la carte…

Célestine pose alors sur la table la liasse qu'elle vient de recevoir de l'Opéra-Comique.

– Vous êtes rassuré ?

– Je le suis. Merci, Madame. Le sommelier va passer pour les vins.

Georges n'en revient pas. Célestine ne va pas mettre cet argent de côté ? N'a-t-elle pas d'enfant, de foyer ?

– Non.

– Et votre mari, le sculpteur. Il a de l'argent ?

– Il est mort.

– Hein ? Quand ?

– Un an après notre mariage.
– Quand vous m'avez dit que vous étiez mariée…
– Je guettais votre réaction.
– Et moi j'ai dit d'accord !
– C'est ça.

Georges se sent idiot, une fois de plus. Il n'est plus à ça près. Mais cette grosse somme d'argent posée sur la table entre les serviettes, le pain et les couverts le choque.

– Vous n'avez pas de dettes ?
– Si, mais sans importance.
– Pas de compagnon ? Un artiste qui gagnerait mal sa vie, comme il y en a tant ?
– Ce ne sont pas vos affaires.
– Pas d'argent à mettre de côté pour l'avenir ?
– Il n'y a pas d'avenir, à part le présent !

Georges a toujours les yeux fixés sur l'argent. Célestine est presque amusée.

– J'ai une valeur et tant que celle-ci n'est pas reconnue par mes partenaires, comment pourrais-je tout donner de moi-même ?

Les plats les plus exquis arrivent les uns après les autres. Les vins aussi. Les assiettes se vident dans la joie. La nappe blanche se décore de gouttes de vin, de taches de sauce, de miettes de pain. Georges se demande s'ils ne pourraient pas se contenter des entrées et annuler la suite de la commande pour que Célestine garde un peu de son argent. Mais la chanteuse l'arrête net. Elle n'a pas

besoin qu'un homme lui dise ce qui est bon pour elle !
Georges s'excuse. Ce n'était pas son intention.

Tard dans la soirée, Célestine commande deux cafés au maître d'hôtel, mais Georges intervient :

– Pas pour moi, merci.

Georges n'en boit pas, son estomac trop fragile ne le supporte pas. Pourtant, ce soir, il a avalé un tas de choses qu'il s'interdit la plupart du temps. Par exemple, quand il prend des escargots pleins d'ail le soir, il sait qu'il ne dormira pas. Le foie gras, les alcools en nombre ne lui réussissent pas davantage. Il a pris tout ça et il a aimé, mais il le paiera. Et puis comment dire à cette femme qui le fascine : « Non, merci, j'ai des problèmes de digestion ? » Ce soir, Georges, pour plaire à Célestine, mais davantage encore pour ne pas la décevoir, a mangé sans réfléchir, sans compter, tous les plats qu'elle avait commandés pour lui. Sur la question de ce qu'il peut ou ne peut pas manger, Georges ne sait jamais comment se comporter. Il a toujours peur de manquer, aussi quand une occasion comme ce soir se présente, il est intéressé. Seulement après chaque excès, il vit des nuits sans sommeil, à déglutir mille fois, espérant finir par trouver le repos, mais son ventre prend toute la place dans le lit. Dans ces longues nuits à se relever sans cesse, Georges se fait la promesse d'être plus prudent à l'avenir et surtout de faire l'impasse, le soir venu, sur ce qui peut lui faire du mal. Mais quand arrive un repas avec des mets appétissants, Georges a bien du mal à résister. Aussi, le fait que Georges, après avoir avalé toutes ces choses, annonce soudain qu'il ne prend pas de café n'est pas une rébellion à minimiser. Est-ce la fréquentation de l'audacieuse Célestine au fur et à mesure des heures qui passent, à la lumière des bougies qui faiblit, qui l'a encouragé à dire non ? Comme si de rien n'était, comme s'il avait l'habitude de dire « pas pour moi », au risque de créer un froid ? Tâchant de n'en rien laisser paraître à Célestine, Georges est excité. « Je n'en reviens pas d'avoir dit "pas pour moi" à Célestine Galli-Marié qui me propose de prendre un café avec elle. Je n'ai pas dit ce que je pensais qu'elle attendait de moi, j'ai dit ce que je voulais. Comme ça ! L'ai-je dit avec une voix bizarre, une intonation fausse ? J'ai voulu avoir l'air nonchalant, mais je ne suis pas un type nonchalant. Elle semble être passée à autre chose, donc elle n'a rien dû remarquer. Ah voilà son café. Tiens, il y en a deux ? »

Le serveur pose deux tasses sur la table.

Georges est vexé. On ne l'a pas entendu quand il a dit qu'il n'en voulait pas ? Ou l'a-t-il affirmé trop mollement ? Le garçon a disparu.

– J'avais dit que je n'en prenais pas, mais enfin… balbutie Georges.

Célestine le coupe. Elle appelle :

– Il est tiède, ce café. Patron !

Impressionné, Georges, par peur du scandale, propose :

– Prenez le mien, tiède, ça ne me gêne pas.

– Votre offre est déprimante, Georges.

Elle appelle à nouveau, beaucoup plus fort : « Patron ? Patron ! »

Il n'y a plus aucun bruit dans l'établissement. La puissante voix de Célestine a réduit tout le monde au silence.

– Patron ! Le café est imbuvable !

Voici le patron qui entre dans le petit salon de Georges et Célestine. Il suffit de regarder sa tête et d'écouter sa voix qui traîne, entre fatigue et impatience, pour deviner qu'on a passé les deux heures du matin et qu'il en a marre.

– Qu'y a-t-il pour votre service ?

– Est-ce si compliqué d'apporter du café chaud ?

– Non…

– Quand je chante sur scène, je chante les notes demandées, aussi hautes soient-elles. Je ne chante pas les notes du milieu parce que c'est moins fatigant ou parce que je sais que, dans le public, il y aura toujours quelques spectateurs qui ne feront pas la différence. Vous comprenez ce que je suis en train de vous dire ?

– Oui, c'est bon, on va vous changer votre café.

– Les deux !

– Oh, moi vous savez, dit Georges, en fait, je n'avais pas demandé de…

– Les deux, d'accord.

– Et vous allez nous offrir une bouteille de votre eau-de-vie pour la peine.

– Et puis quoi encore ? Vous faites toujours des problèmes, vous !

– Vous… Qui ? Vous les artistes ?

– Non, juste vous, madame Galli-Marié.

– Parce que je suis exigeante ?

– Parce que vous êtes pénible.

Georges voudrait intervenir pour défendre Célestine, mais elle semble n'avoir nul besoin de lui.

– Je ne suis pas venue pour connaître votre sentiment sur moi. Allez chercher votre eau-de-vie !

– Allez voir ailleurs !

Cette fois, Georges ne voit pas comment il pourrait rester en retrait.

– Monsieur, je ne vous permets pas…

Georges n'a pas fini sa phrase que Célestine envoie son café à la figure du patron.

– Putain ! crie le patron.

– Désolée pour sa tiédeur, mais je n'y suis pour rien.

Il s'essuie la figure et se rue sur Célestine. Elle se lève, décidée à se battre malgré sa petite taille.

– Toi, j'en peux plus de toi ! vocifère le patron.

Ils se rapprochent, prêts à se donner des coups. Georges est effrayé par ce spectacle dont il imagine la suite, quand Célestine lui demande :

– À quel moment envisagez-vous de me prêter main-forte, Georges ?

Georges percute. Il se lève. Sa stature impressionne le patron qui ordonne :

– Payez et dégagez !

– De toute façon, je n'ai aucune envie de rester dans cet égout.

Dans la nuit, Célestine sort la première sur le boulevard des Italiens, droite, fière. La silhouette de Georges suit, plus haute, plus ivre, penchant de droite et de gauche. Il confie à Célestine qu'il ne pensait pas qu'il était possible d'affirmer qui on est, comme elle vient de le faire et en même temps de manger à sa faim. Il a toujours été persuadé qu'il s'agissait de deux actions incompatibles. Célestine lui sourit, pas bien sûre de le comprendre.

La lune est cachée par d'épais nuages. Georges raccompagne Célestine à travers Paris éteint. Peut-il lui annoncer quelque chose ? Évidemment, dit-elle, tant qu'il ne lui déclare pas sa flamme.

– Hein ? Non. Pas du tout. Pourquoi ?

– Les grands émotifs dans votre genre, bloqués dans leurs petits carcans, leurs frustrations, leurs murs trop étroits, il leur arrive parfois à mon contact de confondre une sensation de liberté avec de l'amour.

– Les compositeurs tombent souvent amoureux de vous ?

– Je n'ai pas dit ça. Je ne suis pas particulièrement jolie, en plus.

– Oh si.

– Ce n'est pas la question. Tout ce que je cherche, c'est une bonne relation de travail avec vous. Pas à mettre le chaos dans votre vie. Et là vous me faites l'impression d'un poussin qui voudrait sauter hors du nid sans savoir voler. Je ne suis qu'une cantatrice. Une partenaire.

– Fort bien. Je voulais vous dire qu'après ce soir je sais ce qu'il manque à l'air d'entrée de *Carmen*.

– Rien que ça ?

– Rien que ça. C'est insuffisant ?

– Du tout, lâche-t-elle, presque déçue.

– Bonne nuit !

– Bonne nuit.

Ce soir-là, rentré chez lui, Georges se met au piano et compose un nouvel air. Réveillée de mauvaise grâce, Geneviève lui demande de s'arrêter, mais ce dernier joue, pris par sa musique qui semble couler sous ses doigts comme du miel. Manquant d'énergie pour affronter cet homme ivre de vin et de vie, elle lui promet une petite discussion le lendemain et retourne se coucher, réfugiant sa tête entre deux oreillers, indifférente à la magie.

LES MAINS DE GEORGES FRAPPENT les touches d'un autre piano. Ce sont les mêmes notes que celles qu'il jouait dans la nuit, mais elles ne produisent pas le même effet. Est-ce parce que l'ivresse a cédé la place à la gueule de bois ? Son morceau lui semble plus terne, plus sec. Près de lui, dans cette salle de répétition de l'Opéra-Comique, Célestine écoute, debout. La salle nue ne résonne pas comme le petit séjour chez Georges. Le jour ne résonne pas comme la nuit. L'excitation s'en est allée. Georges est frustré, incapable de se rendre compte si, dans la lumière grise, sa composition est réellement médiocre. Il jette des regards vers Célestine, pour savoir ce qu'elle pense, mais elle ne montre rien.

Une fois le morceau fini, il n'ose se tourner vers elle et attend, les mains sur les genoux.

– C'est mieux, finit-elle par dire. Mais ce n'est pas mon air d'entrée.

– Non ?

– Non. Enfin Georges, Vous avez lu *Carmen* comme moi. Vous ne vous êtes pas dit : « C'est bien, c'est bon, c'est de la qualité. »

– Disons…

– Non. Vous vous êtes demandé comme moi : « Mais qui est cette femme ? » Elle ne ressemble en rien aux bohémiennes que j'ai pu jouer ou que vous avez pu voir sur scène ou dans des livres. Elle n'a pas simplement plus de relief que les autres femmes. Ce personnage ressemble pour une fois à une vraie femme incarnée, forte, surprenante.

– Oui, c'est vrai, mais enfin…

– Pour l'air d'entrée, il nous faut quelque chose qui sidère le public. À la hauteur de ce que j'ai ressenti en découvrant la nouvelle de Mérimée. On doit frapper les gens. Et les enchanter en même temps.

– C'est compliqué.

– Très. Mais vous pouvez y arriver. La première entrée de Carmen doit être un choc musical !

Georges est déçu.

– Sur quoi va-t-on travailler ce matin alors ?

Célestine met son chapeau et sort.

– Vous venez, Georges ? crie-t-elle depuis le hall.

Déstabilisé, le compositeur se demande si ces « vous venez, Georges ? » vont devenir une habitude avec Célestine. Il s'était fait à l'idée qu'il allait passer la journée dans cette salle à retravailler encore et encore, parler, essayer des choses et voilà que la chanteuse l'entraîne ailleurs. Georges a fermé tant de portes sur ses désirs pour moins souffrir qu'il n'aime pas trop les changements de dernière minute. Pourtant, à vingt ans, à la villa Médicis à Rome, il les aimait tant ! « Dieu que je suis devenu un homme ennuyeux en quinze ans », se dit-il en attrapant son chapeau. Il referme la porte. « Où va-t-on ? » demande-t-il, alors que Célestine est déjà loin.

Toute une gamme de verts mouvants, de rouges vibrants, de jaunes liquides, se mêle, poussée sur l'eau par une légère brise. La Seine se nourrit de toutes les couleurs de la nature qui l'entoure et les reflète. Les arbres qui longent son lit semblent vouloir prolonger les beaux jours, même si leurs racines puisent une eau déjà bien fraîche. Les feuilles tombées flottent sur le fleuve, dérivant avec le léger courant.

Les restaurants et guinguettes au bord de l'eau se préparent à accueillir des visiteurs pour une des dernières belles journées de la saison. Les barques attachées par dizaines sont débarrassées de leurs feuilles mortes qu'on rejette à la Seine. Tiré par des chevaux, voici le tramway venant de la capitale. Il s'arrête. Ça y est, les Parisiens sont à Bougival. Georges et Célestine descendent de voiture. Autour d'eux, on se demande dans quelle guinguette on ira boire, manger ou danser, quel est le meilleur orchestre, qui fait le plus fameux poulet rôti. Ces conversations enchantent Georges qui, à cet instant, oublie que

Célestine lui a refusé son nouvel air d'entrée. Surpris par la douceur de l'air, le compositeur enlève sa veste et suit naturellement le groupe qui semble parler avec le plus d'autorité des mérites des différentes guinguettes. Avec Célestine, il passe devant les terrasses baignées de soleil. Là un cochon cuit à la broche. Plus loin, des verres de vin s'entrechoquent. Deux hommes en tenue de bain sautent à l'eau, ressurgissent, crient et éclatent de rire.

– Vous aimez la peinture, Georges ?

– Hein ?

Georges n'a pas entendu. Il a l'impression de mettre le pied à terre après un très long voyage alors qu'il ne s'est éloigné de Paris que de quelques dizaines de kilomètres. Le voici loin de la lourdeur de sa vie parisienne, des frustrations de son mariage, des compromissions de son art. Pour la première fois depuis Rome, il ne sent aucun poids sur ses épaules, ni celui du devoir d'être un bon mari ou un bon compositeur. Sur Georges ne passe que de l'air, et encore, un air doux, vivant, joyeux, plein des senteurs de la forêt toute proche et des cuisines préparant le déjeuner.

– Georges, la peinture ?

– Comme ça… Ce n'est pas mon art préféré. L'exécution en soi ne m'intéresse pas. La ressemblance avec la réalité non plus.

– Vous n'y connaissez pas grand-chose en fait ?

– Pas grand-chose effectivement. J'ai été au Louvre enfant. J'ai fréquenté deux, trois salons. Je préfère le piano. Je vous ai dit que mon domaine, c'était plutôt le piano ?

Ils arrivent à la dernière guinguette qu'ils dépassent. Georges s'étonne.

– Vous avez une meilleure adresse pour déjeuner ? Bien cachée ?

– Vous avez déjà faim ?

– Pas vraiment, mais regardez ce cochon rôti ! N'est-ce pas criminel de résister à une telle invitation ?

– J'ai repensé à ce que vous m'avez dit hier, Georges, ou plutôt ce matin. Vous avez peur de manquer, comme la plupart des gens. Mais faites-moi confiance. En vous promenant avec moi, vous ne manquerez de rien. Par ici.

À la suite de Célestine, Georges s'éloigne des terrasses. À regret. À travers les branchages, il regarde la Seine et ses reflets. Le compositeur écoute le bruit de leurs pas sur les feuilles mortes. Quelques oiseaux battent des ailes et s'éloignent.

Les arbres se font soudain plus rares, offrant un joli panorama sur le fleuve. Un peintre et son chevalet ont pris possession d'un ponton de bois. Célestine et Georges s'approchent. Sur sa toile, le peintre a représenté très exactement le paysage. Georges bâille. Il trempe sa main dans l'eau claire et froide. Célestine reprend sa marche, suivie de Georges. Elle en convient, si c'est pour faire ce genre de tableaux, la peinture n'a aucun intérêt. Georges n'a pas envie de parler peinture, il voudrait se baigner, mais Célestine avance d'un bon pas et il craint de la perdre de vue. Plus loin, ils trouvent un autre chevalet sur lequel est posée une peinture des plus académiques. Il ne manque que les angelots dans les coins. En aparté, Georges confie à Célestine ne pas trop comprendre ce qu'ils font là. N'a-t-elle pas envie de se baigner elle aussi ? Célestine répond que l'art, le vrai, le grand, se mérite, et l'invite à continuer leur errance. Georges traîne des pieds.

Ils arrivent dans un coin reculé où ils découvrent quelque chose qui les surprend. C'est encore une représentation, mais cette fois, en contradiction avec les précédentes, c'est une véritable réinterprétation du paysage. La nature est dépeinte, mais recréée par les pigments, le trait, la couleur, de façon plus riche, plus subjective. Craignant d'interrompre le travail de l'artiste, Célestine et Georges s'asseyent discrètement dans l'herbe fraîche. La toile se développe sous leurs yeux. Au lieu de tracer des lignes, le peintre, dont ils ne voient pas le visage, progresse par petites touches. Il mélange des couleurs sur sa palette et vient poser sur la toile des tons qui semblent plus vifs les uns que les autres. De la juxtaposition de ces nuances intenses, d'une originalité et d'une beauté inattendues, naît la composition. En quelques minutes, Georges a oublié les terrasses de Bougival. Se prenant au jeu, il se demande si le peintre va pouvoir couvrir toute sa toile avec la même inventivité et la même exigence. D'autant que tout change autour d'eux : la lumière, les couleurs, l'exubérance des teintes du matin s'enfuient. Comment cet homme fait-il pour en garder la mémoire et poursuivre sa création sans l'aide d'une photographie ? En regardant le pinceau métamorphoser la toile, le compositeur retrouve la joie qu'il a ressentie en descendant du tram à Bougival ce matin. Célestine, de son côté, se déplace. Elle aime la délicatesse avec laquelle le peintre semble proposer la couleur à la toile. Ce dernier accélère le rythme, multipliant les variations d'une même couleur, surveillant constamment la course du soleil et puisant dans ce qui reste de lumière. Revenue près de Georges, Célestine est heureuse, apaisée.

Sur le point de terminer un bosquet d'arbres, le peintre s'arrête, hésitant, comme désorienté. Le soir vient. Un soir qui ne manque pas d'allure, mais qui n'est pas dans l'esprit de l'œuvre en cours. L'homme s'étire, puis aperçoit Georges et Célestine derrière lui. Il range ses tubes de peinture, sa palette et les restes de son casse-croûte. Il se lave les mains dans la Seine avant de déclarer :

– Il est temps d'aller boire quelque chose.

L'inconnu a fait cette annonce avec une pointe d'accent que Georges n'arrive pas à identifier. Célestine demande au peintre s'ils peuvent l'accompagner.

– Pourquoi pas ? Vous n'êtes pas comme les autres. Les couples qui cherchent un coin tranquille en forêt ne passent pas leur journée à regarder travailler un peintre. Vous êtes fâchés l'un avec l'autre ?

– Non. Et nous ne sommes pas un couple non plus.
– Première nouvelle, dit Georges pour faire une blague.

Ils se mettent en route. Au bout de quelques minutes, les nuages s'amoncellent, mais quelle importance ? Après tout, les pinceaux ont été rangés, le ciel qui a posé toute la journée pour le peintre peut faire ce qu'il veut.

Le trio arrive en vue des premières villas qui longent la Seine. Une maison au bord de l'eau attire l'œil de Georges. Blanche et marron, haute de deux étages, étroite, elle n'est pas particulièrement jolie, mais sa situation est idyllique, entre forêt et ville, face à la Seine et à l'autre rive, peuplée de grands arbres. Un panneau indique que la maison est à louer. Georges se fige. Célestine aussi. Le peintre commente :

– Ce n'est pas la plus jolie maison de Bougival, mais j'imagine que vous ne l'étudiez pas dans le but de la peindre. La vue du deuxième étage doit être saisissante. À droite, vous avez la Seine qui tourne. Le regard porte loin. À gauche, vous devez être aux premières loges pour voir les gens se baigner et se promener en barque. J'ai vécu par ici il y a quelques années. C'était avant la guerre. Vous cherchez une villa pour y habiter à l'année ?

– Pour y terminer un opéra, devine Célestine dans le regard de Georges.

– Ça me semble idéal. Une œuvre qui se passe à la campagne ?

– Pas vraiment, précise Célestine. À Séville, en Andalousie. Loin d'ici !

– Parfait, conclut le peintre. À Bougival, on fuit admirablement Paris.

Georges le croit sur parole.

Un liquide rubis coule d'un fût. Le pichet se remplit. Une petite main ferme le robinet. Le garçon lèche ses doigts et rejoint la salle. Les tables sont occupées par les Parisiens arrivés le matin. Ils boivent en attendant le tramway du retour. Certains ont les cheveux encore mouillés de la baignade. Ils font durer ce sentiment de vacances. Des couples se promettent de revenir ensemble, de trouver un moyen que le mari ou l'épouse n'en sache rien. Plus loin, deux amis essaient d'obtenir des baisers des jeunes femmes avec qui ils ont passé la journée. Elles s'en amusent, mais résistent. En bout de table, Célestine est assise entre Georges et le peintre. L'enfant pose le pichet sur la table.

– Voilà, monsieur Alfred.

– Alfred ! répète Georges – soudain, l'énigme du petit accent se résout dans sa tête. Alfred Sisley ?

– Pour vous servir.

– Des amis m'ont parlé de vous ! Me disant que ce que vous faites me plairait. Mais comme je disais à madame Galli-Marié, je ne me suis jamais tellement intéressé à la peinture. Maintenant je comprends.

– Quoi ?

– Que vous n'êtes pas comme les autres peintres. Et vous êtes anglais ?

– Mes parents le sont, moi je suis né en France. Je viens de passer quelques mois à peindre à Londres, du côté de Moseley et Hampton Court. Quand je me replonge dans le bain anglais, il m'en reste toujours quelque chose au retour.

Georges verse le vin dans les verres. Ils boivent. Célestine ne dit rien, elle observe Georges qui regarde Sisley comme un grand frère qu'on admire.

– Comment faites-vous ?

– Que voulez-vous dire ?

– Pour mettre autant de vie dans votre peinture ? Est-ce parce que vous êtes anglais ? On dit qu'ils sont moins conformistes que les Français.

– Je crois que je suis un mélange des deux pays. Cela dit, le premier peintre qui a immortalisé Bougival est un Anglais, William Turner. Vous avez entendu parler de lui ?

– Vaguement.

– Excusez-le, s'amuse Célestine.

– Comment faites-vous ? insiste Georges. Personnellement, j'ai tant de mal à échapper aux lourdeurs de l'époque, aux traditions…

– Un jour, j'ai compris que je n'avais pas le choix, répond Sisley. Sinon, j'étouffais.

Georges avait encore un tas de questions pour Sisley, mais les derniers mots du peintre lui font l'effet d'un coup de poing dans l'estomac. « Sinon, j'étouffais. » Pourtant, vivre, n'est-ce pas essayer d'avancer tout en étouffant ? Être sans cesse coupé dans ses élans ? Respirer quelques minces bouffées d'air pour tenir jusqu'au soir ? Se coucher avec la sensation de n'avoir rien digéré ? Essayer en vain de rêver à l'Espagne, à la Grèce, à l'Italie ? Tâcher d'oublier les rebuffades du quotidien ? Depuis quand Georges ne s'est-il pas levé le matin l'haleine fraîche, le corps dispos, plein d'envie ?

Célestine lui lance :

– La peinture qui vous laisse indifférent est assez comparable à la musique que vous et moi n'aimons pas. Faite par quelques personnalités brillantes, mais aussi par une armée de gens qui le sont moins, c'est celle que l'on entend partout. Mais cela ne doit pas nous dissuader d'essayer de créer autre chose, surtout si comme monsieur Sisley vous étouffez quand vous essayez de faire comme tout le monde.

– Bien sûr. Mais monsieur Sisley n'a besoin de personne pour faire de merveilleuses toiles.

Sisley acquiesce :

– Effectivement. Je ne dois ni demander la permission ni montrer patte blanche. Mais nos cheminements sont plus proches que vous ne le pensez. Tenez, j'ai pour la musique de Beethoven une affection illimitée. Il y a dans le *Septuor pour cordes et vents en* mi *bémol majeur*, opus 20, un air qui correspond à tout ce que j'ai toujours été au plus profond de moi. Je le fredonne sans cesse en peignant…

Revenez à Bougival Bizet, respirez notre air, regardez travailler mes amis peintres ! Après ça, je suis convaincu que vous pourrez apporter à ce milieu musical parisien qui vous fait étouffer la bouffée de fraîcheur dont il a besoin autant que vous.

– Je crois que j'ai une idée pour l'air d'entrée de Carmen, répond Georges.

Le musicien va au piano droit rangé entre deux fenêtres de l'auberge. Il pose ses mains sur l'instrument et joue un air d'une gaieté, d'une fraîcheur, d'une ardeur inédites. Sisley est saisi, la musique de Bizet le transporte. La patronne et les clients s'arrêtent pour écouter. Même l'enfant qui remplit les pichets, soudain réjoui, laisse couler le vin sur la terre battue de la cave. Georges se rend-il compte que tout le monde fait silence autour de lui ?

Il lève les yeux et regarde Célestine. Elle lui sourit. Il est troublé. Ce sourire, est-ce de l'admiration ? De la joie ? Est-ce qu'elle sourit à cause de sa musique ou Sisley serait-il en train de lui faire du pied sous la table ? L'élan de Georges retombe comme un soufflé. Il s'en aperçoit. Arrête de penser, Georges ! Il regarde ses mains qui courent toujours sur le piano. Revenir dans le jeu, le plaisir, la musique ! Ça y est ! À nouveau, il est libre de ce que peuvent bien penser les autres, à commencer par Célestine. Ses doigts sont vifs, rapides, puissants. Ils courent, frappent, effleurent, rebondissent. Les touches du piano s'échauffent à leur contact. La nuit tombe au-dehors. Envoûtés par la musique, les clients écoutent dans l'obscurité. L'enfant apporte une lanterne qu'il pose sur le piano, sans bruit. Sisley observe le visage de Bizet nimbé de lumière. Georges arrive au point culminant de son morceau et s'arrête d'un coup. Le silence qui suit résonne encore des notes qui viennent d'être jouées. On allume d'autres lanternes sur les tables. La patronne annonce que le tramway pour Paris sera là dans quinze minutes. Sisley félicite chaleureusement Georges.

– Vous m'avez comblé avec votre musique.

Célestine le complimente aussi : c'est excellent, c'est amusant, c'est brillant, mais elle est désolée, non, ça ne va pas pour l'air d'entrée. Mais ne vous en faites pas. Vous le trouverez !

Sisley raccompagne Georges et Célestine jusqu'au tramway.

– Cela m'a fait du bien de parler avec vous, monsieur.

– Appelez-moi Alfred, s'il vous plaît. Et surtout, revenez ! Je vous présenterai d'autres artistes, Claude Monet, Auguste Renoir, Camille Pissarro, ou Berthe Morisot qui a une maison un peu plus haut. Ils pourraient vous inspirer pour votre opéra. Nous cherchons tous comment mettre plus de vie dans notre art.

Georges et Célestine montent à bord du tramway. Ils saluent Alfred de la main.

– Et je vais me renseigner pour votre maison ! leur crie Alfred.

Georges referme la portière et s'assied face à la chanteuse.

– Je suis un homme nouveau.

– Vous m'en voyez ravie, dit Célestine.

– Un homme nouveau, mais sans air d'entrée, ajoute-t-il un peu plus sombre.

« NAME DROPPING »

Le *name dropping* (littéralement le « lâcher de noms ») est un procédé consistant à truffer sa conversation de noms connus comme s'ils étaient familiers, pour tenter d'impressionner, selon le cas, ses interlocuteurs, ses auditeurs, ses lecteurs ou ses spectateurs.

Le livre que vous tenez entre les mains plaide coupable ! Il pratique le *name dropping* ou « lâcher de noms », formule moins usitée, qu'on dirait québécoise, mais beaucoup plus amusante.

Vous avez lu à maintes reprises dans ces pages le nom de mon héros, Georges Bizet, mais étant donné le sujet, il semblait difficile de l'éviter. Avec lui vous avez croisé la route de quelques noms encore célèbres aujourd'hui et vous n'en avez pas fini, si vous m'accompagnez jusqu'au bout. Il s'est agi de rencontres brèves ou de véritables amitiés. Parfois, il n'y a pas eu de rencontre du tout.

Georges s'est retrouvé au même endroit, au même moment qu'un autre personnage resté dans l'Histoire. On peut se poser la question de savoir si cela a eu un impact sur les uns ou sur les autres.

Dans ce livre, je n'ai pas voulu jeter de poudre aux yeux, mais simplement vous faire partager ma surprise au contact de ces noms glorieux : Fromental Halévy et son neveu Ludovic, Franz Liszt, Alfred Sisley et tous ceux qui viendront par la suite. Quel casting ! Je crois que j'aurais aimé vivre à l'époque de Bizet, avoir (au risque d'être anachronique) un micro pour enregistrer les voix ou une caméra et les filmer tous dans les rues de Paris, à l'Opéra-Comique, à Bougival et ailleurs ! Je n'ai pas cherché à inventer des scènes pour le plaisir du *name dropping*. Personne ne m'impressionne plus que Georges et Célestine. Mais comment ne pas citer ces étoiles qui brillaient autour de Bizet ? Comment rester de marbre face au foisonnement incroyable de la scène artistique de l'époque ?

CE MATIN D'AUTOMNE de 1874, Bizet a rendez-vous au théâtre de la Gaîté pour récupérer le livret de *Carmen*. Mais arrivé boulevard du Temple, la célèbre salle de spectacle a disparu. Le compositeur s'adresse à un bourgeois sortant de chez lui.

– La Gaîté, elle n'est plus là ?

Croyant à une blague, l'homme rit et poursuit sa route.

Pourtant Georges n'a pas rêvé. Il est déjà venu boulevard du Temple voir des spectacles au fameux théâtre de la Gaîté. À sa création, le bâtiment avait une forme presque triangulaire, avec son balcon à l'étage. C'est là qu'on jouait des spectacles de foire que les badauds regardaient depuis la rue. Georges se rappelle être venu dans cette salle assister à une opérette avec ses parents. L'empereur Napoléon III et son épouse étaient là. Mais ça commence à dater…

– Mais quel idiot !

Ça y est. Il a compris. Georges s'en va, pressé. Comme bon nombre d'institutions parisiennes, la Gaîté a déménagé ; il est donc en retard. Or Georges déteste être en retard. Ce n'est pas seulement une question de bonne éducation. Il croit que s'il n'est pas au rendez-vous on l'oubliera tout à fait. Et quand il attend quelqu'un qui est en retard, il se dit que cette personne l'a oublié. Tout retard, dans un sens ou dans l'autre, est une source d'inquiétude. Georges n'est plus un enfant, il a plus de trente ans, mais c'est plus fort que lui : s'il est en retard, il croit qu'il va manquer le rendez-vous de sa vie, le point de départ de son succès, de sa reconnaissance. Alors, ce matin, il marche vite, puis se met à courir dans les rues.

Georges arrive en sueur devant le square des Arts-et-Métiers. Il s'engouffre dans le hall du nouveau théâtre de la Gaîté. La porte se referme bruyamment derrière lui. À son guichet, un employé lance un regard désapprobateur à Georges. Celui-ci ralentit aussitôt son allure et sourit d'un air gêné.

– Pardonnez-moi. Dans quelle salle répète monsieur Offenbach ?

– Le directeur ne souhaite pas être dérangé ce matin.

– Mais ce n'est pas lui que je viens voir. Ce sont ses librettistes. Peut-être vous ont-ils laissé quelque chose pour moi ? Mon nom est Bizet.

– Rien.

– La répétition a commencé il y a longtemps ?

– Cinq minutes.

– Ah, je m'en veux ! On devait se retrouver à onze heures.

– Eh oui. La ponctualité n'est pas la qualité première des artistes.

– Ne me dites pas ça, je suis la personne la plus ponctuelle qui soit. J'étais à l'heure, j'étais même en avance, sauf que j'étais à l'ancienne adresse.

– Boulevard du Temple ? Nous avons déménagé il y a douze ans. Vous pouvez attendre sur la banquette.

Trois heures plus tard, Jacques Offenbach, cinquante-cinq ans, presque chauve, petites lunettes sur le nez, gros manteau sur les épaules, sort de son bureau. Le directeur du théâtre de la Gaîté est un célèbre compositeur d'opérettes, dont *La Belle Hélène, La Vie parisienne, La Grande-Duchesse de Gerolstein,* trois succès sur des livrets écrits par Henri Meilhac et Ludovic Halévy. Ces derniers traversent le hall à la suite du compositeur pour aller déjeuner.

Ludovic s'arrête en reconnaissant Georges endormi sur la banquette.

– Henri, regarde qui est là !

Mais Meilhac ne l'entend pas. En pleine conversation avec Offenbach, il sort du théâtre. Georges se réveille et demande à Ludovic :

– Tu as le livret ?

– Bien sûr. On l'a fini. Je suis désolé, on est tellement occupés par cette nouvelle version de *La Périchole*. Tiens !

Ludovic prend une liasse de feuilles dans sa serviette et la remet à Bizet.

– Voilà. Attention, c'est une première version. Offenbach nous accapare beaucoup. Il est impressionnant, il a beaucoup d'idées, souvent bonnes d'ailleurs, et il faut réagir vite. Il ne nous laisse pas beaucoup de temps.

– Donc *Carmen* passe au deuxième plan, conclut Georges.

– Nullement ! Je le disais encore à Meilhac ce matin. *Carmen* reste une priorité ! Bon, tu me feras savoir rapidement ce que tu en penses ? Je crois qu'il y a des choses que tu aimeras, tu me diras…

Sur le chemin du retour, Georges, impatient, ne peut s'empêcher de se plonger dans le livret.

Être perpétuellement dans l'espoir d'une bonne nouvelle fait partie des nombreuses tares de Georges et contribue à son malheur. Il le sait. Il a bien essayé de ne rien attendre, comme le suggère la sagesse orientale. C'est Geneviève qui lui a parlé de ça. Raté. Ce n'est pas pour lui. Le seul domaine dans lequel Georges n'attend plus rien, c'est justement sa relation avec Geneviève. Pourquoi se mentir ? La compassion ne vaut pas l'amour. La beauté ne remplace ni la fantaisie, ni la sensualité, ni la complicité. Mais hors de son mariage, Georges espère toujours : que le repas qui vient sera meilleur que prévu, que la nuit sera plus belle, l'alcool plus doux, l'opéra plus éblouissant.

Il aurait donc mieux valu que Georges ne formule aucun espoir avant d'ouvrir le livret de Meilhac et Halévy. Georges parcourt les feuillets des librettistes à la recherche de quelque chose qu'il aime. En vain. Quoi ? C'est ainsi qu'ils voient Carmen ? Voilà leur vision du désir, de la liberté d'aimer ? Quand il n'aime pas une page, il se dit qu'il est tombé au mauvais moment et reprend plus loin. Ah, là, c'est pas mal, oui oui oui… hein ? Quoi ? Non ! Georges relit le début, peut-être qu'à la deuxième lecture ce sera plus convaincant. Pas vraiment. Il attaque par la fin. Alors, comment ça se termine, pour eux, *Carmen* ? Voilà… Quoi ? Impossible ! Georges lit sans qu'une seule note de musique ne résonne dans sa tête. Rien. Juste les pas des chevaux d'une voiture qui passe. Les cris d'un vendeur de journaux. Une femme qui hurle qu'on lui a volé son collier. Tous ces bruits sont plus forts que l'histoire qu'il a sous les yeux.

L'après-midi, ça ne s'arrange pas. Georges enchaîne les cours de piano dans son salon. Le texte est posé sur l'instrument. Dès qu'il a une minute, il ouvre le livret au hasard, espérant tomber sur un passage qui lui plaise. En vain. À un moment, il se fait une tartine avec du fromage et décide de prendre du recul : et s'il voyait tout en noir ? Se serait-il levé du pied gauche ce matin ? Il a été vexé de comprendre que *Carmen* passait après l'œuvre d'Offenbach, cela aurait-il influencé sa façon de lire le livret ? Peut-être que l'ensemble est excellent, après tout ? Et d'ailleurs, comment pourrait-il en être autrement, vu le palmarès de Ludovic et Henri ? Georges a sans doute lu ces pages avec une idée préconçue. Le compositeur accompagne sa tartine d'un fond de vin, et profitant de cinq minutes de pause entre deux cours, il rouvre le livret. Mieux disposé, il est prêt à être séduit. Première page. Pas mal ! Ce n'est pas ce que j'attendais, mais c'est amusant. C'est bien tourné. C'est gai. Ça, c'est joli. Bravo les gars ! Quelle équipe !

L'élève suivante arrive. Bizet interrompt à regret son exercice d'autopersuasion. La jeune fille joue un morceau que Georges connaît par cœur. Elle n'est pas particulièrement douée, mais elle joue avec un tel naturel que Georges croit entendre l'air pour la première fois. Il est heureux. Il aime ce qu'il écoute et il se convainc qu'il tient son livret, *Carmen* va être magnifique, un grand succès. Geneviève le regardera avec amour et admiration. Georges se voit tenant Jacques dans ses bras à l'issue d'une représentation triomphale, l'enfant rit et lui aussi…

Et puis la jeune fille s'en va. Georges s'apprête à rouvrir le livret, mais se fige. Pourquoi risquer de mettre fin à la joie qu'il ressent ? Il s'empresse d'écrire un mot de félicitations à Ludovic qu'il va glisser sous sa porte. « Nous allons avoir un succès formidable. Merci. » Puis Georges rentre chez lui, déterminé à cultiver cet enthousiasme toute la soirée. Geneviève rapporte un bouquet qu'elle pose sur le piano. Georges déclare que ce sont les plus belles fleurs qu'il ait jamais vues. Geneviève le trouve bien gai. A-t-il encore passé la journée avec la Galli-Marié ? Du tout, s'empresse-t-il de répondre, il ne l'a pas vue. C'est Ludovic qui l'a mis en joie avec son livret.

– Tant mieux, répond Geneviève. Je le lirais volontiers.

– Il est sur le piano.

– Les feuillets ? Je les ai déplacés pour installer mon bouquet.

Georges se retourne. Il voit alors le petit Jacques au milieu des pages éparpillées sur le sol.

– Jacques !

Georges n'est pas d'humeur à gronder. Il ramasse les pages le plus vite possible pour ne pas s'y replonger, mais ses yeux s'accrochent malgré lui à des phrases qui lui déplaisent. Il se crispe. L'euphorie est terminée, même s'il ne veut rien en laisser paraître. On passe à table.

Une langue de bœuf baignant dans une sauce épaisse prend ses aises dans l'assiette de Georges. Il n'a pas très faim, mais Geneviève dit que Marie en a fait pour un régiment, alors qu'il fasse un effort ! Georges s'exécute. Il en reprend trois fois. Il ne parle pas. On entend le bruit de ses mandibules. Il remercie Marie quand elle revient de la cuisine : « C'était délicieux. »

La nuit, dans la chambre, Geneviève prend connaissance du texte de Meilhac et Halévy alors que, dans le lit voisin, Georges cherche le sommeil. Il est surpris d'entendre sa femme rire de temps en temps, ce qui le réjouit. Bientôt, il ne peut s'empêcher de demander, à chaque fois, quel passage la fait rire. Terminant sa lecture, Geneviève dit à Georges qu'il tient un succès. Vraiment ? Je t'assure ! Geneviève trouve que les librettistes ont fait disparaître tout ce qui rendait cette Carmen effrayante. C'est léger, ça lui a changé les idées, bravo ! Georges se demande si peut-être, dans la foulée de cette réaction joyeuse, sa femme pourrait avoir envie qu'il la rejoigne dans son lit, mais elle éteint sa lampe et s'endort aussitôt. Georges se sent seul. Pour tromper son sentiment d'étouffement, il passe son temps à se redresser dans son lit, à déglutir, puis à cracher dans des mouchoirs. Peu à peu, ils s'amassent sur le sol comme des petits nuages. Dès qu'il s'assoupit, Georges s'affaisse et a de nouveau l'impression d'étouffer. Il crache, déglutit, se redresse dans le lit et tout recommence.

UNE SENSATION DE MÉTAL dans la bouche. Et encore, pas bien nette. Un vague goût de rouille qui envahit tout le palais et ne quitte pas Georges de la journée. Il a l'impression que ses gencives sont tapissées de gris. En fait, elles sont plutôt rose pâle, mais sa langue est blanche, épaisse, comme celle d'une vache. Il a bu un thé avec du lait et du sucre pour essayer de faire passer ; ça a seulement fonctionné le temps que le liquide chaud et doux franchisse ses lèvres. Le pain n'avait pas plus de saveur. Seul le dentifrice a provoqué une illusion de fraîcheur. Rien à faire, sinon s'apprêter à affronter une journée de grisaille mentale, de ventre tendu, d'inconfort généralisé. Un état fréquent chez Georges depuis longtemps mais qu'étonnamment, il n'avait pas ressenti depuis le soir de son premier souper avec Célestine. Allez, Georges, c'est l'heure !

Des rues traversées trop vite. Des gens croisés sans les voir. Des couleurs ignorées. Pourtant, tout explose autour de lui. Le rouge des feuilles de marronniers, le violet du raisin à l'étal d'un maraîcher, le brun des cheveux d'une beauté rentrant chez elle après une nuit de folie. Georges ne voit rien, ne sent rien. Il n'entend pas davantage l'air réjouissant que chante un homme à sa fenêtre, le cri d'une femme qui accouche, la pluie violente qui rebondit sur le pavé. Georges est tout entier dans les feuillets qu'il serre contre lui dans une serviette, cherchant bien ce qu'il pourrait dire, ce qu'il devrait dire de ce travail plein de qualités qui lui a coupé l'appétit.

– Ça va, Georges ?

– Tu es bien pâle. Tu n'es pas malade ?

– Non. Je vous remercie. Tout va bien.

En sept mots, Georges a non seulement menti, mais aussi remercié des gens qui lui ont fait du mal alors qu'il espérait qu'ils lui feraient du bien. On ne se refait pas.

– Alors, qu'en as-tu pensé ? Tu es satisfait ?

– Oui ! dit Georges – nouveau mensonge.

Dans le hall du théâtre de la Gaîté, en attendant l'arrivée du roi de l'opérette, les librettistes veulent connaître l'avis de Georges. Le compositeur est partagé. Dans son expérience, dire ce qu'on pense est tantôt inutile, tantôt la source de terribles malentendus. Dans ses cauchemars, il crie à gorge déployée, mais personne ne l'entend.

– Que pensez-vous du livret ? Qu'avez-vous à en dire ? s'impatiente Meilhac.

Ce dernier n'a pas hésité à s'engager dans l'aventure de *Carmen*, une belle proposition de la part de Ludovic Halévy. Mérimée est un grand écrivain. Le livre a eu du succès. Il y a des personnages intéressants, notamment cette Carmen. Et Meilhac a plutôt apprécié la rencontre avec Bizet, un compositeur qui travaille dur et ne se prend pas pour une diva. En plus, Georges a de l'humour, qualité appréciable du point de vue de Meilhac, qui n'en est pas dépourvu non plus, même si ce matin, l'atmosphère ne semble pas propice à la blague. Le ciel est chargé de nuages noirs, faisant entrer une faible lumière par les ouvertures.

– Je n'ai rien à redire, finit par s'excuser Georges, espérant ainsi se tirer d'affaire et rentrer chez lui se cacher sous son piano.

– Ça te plaît ? demande Ludovic.

– Oui, acquiesce Georges, c'est autre chose que ce que j'avais imaginé, mais…

– Nous avons dû faire quelques concessions à Leuven, précise Meilhac.

– Mais tu retrouves ta Carmen ? demande Ludovic.

– Oui, c'est très bien écrit, vous êtes très forts, dit Georges de sa voix blanche, mettant de faux grands sourires un peu partout. C'est… parfait.

– Tant mieux, dit Meilhac.

Silence. Ludovic regarde Georges. Le compositeur

peut être enthousiaste à ses heures, mais visiblement pas ce matin. C'est la première fois que Georges et Ludovic travaillent ensemble. Se pourrait-il que Georges soit déçu ? Pourquoi ne le dit-il pas ?

Meilhac annonce :

– Leuven et Du Locle ont annoncé que l'opéra pourrait entrer en répétitions en novembre !

– Ah, dit Georges, formidable !

– Et les scènes avec les contrebandiers, demande Meilhac, vous n'avez pas trouvé cela amusant ?

– Si, dit Georges, j'ai tellement ri…

Un mensonge de plus. Georges n'est pas à ça près. Les librettistes avouent qu'avec une vingtaine d'œuvres jouées ils connaissent leur métier. Mais *Carmen* n'est pas une opérette et il s'agit pour eux d'être justes ! Y sont-ils arrivés ? Georges croit qu'il va étouffer. Il déglutit et parvient à conclure :

– C'est intelligent, bien écrit. Impeccable !

Meilhac est ravi. Ils pourront se revoir pour les répétitions. Moins convaincu par la sincérité de Georges, Ludovic lui propose de lire ensemble certains passages en attendant l'arrivée d'Offenbach. Georges répond qu'il n'a pas le temps, s'en va, réalise qu'il a oublié le livret, revient sur ses pas et emporte le maudit texte.

Georges court dans son gros manteau. Il croit naïvement que plus vite il s'éloignera du lieu qu'il vient de quitter, de cet échange où il a été incapable de dire ce qu'il ressentait, plus vite il pourra se débarrasser du malaise qui l'a envahi. Perdre de vue le théâtre de la Gaîté, changer de quartier, revoir le boulevard des Italiens, repasser, même si c'est un détour, devant la brasserie où il avait dîné avec Célestine, voir à tout prix quelque chose qui lui rappelle un souvenir heureux.

– Je ne jouerai pas ce livret ! dit Célestine en reposant les pages sur le piano. Il est indigent !

– Vous trouvez ? demande Georges.

Dans la salle de répétition de l'Opéra-Comique, éclairée par deux lanternes posées sur le piano pour égayer cette journée décidément terne, Georges prend malgré lui la défense du livret, offrant successivement à Célestine, comme en bouquet, les arguments de Geneviève et ceux des librettistes.

– Mais je me fous de toutes les raisons que vous pouvez me donner ! Ça n'a pas de corps, pas d'âme, je ne le jouerai pas !

Georges panique. Le voilà qui a fait comme d'habitude : il a dit qu'il aimait quelque chose qu'il n'aimait pas pour qu'au moins l'œuvre se fasse, et voici que l'interprète du rôle-titre affirme tout haut ce qu'il pense tout bas, jetant du même coup le projet, et tout le travail accompli jusqu'ici, à terre. Georges savait depuis longtemps que son mode opératoire n'était ni le plus efficace ni le plus subtil. Taire ses sentiments. Dire oui à tout. Avancer à défaut de s'élever. Essayer par la force de faire rentrer quelque chose de beau, grand et rond dans une ouverture petite, sombre et carrée. Découvrir la réaction tiède du public face à notre œuvre tiède. Comprendre que c'était prévisible. Se dire qu'on a appris la leçon… Mais avec Célestine, ça ne marchera pas.

– Comment pouvez-vous aimer ce livret ? demande la chanteuse.

– Je…

Georges s'interrompt de lui-même. Il est incapable de répondre. Et à ce moment précis, alors qu'un violon laisse échapper une plainte dans la salle voisine, sans que Georges n'ait rien avoué, Célestine comprend qu'il ne l'aime pas non plus.

– Alors pourquoi le défendez-vous ?

Georges regarde la pièce autour de lui, cherchant ses mots. Il n'en peut plus de ces salles de répétition qui se ressemblent toutes. Il revoit des chanteurs, des chanteuses, des chefs d'orchestre, des décorateurs, des librettistes lui poser des questions. Il s'entend leur répondre ce qu'il croit qu'ils aimeraient entendre, essayer de se rappeler sa vision du début, son excitation quand il s'était lancé dans l'aventure, oubliée à force de compromissions, avouer finalement qu'il ne sait pas parce qu'il ne ressent plus aucune émotion, n'ayant qu'un désir, que la journée se termine pour qu'il se retrouve dehors. À Célestine, il doit répondre.

Georges explique que Meilhac et Halévy ont du talent,

il a vu un certain nombre de leurs opérettes, c'est du travail bien fait, divertissant, efficace, alors que tant de spectacles sont si ennuyeux ! Ces librettistes disposent d'une grande expérience, alors que lui n'a commis que quelques opéras qui n'ont jamais dépassé la dix-huitième représentation. Qui est-il pour ne pas aimer ce qu'ils font, pour refuser ? Georges parle sans oser regarder Célestine. Il craint sa réaction, il sent bien que ses arguments sont nuls. Alors quoi ? En donner d'autres, mais risquer de se discréditer totalement à ses yeux ? Car s'il dévoile l'ampleur de ses angoisses irrationnelles, Célestine désertera sans doute *Carmen* sur-le-champ.

De son côté, Célestine laisse à Georges la possibilité d'étoffer son misérable plaidoyer. Elle voit sa pâleur, sa transpiration, sa façon de se tenir dans la pièce, comme demandant pardon d'être là. Elle sait la fragilité des créateurs, elle connaît la sensibilité de Georges, il faudrait être sourd pour ne pas la ressentir dans sa musique, même quand il l'étoffe d'orchestrations brillantes.

– Je suis partagée entre l'envie de vous prendre dans mes bras comme un enfant, vous serrer contre ma poitrine pour vous consoler de vos malheurs et celle de vous coller des gifles ! Mais enfin, qu'est-ce que ça veut dire, qui êtes-vous pour ne pas aimer ? Vous êtes qui vous êtes ! Vous n'avez besoin de personne ni d'aucune carte de visite pour refuser quelque chose et avouer que ça ne correspond pas à votre inclination, à votre cœur !

– Et si Meilhac et Halévy quittent le navire et que l'opéra est annulé ?

– Eh bien tant pis. On fera autre chose !

– Mais j'aime *Carmen* comme je n'ai jamais aimé un autre sujet !

– Vous pourriez composer la plus belle musique du monde, Carmen a perdu tout attrait pour moi dans ce livret.

Elle s'en va. Georges se retrouve seul.

– Merveilleux, grogne-t-il. Tout s'arrange !

Nouvelle nuit sans dormir. Pourtant Georges s'est couché sans rien manger, se doutant de ce qui l'attendait. Mais il ne tire aucun bénéfice de son jeûne. Il ne trouve pas le repos, il est incapable de digérer les nouvelles du jour. Que faire alors ? Se relever, relire les autres œuvres de Mérimée ? Se plonger dans Gautier, Hugo, Zola ? Ou alors, ça y est, une idée ! Et s'il faisait une œuvre religieuse ? Là au moins, il ne penserait plus à Carmen. Une histoire de saint, ce serait inspirant. Un personnage avec une grande force de caractère, qui résiste à la chair, au plaisir, tout entier absorbé dans la contemplation de Dieu et de ses merveilles ? Quel beau programme !

Le lendemain, Georges est de nouveau à Bougival, devant la petite maison à louer au bord de l'eau. C'est encore un jour gris. Le compositeur s'extasie à voix haute sur la belle lumière (médiocre en réalité), le soleil qu'on sent tout proche (mais absent), la Seine majestueuse (surtout boueuse). Le propriétaire du bien ne contredit pas son futur locataire. Ça se voit que Georges est un artiste ! Georges dit avoir besoin de s'éloigner de Paris, de ses complications et de ses faux-semblants. Il signe les papiers. Le propriétaire lui demande trois mois d'avance. Georges, qui s'y attendait, sort l'argent. Il le tend avec une feinte légèreté, comme s'il avait réuni cette somme sans effort. Pourtant, il revoit chaque pièce tomber sur le piano et entend, comme un mille-feuille sonore, tous les cours qu'il a donnés où Haendel, Bach, Mozart, Schubert ont été massacrés…

Pendant que le loueur compte les billets, Georges lui demande, d'un air détaché, s'il connaît des gens qui aimeraient prendre des cours de piano. Mais avant que l'homme n'ait le temps de répondre, Georges précise qu'il a étudié au Conservatoire, qu'il a été prix de Rome, qu'il compose des opéras et peut instruire les gens quel que soit leur niveau, avec bienveillance, ici ou à domicile. Il parle à la vitesse d'une mitrailleuse, de peur que son interlocuteur ne l'interrompe ou ne le croie pas. S'il était un cambrioleur se faisant passer pour un professeur de piano pour s'introduire chez les gens et voler leurs bijoux, il n'aurait pas été moins rassurant.

– Je vais y réfléchir, dit le propriétaire, prenant congé. Ce n'est pas évident. Il y a beaucoup d'artistes à Bougival, vous n'êtes pas le premier.

– Évidemment. Merci !

Seul face à la maison, sa maison désormais, la clé à la main mais la bourse vide, Georges se demande ce qui lui a pris. Lui qui vit chichement depuis son mariage, voilà qu'il vient de consacrer ses maigres économies à la location de cette maison qui n'est pas franchement belle, maintenant qu'il la regarde attentivement. Georges n'est pas de ces aventuriers flamboyants comme Balzac ou Dumas père, qui aimaient dépenser des fortunes dont ils ne disposaient pas encore.

Il se met à pleuvoir. Georges s'abrite dans la maison en se demandant si c'est Carmen qui lui a inspiré l'audace de louer cette petite maison. Pourquoi, pour la première fois depuis si longtemps, a-t-il donné suite à son envie d'évasion ? Le sang de Carmen coule-t-il en lui ? Georges se sent ridicule. Comment peut-il se comparer à Carmen ? Qu'y a-t-il de commun entre les coups d'éclat fougueux de la bohémienne sans attaches et son simple désir de s'enraciner au bord de l'eau pour terminer son opéra ? De l'audace, vraiment ?

– Arrête de rêver, Georges !

SISLEY NE S'ÉTAIT PAS TROMPÉ. La vue de la petite pièce du deuxième étage, côté Seine, dont je fais aussitôt mon bureau, est un enchantement. J'ai installé une table avec un fauteuil en bois face à la fenêtre. Sur chaque côté, deux autres fenêtres m'entourent. De ma table, j'ai une vue à 180 degrés sur le paysage.

À ma droite, la Seine qui arrive de Paris semble venir à ma rencontre. Ce matin, elle s'écoule rapidement. Sur ses berges, je vois des centaines d'arbres. À moins de m'avancer exagérément et d'apercevoir la maison des voisins, je peux me croire véritablement dans la nature. En cet après-midi de fin d'automne, les arbres sont nus pour la plupart et la Seine est une surface mouvante bleu clair, striée de vagues gris argent. Le paysage est silencieux mais vivant. Il semble respirer mollement, comme sur le point de s'assoupir.

À ma gauche, la Seine poursuit sa course et s'en va vers le Havre en longeant les terrasses de Bougival. Les guinguettes ont fermé. Les barques sont toutes attachées ensemble comme un bouquet.

Où les grands artistes se cachent-ils ? Je me penche en avant pour mieux voir les maisons vers l'ouest. Berthe Morisot va-t-elle se pencher au même moment à sa fenêtre et me souhaiter la bienvenue à Bougival ? Je finis par me raisonner, me rassieds et retourne à mon travail.

Quelques jours plus tard, Ludovic Halévy et Henri Meilhac sont assis sur la terrasse de ma petite maison, face à la Seine.

Je leur apporte du café et des pâtisseries sur un plateau.

– Tenez ! Buvez ! Servez-vous !

Les librettistes boivent et mangent. Ils sont un peu dans l'expectative. Moi, je suis incapable de rien avaler. Ludovic s'étonne. Le soleil se met à briller entre les nuages. Je prends ça pour un signe du destin. Mais pour parler ou définitivement fermer ma gueule ? Je me le demande… Je me lance. Je remercie les librettistes d'être venus, je me perds en propos généraux, contourne l'obstacle par deux fois, puis voyant Meilhac s'impatienter, j'en viens au fait :

– Le livret est bien écrit… mais pour être franc, ce n'est pas la *Carmen* dont je rêvais. C'est superbe, c'est brillant, c'est habile, mais de mon point de vue, c'est une ode aux plaisirs faciles, au libertinage. C'est amusant, plein d'esprit, comme vous savez le faire, mais ce n'est pas ce qui m'avait attiré dans *Carmen*. C'est seulement en venant ici, en marchant dans les bois à toute heure du jour, incapable d'écrire la musique, que j'ai compris ce qui me manquait dans votre livret…

Je vois que Ludovic va me répondre, mais craignant d'être coupé dans mon élan, je fais un geste de la main pour lui demander de me laisser poursuivre.

– J'aime m'évader de mon quotidien et imaginer le Sud, Séville et l'Espagne ; j'aime la femme aimée de plusieurs hommes ; j'aime le mélange de légèreté et de gravité : tout cela est dans votre livret. Mais ce que j'aime par-dessus tout, c'est la fidélité de cette femme à ses sentiments, à ses émotions ! Je veux faire une œuvre qui divertisse, certes, mais qui invite le spectateur à jouir de l'instant, aimer librement, être la même personne dedans et dehors, seul ou avec les autres, sans plus chercher à se conformer à l'image que l'on croit nécessaire de donner !

Je me tais. Je m'attends à ce que les librettistes se lèvent et partent, ce que je comprendrais très bien, mais ils n'en font rien. Meilhac me répond :

– Malgré tout le respect que j'ai pour vous, Georges, je me demande si vous ne coupez pas les cheveux en quatre. Le petit discours que vous venez de tenir et qui me plaît beaucoup ne me semble pas en contradiction avec le livret.

Ludovic intervient :

– Moi aussi, j'aime ta façon d'exprimer les choses, Georges, c'était une bonne idée de te proposer d'être le compositeur de *Carmen,* cette œuvre est pour toi. Tu as cette capacité de te transporter non seulement dans ce pays, mais aussi dans l'esprit de ces personnages. Et je crois que beaucoup de passages de notre livret y sont fidèles. Cependant, si nous n'avons pas été plus loin dans la direction dont tu parles, tu sais bien pourquoi. Plus *Carmen* est une espagnolade avec ce qu'il faut d'esprit français, mieux ça passera : cette femme choisit et aime les hommes comme ça lui chante ! Elle les jette ensuite quand elle veut ! On travaille pour l'Opéra-Comique ! Si on la rend plus réaliste, ça va être un scandale ! Le public masculin va la craindre et le public féminin la jalouser !

Henri Meilhac approuve :

– Malheureusement !

– Vous ne croyez pas, au contraire, qu'il est temps de donner vie à un tel personnage féminin, audacieux, libre ?

– Georges, les femmes comme ça, sans attaches, sont des sorcières pour le public. On les brûlait hier, on ne va pas en faire des héroïnes ou des modèles aujourd'hui.

Une cavalcade se fait entendre. Le tramway pour Paris s'arrête à Bougival.

– C'est notre tram ! dit Ludovic, désolé.

Henri Meilhac attrape son chapeau.

– Dans d'autres circonstances on aurait pu retravailler,

on aurait même retravaillé avec plaisir, mais là, c'est trop tard, nous avons reçu une nouvelle commande de la Gaîté !

Les chevaux trottent. Le tramway quitte Bougival. Meilhac et Halévy parlent de tout et de rien, des derniers opéras qu'on joue, d'une conversation avec Offenbach, de Louise, la femme de Ludovic, du dernier roman de Zola, *Le Ventre de Paris*, paru en feuilletons, des travaux de Charles Garnier à l'Opéra... À côté d'eux, je suis triste. Je ressens aussi un peu de colère. Comment vais-je pouvoir composer à partir de ce livret qu'ils refusent de retravailler ? Comment faire quelque chose de valable dans ces conditions ? Ils sont là, à moins d'un mètre de moi, à discuter tranquillement, comme si leur journée était terminée. Ne pourraient-ils mettre à profit cette heure de tramway pour revoir un passage ? Sur la terrasse, ils m'ont dit qu'ils étaient désolés et la conversation s'est arrêtée là. Pourquoi sont-ils venus, alors ? Espéraient-ils que je leur demande seulement de reprendre un couplet d'une chanson ? J'ai l'impression d'avoir fait un caprice et d'être puni. Pourquoi ai-je si souvent l'impression que les grandes personnes, ce sont les autres, et que moi, je suis l'enfant à qui on demande de tenir sa place, gentiment, paisiblement, en silence et avec le sourire ? On ne veut pas d'un boudeur. Alors quand Meilhac fait une blague au sujet du chapeau d'une femme, je ris, d'abord parce que c'est drôle, ensuite parce que je n'ai pas de colonne vertébrale. Du moins, c'est mon impression au moment où je referme la bouche, honteux d'avoir été un instant le public complaisant d'un collaborateur qui refuse de revoir sa copie. Je voudrais hurler sur Meilhac et Halévy, mais à l'instant où cette pensée me traverse, je la trouve ridicule : je ne suis pas du genre à élever la voix, à m'énerver pour impressionner les gens. Je n'aime pas ceux qui crient, les petits chefs, les colériques, ceux qui aiment gueuler, convaincus de leur supériorité sur les autres. « Chérie, j'ai dû pousser une bonne gueulante au bureau, et crois-moi, tout est rentré dans l'ordre, de vrais agneaux ! » Je sais bien que je ne serai jamais cet homme-là.

Le tram cahote vers Paris, dans la lumière bleue qui précède la nuit. Les visages vont bientôt s'éteindre, le mien aussi. Je t'aime, Georges ! C'est une phrase que je me murmure de temps en temps, en espérant qu'elle produise un effet magique. Je t'aime, Georges. Comme pour me rassurer. On peut être nul quand il s'agit de rassurer les autres et espérer être parfois capable de se rassurer soi-même. Je t'aime, Georges. Ça marche mieux qu'une série de « je vous salue Marie », surtout les jours où je m'interroge sur l'existence de Dieu.

Je parviens à me calmer un peu, mais me voilà amer. J'ai osé dire à Meilhac et Halévy, les deux librettistes à la mode, ce que je pensais de leur travail ; enfin, pas tout ce que je pensais, mais l'essentiel, j'ai osé leur faire part de mon insatisfaction, ce qui est un pas de géant pour moi, et cela n'a eu absolument aucun effet. J'entends leur respiration régulière. Dorment-ils ? Peut-être. Il faut croire que ce que je leur ai dit ne les a pas perturbés. Ça ne sert à rien de parler, de dire ce qu'on croit, les gens n'en feront rien. Autant se taire.

Paris. Nous descendons du tram. La lumière des réverbères éclaire nos visages. Une nouvelle fois, les librettistes se disent désolés et m'assurent qu'avec ce livret j'aurai un succès, de l'argent, que je vivrai heureux avec Geneviève et que nous pourrons faire beaucoup d'autres enfants ! À moins, demande Ludovic, que depuis que j'ai rencontré Célestine, je ne me soucie plus de Geneviève ? Je lui réponds qu'il dit n'importe quoi. J'aime Geneviève comme au premier jour !

– C'est bien ce qui m'inquiète, dit Ludovic.

Mais quel idiot !

CETTE NUIT, Célestine Galli-Marié n'est pas chez elle. Elle l'est rarement, mais j'ai voulu vérifier. Pas de lumière visible depuis la rue. Elle n'est pas non plus dans les restaurants et cafés dont elle m'a parlé.

À l'Opéra-Comique, la représentation du soir se termine. Une foule se répand sur la place. À contre-courant, je m'engouffre dans le bâtiment, monte les marches et frappe à la porte de la loge de Célestine. J'annonce que je veux lui parler, mais en vérité, la scène que j'ai vécue plus tôt dans la journée m'a prémuni contre l'envie de m'exprimer. J'ai besoin de voir un visage ami ou du moins un visage aimé. Ça ne répond pas, mais j'entends des voix. J'ouvre la porte. Je vacille.

Mes yeux se ferment un instant. Me voici replongé loin dans le passé. Je suis un autre homme. Je crois encore que mes meilleures années sont devant moi, que j'irai dans la vie de plaisir en plaisir, composant, jouant, m'amusant. Je ne vois pas de limite à ce que je pourrai accomplir. Quand un moment heureux se présente, je le vis de façon insouciante, comme un fruit qu'on mange un peu trop vite. Le monde me semble un éden sans limite. De plus, après avoir été un bon fils, obéissant et travailleur, je prends les plaisirs qui se présentent à moi comme des récompenses méritées.

Cet après-midi-là, je marche avec des amis dans les rues bondées d'une cité provençale. Je ne me rappelle plus les noms ni les visages de ces amis, sans doute des rencontres faites la nuit précédente, mais je me sens plus lié à eux que si nous avions grandi ensemble. Nous suivons la foule ; toute la ville semble converger vers le même point.

Pour éviter le soleil brûlant, nous privilégions les ruelles obscures et fraîches. Nous parlons du repas que nous avons pris comme si nous sortions de la meilleure table de la ville. Nous dissertons sans fin sur le plat du jour comme si nous étions de fameux théoriciens de l'art culinaire. C'est à qui réussira à placer dans la conversation le mot le plus inattendu, le plus compliqué mais en même temps le plus poétique pour le décrire. Nous avons déjeuné dans une auberge bon marché tenue par un couple d'Espagnols. J'ai toujours rêvé d'aller en Espagne. Avec un fort accent, les tenanciers nous ont expliqué avoir introduit quelques références à la cuisine de leur pays dans ce plat typiquement provençal. Nous n'avons pas tout compris, mais quelle importance ? Mes compagnons et moi sommes si heureux et si fatigués que le sujet de la ratatouille espagnole nous semble inépuisable. Il nous occupe jusqu'à notre entrée dans les arènes de la ville.

Nous ne sommes pas les plus riches, aussi nous ne pouvons prétendre aux meilleures places. Si toutefois on appelle bonne place celle qui est la plus proche d'un spectacle sanglant. Je monte les marches de pierre qui me semblent interminables. Quand il n'y en a plus, j'en déduis que je suis arrivé. Me voilà au dernier rang, le plus loin de la piste. Dieu, que c'est haut !

Des femmes fort élégantes, éventail en main, font leur entrée au premier rang du public. Elles toisent la concurrence avant de se mettre lentement en mouvement. Ces beautés finissent par prendre place le plus loin possible de l'accès par lequel elles sont arrivées, faisant se lever des rangées entières de spectateurs. Je demande à mon voisin si elles font partie du spectacle. Mon voisin me le confirme. Tout est spectacle ! Par-dessus le mur d'enceinte, je découvre la ville, ses toits orangés, le Rhône endormi dans son lit, la campagne environnante et la Camargue au loin.

Une clameur retentit. Je me retourne. Dans l'arène, une immense masse noire, furieuse, a fait son apparition. Elle se déplace, tonne, racle le sol. Un taureau. Pris au piège, excité, furieux, écumant. Il est seul face à la foule vibrante, bigarrée, frémissante. Le taureau charge et, de ses puissantes cornes, cogne la palissade de bois qui s'est refermée derrière lui. Chaque coup donné se propage à toute l'enceinte. Je sens les vibrations. Une autre clameur s'élève. Le torero entre. Il me semble bien petit en comparaison de son adversaire. Les belles lui jettent des roses. Il leur adresse des baisers. Il salue le public avec un sourire éclatant. Je n'aime pas les séducteurs. Je ne les aimais pas au Conservatoire, toujours en train de raconter leurs exploits auprès de la gent féminine ; je ne les aime pas dans les salons parisiens ; je ne me reconnais pas dans ces types qui ont l'air de penser que rien ne leur résiste, sûrs de leur victoire. Certes, le sourire triomphal est souvent un masque. Je me demande si, avant de rentrer dans l'arène, le petit homme a prié Dieu, Jésus, Marie, Joseph et tous les saints, pour que le taureau se casse une patte et que la corrida soit annulée. A-t-il fait venir sa mère et l'a-t-il suppliée d'aller leur dire, à tous, qu'il a une mauvaise fièvre et qu'il faut l'excuser car il vaudrait mieux qu'il garde le lit toute la semaine en buvant des tasses de lait chaud avec du miel ? A-t-il vomi son petit déjeuner, son dîner de la veille et un tas d'autres choses qu'il ne se rappelait pas avoir mangées ? Peu importe, même si c'est un masque, et un masque rudement bien fait, je n'aime pas les sourires carnassiers.

Avec sa cape, le torero provoque l'animal. Ce dernier fonce vers l'homme et son bout de tissu. Raté. Nouvelle passe. Encore raté. La cible est trop petite derrière le chiffon.

Pour la dixième fois, le torero présente sa cape à l'animal. Le public guette la réaction du taureau avec le même attrait que la première fois. Le taureau, lui, a compris. Il va se mettre à courir et, juste avant le moment du contact, le petit homme va s'écarter de sa cape et chacun reprendra ses positions pour le coup d'après. Le taureau réalise maintenant pourquoi d'autres petits hommes se sont assurés qu'il mange à sa faim jusqu'à ce jour. Sa vie n'était pas un cadeau, mais une préparation pour le moment qu'il est en train de vivre. Ô, hommes ! Vous voulez amortir votre investissement ? Regardez ce que je vais faire de votre clown ! L'animal court, il se décale un peu, anticipant la feinte du torero, mais ce dernier bascule de l'autre côté cette fois. Encore raté ! Je suis aussi frustré que le taureau. Mais je suis patient. Ce pantin va payer pour tous les types suffisants, prétentieux, satisfaits d'eux-mêmes que j'ai croisés dans ma vie. L'heure de la vengeance a sonné. Je crie :

– Allez ! Allez ! Allez !

Les spectateurs autour de moi me regardent, surpris, puis m'imitent :

– ALLEZ, ALLEZ, ALLEZ !

Je comprends à regret qu'ils n'encouragent pas le taureau. Tant pis ! Je me replonge dans le combat. L'animal est aussi rapide que lors de sa première course.

L'homme s'éponge le front et cherche un peu de soutien dans l'assistance, notamment auprès des pourvoyeuses de roses. Il se rapproche d'elles. Le taureau en profite pour lui foncer dessus. L'homme perçoit le danger dans les yeux des femmes, se retourne et esquive. Le corps du taureau se fracasse contre la palissade. Le choc est assourdissant. Un instant, homme et animal se dévisagent à quelques dizaines de centimètres l'un de l'autre.

– Allez, allez, allez !

Je sens monter l'excitation du public. Ils veulent du sang. Moi aussi, mais pas le même. Les adversaires reprennent leurs marques. L'animal attaque, court, s'arrête, repart, voulant surprendre son rival. Dans les mouvements du taureau, je crois reconnaître mes propres élans quand j'aime, quand je joue, quand je compose. Le torero me semble incarner des principes qui me désolent : dominer la nature, l'enfermer dans cette petite arène pour ensuite l'obliger à exécuter mille fois la même danse jusqu'au dégoût.

Je ne nie pas la dimension esthétique de l'expérience, le lieu, les gens, les sons, le drame, mais cela me rappelle mes auditions. J'y vais la peur au ventre, ayant travaillé comme un fou pour être prêt. La vie des jurés ne dépend pas du choix de tel ou tel candidat. La mienne, si. J'ai l'impression d'être un goret sur le chemin de la boucherie. Je ne risque certes pas la mort en cas d'échec, mais je crois à chaque fois que si je réussis, les portes de la gloire s'ouvriront devant moi. Dans l'arène, les gens qui veulent la mort du taureau, même dans les règles de l'art, ne se sont jamais retrouvés à la place de l'animal. Ils n'imaginent pas ce que c'est que d'entrer quelque part, entendre la porte se refermer derrière vous, exécuter sa partition, et être jugé de la première à la dernière note. Seul celui qui ne connaît pas les codes peut faire surgir de la magie dans un univers policé. Ici, tout le monde les connaît sauf le taureau… Et moi qui assiste à ma première corrida. L'animal se tient debout, sans bouger, pendant des périodes de plus en plus longues. J'aimerais bien faire un opéra sur la mise à mort d'un être qui refuse d'obéir aux règles, un être qui ne joue pas, un être qui est, qui vit, qui incarne la liberté, l'insolence, la force et qu'on veut punir, dont on veut voir le supplice. Un être qui a l'air bestial mais qui est, en réalité, plus humain, plus sincère, plus puissant que tous les spectateurs de l'arène.

Le torero s'approche. Le moment de la mise à mort est arrivé. L'homme sort son épée et la cache dans sa cape. Indifférent, le garrot criblé de banderilles, le taureau soupire bruyamment. Voit-il l'homme dissimuler sa lame ? Voit-il les visages et les corps tout autour réclamer du sang ? Ou alors revoit-il les paysages de Camargue, le vaste terrain où, ce matin encore, avant l'aube, il humait l'air salé apporté par le vent, ignorant que ce serait la dernière fois ?

Le torero semble fatigué lui aussi. Ça ne doit pas être de tout repos, ce métier de tuer des gros animaux de façon artisanale. Sans compter les déplacements d'une arène à l'autre. Heureusement, les municipalités sont accueillantes. Certaines s'arrangent pour qu'il n'y ait pas d'exécution publique d'un condamné à mort le jour d'une corrida, sinon, l'arène serait vide.

Le taureau tombe à genoux. C'est la fin. Le torero n'a pas l'air particulièrement heureux. Certes, il savoure les regards admiratifs, surtout quand ils viennent de jolies femmes, mais la folie qui s'empare des gens devant un cadavre le gêne. Comme si toute la dimension sacrée du combat leur échappait. Un noble adversaire succombe. Qu'on le respecte, qu'on se recueille ! À ce moment-là, le torero semble oublier que les gens sont venus voir un spectacle, c'est tout.

Le torero expose sa lame. Le métal brille. L'animal ne réagit pas. Le public encourage le torero à frapper, à faire pénétrer le fer d'un coup, jusqu'à la garde. Le torero prend une grande inspiration, ajuste sa position. Mais au moment où il va frapper, le taureau qui semblait avoir accepté son sort tourne brutalement la tête. L'épée tombe dans la poussière. L'animal encorne le torero qui hurle de douleur. Il est soulevé de terre. Partout on hurle. Moi aussi. Portant l'homme sur son front, le taureau vient frapper de toutes ses forces la palissade pour faire tomber son chargement. Quelques hommes entrent avec des capes pour distraire l'animal qui tourne autour de sa proie tombée à terre. J'ai du mal à croire ce que je vois. Peut-on réellement changer le cours d'un destin ? Les hommes entrés dans l'arène comprennent que c'est trop tard : il n'y a plus personne à sauver. Ils reculent. L'animal pourrait-il s'en prendre à eux aussi ? Le taureau vient se placer au centre de l'arène, il tourne sur lui-même, puis baisse la tête, comme pour saluer. Il meurt, écœuré.

En poussant la porte de la loge de Célestine, j'ai de nouveau l'impression d'entrer dans une arène. La pièce est vaste et profonde. Soudain quelqu'un arrive derrière moi, me pousse vers l'avant et referme la porte. Dans cette arène sans soleil, des spectateurs debout entourent une créature dont la carapace reflète l'or des lampes. Quelle est cette cérémonie à laquelle je n'ai pas été invité ? Voulant me glisser entre deux spectateurs, je demande pardon et j'explique que je suis myope, ce qui est vraiment une plaie, surtout quand il fait sombre comme ici. Serait-ce abuser que de demander une petite place pour que je puisse m'avancer et savoir enfin ce qu'il se passe ? Pas de réponse. On ne m'écoute pas, on ne me regarde pas.

Je me faufile en répétant pardon et merci. Ça y est, je suis enfin aux premières loges. Cette fois, les petites taches d'or sont beaucoup plus nombreuses. Elles se déplacent en nombre, pareilles aux écailles d'un serpent de mer ondulant sous la lune. Je me laisse bercer par le jeu de ces points de lumière chaude passant et repassant devant mes yeux au cœur de l'obscurité. Puis je comprends, cette souplesse, ces mouvements sensuels m'avaient fait croire à un animal. Au milieu du cercle des spectateurs, c'est un torero qui danse, vêtu de son habit de lumière. Chaque centimètre carré de ses épaules, de son dos, de son torse, de ses bras, de ses fesses, de ses cuisses, jusqu'à ses genoux, est couvert de piécettes de métal qui accrochent la lumière, la font tournoyer avec les mouvements du torero, et la renvoient, chargée de poudre d'or, vers les spectateurs éblouis. Je n'ai jamais vu quelqu'un danser comme cela. Encore moins un torero. Tenant un châle aux reflets rouges, il mime une corrida, incarnant tour à tour l'homme et l'animal. Ses mouvements secs et précis deviennent lents et amples quand il joue la bête. Le plus étonnant, c'est quand le danseur joue le frôlement du cuir et de la peau. À ce moment, on dirait que les deux adversaires sont entrés simultanément en lui et que son corps ne sait lequel faire sortir en premier. Ce pas, ce jaillissement, ce retournement, est-ce le taureau ? Est-ce l'homme ?

Le torero libère lentement l'épée cachée dans son châle pour la mise à mort. Le taureau souffle puis redresse la tête. Il défie l'homme qui semble maintenant plus frêle et plus petit que son adversaire. Un spectateur près de moi crie « À mort ! » Puis tous l'imitent. Un instant, le torero lève les yeux vers l'assistance. Ahuri, je le reconnais. Dans la veste de lumière, le gilet, la culotte, la chemise blanche à jabot, la cravate en soie, les bas blancs et les zapatillas, les fines chaussures, c'est la femme qui m'obsède. La montera, la toque noire des toreros, est posée sur la tête de la jeune femme, surplombant ses yeux charbonneux. « Carmen ! » Ce cri m'a échappé. Mais elle a de nouveau baissé les yeux, tout à sa danse. Le torero jette le châle au loin et ne fait plus secret de son arme. Il veut du sang. Il frappe d'en haut, de côté, il perd son calme, il veut gagner. Le taureau, comme débarrassé soudain de sa lourdeur, de sa fatigue, se met à éviter toutes les attaques avec la souplesse d'un faune. L'assistance émerveillée rit. Le torero est furieux. La pesanteur a quitté l'animal pour envahir les membres du bourreau. Interprétés par un seul corps, un seul esprit, tous deux se transforment devant mes yeux éblouis. La colère du torero monte encore. Sa rage de vaincre me glace.

Le taureau change alors de registre. L'animal joue tour à tour une jeune fille pleine de désir et une femme effrayée, mais prête à se donner. Le torero est troublé. Il se sent puissant, désiré, il est tombé dans le panneau. Le public crie « À mort ! À mort ! À mort ! » Aussitôt, le torero retrouve son élan d'assassin. Il frappe dans tous les sens, sans succès. Alors il cache son épée derrière lui et joue les amoureux transis, intimidés. À son tour, l'animal tombe dans le piège. Goûtant à la joie d'être vivant, libre, léger, il danse avec toujours plus d'entrain, de vigueur, d'aisance quand surgit la lame qui le poignarde. Tueur et proie, réunis à nouveau en un seul corps, tombent au sol. Les cris cessent, laissant place au silence.

Celui-ci est bientôt brisé par le bruit des bouchons qui sautent. On remplit les verres. On boit. Carmen est toujours au sol. Je la rejoins. Je lui ôte sa montera. J'aime ses yeux outrageusement maquillés de noir, ses cheveux attachés en chignon et même sa moustache postiche.

– Célestine ?

– C'est vous ?

– Oui, c'est moi.

– Oh non, je n'ai pas envie de travailler ce soir !

Elle se relève et se débarrasse de sa veste qui reflète une dernière fois la flamme des lanternes. L'habit tombe au sol. D'un coup de pied, Célestine l'envoie rejoindre une pile de vêtements dans un coin de la pièce. Elle rejoint la table. Je la suis. Elle pousse les gens et demande à boire. On la sert. Je réalise qu'à part Célestine toutes les personnes présentes sont des hommes. Ils sont tous habillés de noir. Tous en noir… sauf moi dans mon costume de velours beige, avec l'allure d'un cousin de province. Ridicule un jour, ridicule toujours ! Je contourne le groupe et parviens à me servir un verre. L'alcool brûle ma gorge sèche. Je tousse. On se tourne vers moi. J'ai honte. Décidément, je ne serai jamais un homme du monde. Pas étonnant que Célestine ne m'ait pas invité à cette soirée. Un peu vexé tout de même, je demande à mon voisin quand les invitations ont été lancées. Il ne comprend pas ma question. Célestine m'explique que la fête a été improvisée il y a une heure. Elle a touché un nouveau paiement. Elle veut s'amuser, mais contrairement à l'autre soir, ce n'est pas aux plaisirs de la table qu'elle songe…

– S'amuser avec qui ? demandent les hommes.

– Avec ton amant préféré ? s'enquiert l'un d'entre eux, parlant visiblement de lui-même.

– Avec ton ami, celui qui te comprend le mieux ? demande un autre.

– Avec moi ! affirme un troisième, sûr de lui.

– Avec un vrai danseur ? propose un autre, bondissant.

– Avec celui qui sait te faire rire, bien sûr ! s'avance un autre encore, imitant grossièrement le bond du danseur et venant s'échouer comiquement contre la table. Aïe !

– Ou alors, dis-nous lequel d'entre nous tu préfères !

L'homme qui a dit cela semble convaincu qu'il sera l'élu.

Son verre à la main, Célestine s'arrête devant chacun. Elle les fixe du regard. Jeu d'intimidation. Visage contre visage. J'ai l'impression que leurs lèvres vont se toucher. Certains ne se privent d'ailleurs pas d'essayer. Elle esquive, amusée. Ou alors elle se laisse embrasser, ce qui m'agace. Un baiser bref pour les premiers. Avec certains, c'est plus long. Les bouches s'ouvrent et s'accueillent. Les langues se rencontrent. Quand c'est encore plus long, j'ai du mal à garder mon calme. Est-ce lui qu'elle va choisir ? Et puis le baiser se termine. Célestine passe au suivant. Je suis de plus en plus tendu. Pour des raisons différentes, ces types sont tous plus attirants que moi… Elle va forcément choisir l'un d'entre eux. Peut-être que je ferais mieux de partir. Ce soir, j'ai découvert un monde dont j'aurais préféré ignorer l'existence. Maintenant, l'image de Célestine goûtant ces hommes les uns après les autres restera à jamais gravée dans mon esprit. Il ne reste que moi, lèvres sèches. Mais évidemment, je n'ai pas osé m'avancer. Et dans mon coin, je me dis qu'elle ne va pas non plus se mettre à faire l'appel pour s'assurer qu'elle a bien embrassé tout le monde. Au milieu du groupe, après avoir délibéré intérieurement, Célestine livre son verdict. Après tout, pourquoi devrait-elle ne choisir qu'un seul d'entre nous ? Comment un homme pense-t-il la combler à lui seul ? Les hommes sont si suffisants et si sûrs de leur pouvoir, alors qu'ils en ont si peu… Posant la main sur son entrejambe, à travers son costume d'homme, elle est sûre d'en avoir plus que tous les hommes de cette institution, des coulisses à la direction ! Certains rient, mal à l'aise. Ils n'aiment pas être en son pouvoir.

– Cela suffit. Qui préfères-tu ? demande l'un d'entre eux.

– Oui, approuvent les autres. Qu'elle le dise et comme ça, ceux qui ne sont pas concernés pourront aller chercher du plaisir ailleurs.

– Pourquoi ? demande-t-elle. Vous ne voulez pas que je vous donne du plaisir à tous ? Vous n'aimez pas partager ?

Elle rit de voir leurs réactions. Même ceux qui ont l'air

le plus sûrs d'eux sont gênés, surpris. Moi, j'ai de plus en plus chaud. Nous nous taisons tous. Célestine annonce, boudeuse :

– Cela m'ennuie de choisir. Ne vous ai-je pas dit que je voulais m'amuser ? Ne pas compter, ne pas décider, vivre !

Pas de réaction.

– Bon, tant pis…

Elle tend son verre à un homme qui ouvre une bouteille. Le liquide coule.

– Il y a parmi vous un homme qui dispose d'un pouvoir immense. J'espère qu'il en fera bon usage, déclare Célestine.

Pas plus de réaction. Les hommes se toisent.

– Georges, c'est vous.

Je rougis. Ça y est : d'un coup, j'oublie mes angoisses. Je retrouve mon sourire enfantin. Je m'adresse aux hommes qui m'entourent :

– Venez avec moi !

– Pour quoi faire ?

– Venez !

Je les entraîne hors de la loge. Le couloir dans lequel nous nous retrouvons n'est éclairé que par un morceau de lune tombant d'une fenêtre haute. Cela me suffit pour trouver mon chemin. Je suis un habitué des lieux. Les hommes derrière moi sont perdus. Je les encourage à me suivre. Je chantonne.

Quelques minutes plus tard, précédé de grincements et de soupirs, notre petit groupe revient dans la loge, portant un piano. Nous l'installons. Je joue ce qui me vient. Des airs naissent sous mes doigts. Célestine et les hommes en noir me regardent, m'écoutent. Je donne peu à peu une tournure espagnole à ma musique.

Parodiant grossièrement les sévillanes du temps de notre ex-impératrice, un homme se met à danser pour Célestine. Il frappe dans ses mains, le dos droit, le visage de profil. Elle le regarde, puis se met à tourner sur elle-même, indifférente à son partenaire. Ce qui n'est qu'une caricature chez l'homme est une vraie chorégraphie chez Célestine. Ses talons frappent le sol en communion avec le piano, son corps, ses poignets, ses hanches créent un mouvement lent, simple, qui hypnotise son danseur. Il perd pied. Ses jambes sont devenues raides. Ses bras pendent le long de son corps. Il n'est plus bon à rien. Il ne peut que la regarder avec un air de ravissement. Un autre, plus hardi, s'approche alors de Célestine et tente à son tour une parade amoureuse. Elle ne le regarde pas davantage. Mais pris par la musique, il ne se laisse pas intimider pour autant. Je devine comment il y arrive. Contrairement à son prédécesseur, il s'interdit prudemment de regarder bouger les hanches de Célestine, sans quoi il serait à son tour éliminé du jeu. Tenir, tenir plus longtemps. Amusée, Célestine voit à quel point l'exercice est difficile pour lui, à quel point il est concentré, tendu. Alors, elle accélère le rythme que j'ai créé par de nouveaux mouvements du bassin. Je les remarque aussitôt et les intègre à ma musique. Le danseur ne sait comment tenir cette cadence devenue infernale. Célestine lui jette des regards qui le désarçonnent. Quand va-t-il rendre les armes ? Je les trouve un peu trop près l'un de l'autre. S'il tendait le bras, il pourrait la toucher, mais il n'en fait rien. Célestine vibre d'une énergie, d'un désir de danser, de jouer aussi impressionnants que contagieux. Le danseur n'a droit qu'à une chance avec cette femme s'il veut la séduire, et c'est maintenant qu'il la joue. J'ai l'impression (ou est-ce de la jalousie ?) qu'elle n'a pas besoin de ce type pour s'amuser. Elle ne voit certes pas d'inconvénient à danser avec lui, et semble même lui reconnaître quelques dispositions, mais au fond, ce torero femme n'a besoin de personne. La joie, la fête, la vie, c'est elle. C'est en elle. Sa puissance est sans limite. À mon piano, moi aussi je suis sous son emprise. Je me sens profondément attiré par elle. Ce n'est pas étonnant. Même la pile de linge doit être attirée par elle. Je n'aimerais pas tant être avec elle, je voudrais être elle. Je voudrais être dans ce corps, dans cet esprit qui semble tenir le monde entier dans sa main, le faire disparaître d'un geste du poignet et le recréer l'instant d'après.

Je crois que si j'étais Célestine, si j'étais Carmen, toutes mes frustrations professionnelles, sexuelles, artistiques, familiales, amoureuses, amicales, s'évanouiraient aussitôt. Finies les questions sans fin. Et si j'avais dit ceci ?

Et si j'avais plutôt fait cela ? Et si j'avais osé parler ? Et si je m'étais tu plutôt que de vouloir rassurer cet idiot ? Et si j'étais moins bête ? Dans ce songe éveillé, Carmen, quand elle danse, est à la fois pour moi une femme et un homme, libérée du poids des amours ratées, des rêves inassouvis, des amitiés trahies. Il fait jour ou il fait nuit, elle peut être à Séville, à Paris, au bord de la mer, comme elle veut. Elle peut être seule et ne sentir que le vent sur sa peau, ou comme maintenant entourée de soupirants, caressée par leur souffle, enivrée par leur sueur, leur désir d'homme.

Une des lampes s'est éteinte. La fumée des cigares est épaisse. L'air est chargé du parfum du vin versé. Je ne peux voir le visage de Célestine, je n'aperçois que les ondulations troublantes de son corps. Je n'ai pas besoin de voir ses yeux, le grain de sa peau, pour savoir que c'est Carmen qui prend vie dans cette loge, dans les murs de l'Opéra-Comique. Incapables de rester sans rien faire, tous se rapprochent de la belle. Certains frappent dans leurs mains, d'autres dansent, d'autres encore ne font rien. Ils viennent seulement se coller à elle. Carmen affronte chaque regard sans pudeur. Et soudain, d'une feinte, elle s'échappe du cercle qui s'est constitué autour d'elle pour apparaître ailleurs, face à un homme qui ne croyait plus à sa chance. Célestine passe près de mon piano. Sa main caresse mon épaule. Surpris, les autres la cherchent du regard. Cette fois, ce ne sont plus eux qui sont sur ses traces, c'est elle qui donne la chasse. Dans un mouvement furieux dicté par mon piano, elle se glisse entre les hommes, esquive, se retrouve derrière eux et détaille leur allure, se colle à eux, pressant son ventre contre leur dos. Ils se retournent, mais elle n'est plus là. Chaque fois qu'elle regarde un homme trop longtemps à mon goût, je change le rythme de la musique et aussitôt, elle détourne le regard, amusée. La voilà dansant pour un autre… Avec mon seul piano, pourrais-je rivaliser longtemps avec le désir de dix hommes pour la femme la plus troublante du monde ?

UNE MATINÉE DE BROUILLARD. À son petit bureau, le compositeur ne voit même pas la Seine, pourtant si proche. Le texte de *Carmen* est posé devant lui, mais aucune musique ne se déclenche dans sa tête. Il n'entend que les rares sons provenant du dehors : deux promeneurs qui discutent au bord de l'eau, les branchages qui craquent sous leurs pieds, un cri de corbeau. Près du calorifère défaillant, Georges, dans son manteau fermé jusqu'au col, se demande ce qui lui a pris de venir par ce froid.

À Paris, il n'aurait pas eu besoin de manteau pour travailler. Il aurait même pu sortir s'acheter un croissant à la boulangerie de la rue voisine pour se donner du cœur à l'ouvrage. Mais ici, au moins, il est loin de Geneviève et de Ludovic. Que va pouvoir faire Georges de ce texte que les auteurs refusent de retravailler ? Voilà vingt, trente fois qu'il le relit, aucune mélodie ne lui vient. Georges cherche à se convaincre qu'il peut y arriver ; après tout, il a déjà composé à partir de textes bien plus mauvais, alors pourquoi cette fois n'y arrive-t-il pas ? Est-il devenu difficile, voire prétentieux, au contact de Célestine ? Cherche-t-il le conflit ? Se prend-il pour Carmen ?

Georges se lève et fait quelques pas pour se réchauffer. Il ouvre les bras pour secouer son grand corps et y faire circuler le sang. Ce faisant, il se cogne contre les murs de la petite pièce. Aïe, ça fait mal aux doigts ! Alors Georges tourne sur lui-même en sautillant, fait des mouvements de rotation d'épaule, se tient sur la pointe des pieds, puis retourne s'asseoir. Il regarde le texte prévu pour Carmen à sa première apparition dans l'opéra. C'est le fameux air d'entrée que Georges doit trouver et que Célestine passe son temps à lui refuser. Il lit les paroles du duo de librettistes à haute voix :

Hasard et fantaisie,
Ainsi commencent les amours,
Et voilà pour la vie,
Ou pour six mois ou pour huit jours.

Un matin sur sa route,
On trouve l'amour, il est là
Il vient sans qu'on s'en doute
Et sans qu'on s'en doute, il est là.

Il vous prend, vous enlève
Il fait de vous tout ce qu'il veut

C'est un délire, un rêve,
Et ça dure plus ce que ça peut.

– Non, s'écrie Georges. Non, non, non, non, non ! Au secours ! Au secours, au secours, au secours, au secours, au secours ! Jamais je ne pourrai faire une musique digne de Carmen avec un texte pareil ! Non. Non et non !

Georges s'empare de son crayon gras. Le voilà plein de fougue. Tel son saint patron, saint Georges armé de son glaive s'apprêtant à terrasser le dragon, le musicien semble convaincu que le moment est venu d'agir. De faire un geste. La pointe de son crayon s'approche des mots sur le papier. Ils se touchent presque.

Au dernier moment, la main de Georges recule. A-t-il une gomme ? Est-ce que ça se verra, une trace de rayure de crayon gras, après l'avoir gommée ? C'est risqué. Georges imagine Ludovic l'air vexé, Meilhac lui demandant pour qui il se prend, Leuven le regardant de haut avec incompréhension, même Offenbach lui adressant un regard de mépris par-dessus ses petites lunettes. C'est fou, le pouvoir d'un trait de crayon sur le texte d'un autre. Il faudrait déjà savoir ce qu'on va écrire à la place. Georges l'ignore. Quand il regarde les mots de Meilhac et Halévy, il est incapable d'en imaginer d'autres et ça le bloque. Il a alors une idée. Prendre une autre feuille. Une feuille blanche comme le brouillard du jour. Et la poser par-dessus le texte des librettistes.

Ainsi, il pourra corriger sans risque. Pas de ratures, pas de vexation : si c'est mauvais, on jette la feuille du dessus et personne n'en saura jamais rien. Ce n'est pas l'idée du siècle, c'est même à peine une idée, mais elle fait du bien à Georges. Comme une poche d'oxygène tiède qui simultanément lui donnerait un supplément de souffle et le réchaufferait. Georges attrape une feuille vierge. Il la pose par-dessus le texte. Il reprend son crayon… Et puis non !

Il écarte la feuille du dessus et se met à barrer la première ligne des librettistes. « Hasard et fantaisie », non, ce n'est pas possible. Georges aime la fantaisie, mais il ne voit pas de fantaisie dans *Carmen*, sauf peut-être d'un point de vue musical. Carmen semble choisir les hommes à sa fantaisie, mais en réalité, elle est fidèle à son désir et à ses sentiments. Georges barre ce vers. Il regarde le suivant : « Ainsi commencent les amours. » Non plus. Ça ne va pas. Georges ne veut pas que les amours de sa Carmen semblent le fruit du hasard. Et puis c'est trop plat. Il n'a pas envie de tout expliquer comme dans un manuel. Il barre. Ça fait deux vers. Il n'a jamais fait preuve d'autant de violence dans sa vie. Pour peu, il se prendrait pour Attila en train d'éventrer des villageois. Voici les deux vers suivants : « Et voilà pour la vie, ou pour six mois ou pour huit jours. » Peut-on vraiment imaginer Carmen chanter la banalité et les fluctuations des relations humaines ? Et pour son entrée en scène en plus ?

Pourquoi, dans ce cas, ne pas l'accouder au comptoir d'un café, enchaînant les verres de blanc, s'énerve Bizet, si c'est pour enfiler de telles perles ? Georges se croit drôle. Comme tout timide qui se lâche, il peut être méchant gratuitement. Il s'en rend compte aussitôt et s'en veut. C'est si facile de critiquer ! Surtout quand les auteurs sont loin. Et lui, peut-il faire mieux ? Et puis, mieux, qu'est-ce que ça veut dire ? Est-ce un concours ? Georges n'a pas envie de faire mieux, il n'est pas sûr de savoir. En vérité, se dit-il un peu plus tard le même jour, lors d'une marche digestive au bord de l'eau, il ne sait pas écrire, ce n'est pas son métier ; mais les mots qui ont été posés sur ces feuillets ne lui semblent pas en accord avec la Carmen de ses rêves. Le compositeur aimerait que les spectateurs soient aussi éblouis que lui, qu'ils saisissent la singularité de Carmen au moment où elle ouvre la bouche. Elle n'est pas là pour évoquer la misérable condition amoureuse, elle vient changer les règles du jeu. Elle vient dire : je ne vois pas les choses comme vous, la vie n'est pas comme vous croyez, je vis intensément chaque jour, je donne et je prends sans calcul, même si je suis une femme, parce que je suis une femme. Si Georges arrive à trouver quelques mots chantés qui soient un manifeste de tout ce qu'il ressent, il réussira son pari.

Ses pas l'ont reconduit devant chez lui. Il n'a plus qu'à monter et à écrire. Petite peur. Georges décide de faire un tour de plus. Un petit quart d'heure. Rien ne presse… Quand il rentre deux heures plus tard, le soir tombe. Georges monte les deux étages. Il met une bûche à brûler, se frotte longuement les mains. Il s'assied à son bureau. Le paysage s'éteint aux fenêtres. Il prend son crayon et écrit :

L'amour est un oiseau rebelle,
Et nul ne peut l'apprivoiser
C'est en vain qu'on l'appelle
Il lui convient de refuser

L'amour est un enfant de bohème,
Il ne connaît jamais de loi
Si tu ne m'aimes pas, je t'aime
Si tu m'aimes, tant pis pour toi

L'oiseau que tu croyais surprendre
Battit de l'aile et s'envola
L'amour est loin, tu peux l'attendre
Tu ne l'attends plus, il est là.

Tout autour de toi, vite, vite,
Il vient, il s'en va – puis revient.
Tu crois le tenir, il t'évite
Tu crois l'éviter, il te tient.

Au fur et à mesure qu'il pose ces mots, qui changeront encore d'ici à la première de *Carmen*, il entend enfin de la musique dans sa tête. Quelque chose de nouveau.

– CE N'EST PAS UNE DEMANDE très fréquente, mais oui, bien sûr, nous pouvons vous installer ce genre de chose, monsieur Bizet.

– Tant mieux.

– Vous avez des enfants ?

– Un fils, Jacques qui a trois ans, et un autre de six, né avant mon mariage, mais dont je m'occupe un peu. Et vous ?

– J'en ai quatre. Nous avons perdu le dernier en février dernier. Mais ma femme attend un nouvel enfant. J'espère qu'il nous consolera… Non, pardon, je vous demande l'âge de vos enfants pour avoir une idée de la largeur à prévoir…

– Ah, mais ce n'est pas pour les enfants.

– Ah non ?

– Non. Et puis Jacques vient rarement ici.

– Mais c'est pour qui alors ?

– Mais pour moi ! déclare Georges.

L'artisan est décontenancé.

– Ah ? D'accord ! Bon, eh bien, en vous regardant, j'ai une bonne idée des mesures. Alors j'imagine que je ne vous parle pas de l'idée d'y adjoindre un bac à sable comme ça se fait souvent ?

– Non, que ferais-je d'un bac à sable ?

– Rien. Excusez-moi. Revenons à nos moutons. Et où souhaitez-vous qu'on l'installe ? Au pied de la maison ?

– Je pensais plutôt à la terrasse. Vous croyez que c'est une mauvaise idée ?

– Du tout. Vu la disposition, j'imagine que vous avez le projet de vous en servir pour sauter depuis votre terrasse directement dans la Seine ?

– Vous avez vu juste. C'est amusant, non ? Parfois j'ai trop d'idées qui me trottent dans la tête. Trop d'instruments et quand ça commence à se mélanger, je ne suis plus bon à rien. Je crois qu'une descente en toboggan suivie d'un plongeon pourrait régulièrement m'éclaircir les idées.

– Je vous prépare le devis. Vous me raconterez ?

– Vous pourrez être le premier à l'essayer, le jour où vous l'installerez. Et après, je vous le prête. Je suis souvent à Paris, dit Georges.

– Personnellement, je trouve la Seine trop froide. Et, peut-être à tort, j'ai toujours considéré le toboggan comme un amusement pour les enfants. Mais vous m'ouvrez de nouvelles perspectives commerciales. Si vous lancez une mode, je pourrais équiper toutes les villas des bords de Seine à Bougival.

CURIEUSEMENT, la célèbre cantatrice Pauline Viardot n'a pas installé de toboggan devant la luxueuse villa qu'elle achète à Bougival en 1874, à cent mètres de la maison du compositeur.

Contrairement à la villa des Frênes de Pauline, la maison de Georges n'aurait eu aucune chance de se retrouver dans un magazine de décoration, si toutefois ce genre de revues avait existé à l'époque. Bâtie sur la colline en 1830, la villa Viardot est une luxueuse demeure blanche, rectangulaire, de style néoclassique avec des colonnes sur deux niveaux. Le jardin descend en pente vers le fleuve.

Puis-je me permettre de vous donner rapidement quelques informations sur cette femme qui a joué un rôle décisif dans le succès de *Carmen* ? Pour ceux d'entre vous qui aiment le *name dropping*, vous ne serez pas déçus.

Pauline Viardot est issue d'une fameuse famille de musiciens. Son père, Manuel Garcia, né à Séville en 1775, était un chanteur lyrique. Il a créé le rôle d'Almaviva dans *Le Barbier de Séville* de Rossini à Rome, et composé plus de quarante opéras. Il a également été chef d'orchestre et directeur de troupe. C'était un professeur renommé.

Comme sa sœur aînée, Maria Malibran, Pauline est née de l'union de Manuel Garcia et de sa femme, la chanteuse lyrique Maria Joaquina Sitches.

Surnommée la Malibran, Maria fut une cantatrice mythique. Elle connut des triomphes à New York et dans toutes les capitales européennes. La Malibran mourut jeune des suites d'une chute de cheval, mais marqua profondément ses admirateurs.

Alfred de Musset lui dédia ces vers :

Ô Ninette ! où sont-ils, belle muse adorée,
Ces accents pleins d'amour, de charme et de terreur,
Qui voltigeaient le soir sur ta lèvre inspirée,
Comme un parfum léger sur l'aubépine en fleur ?
Où vibre maintenant cette voix éplorée,
Cette harpe vivante attachée à ton cœur ?

Et Alphonse de Lamartine ne fut pas en reste :

Beauté, génie, amour furent son nom de femme,
Écrit dans son regard, dans son cœur, dans sa voix.
Sous trois formes au ciel appartenait cette âme.
Pleurez, terre ! Et vous, cieux, accueillez-la trois fois !

À la place de Pauline Viardot, je me serais senti écrasé par les succès de mon entourage familial immédiat. Pourtant il n'en fut rien. Pauline ne s'est pas laissé intimider. Elle savait qu'on la disait laide en comparaison de sa sœur, tant pis !

Pauline apprend le piano avec Franz Liszt, excusez du peu ! Elle donne son premier récital sur scène à seize ans et joue quelques mois plus tard Desdémone dans l'*Otello* de Rossini. Une de ses meilleures amies est l'écrivain George Sand. Alfred de Musset tombe amoureux de Pauline.

George Sand, qui a été la maîtresse de Musset, déconseille à Pauline d'épouser le poète. Elle lui suggère plutôt d'unir son destin au critique Louis Viardot, un parti plus sûr. Amoureux de la culture hispanique, Louis Viardot traduit *Don Quichotte* de Cervantès en français. C'est aussi un homme qu'on pourrait qualifier de moderne. Après avoir épousé Pauline, il quitte ses fonctions de directeur du théâtre des Italiens, futur Opéra-Comique, pour suivre sa femme dans tous ses déplacements professionnels et s'occuper de leurs enfants (avec l'aide de gouvernantes, tout de même).

En quatre ans, Pauline impose son talent. Elle joue dans les œuvres de Meyerbeer, Berlioz, Gounod, Saint-Saëns. Et quand elle ne chante pas, elle joue du piano. Frédéric Chopin aime la regarder autant que l'écouter jouer, ébloui par sa maîtrise de l'instrument. Un peu comme si Keith Richards m'écoutait jouer de la guitare et s'extasiait. Le délire. Bref…

Après le coup d'État de Louis-Napoléon Bonaparte, les Viardot s'exilent à Baden-Baden, chic station thermale au cœur de la Forêt-Noire. Pauline devient vite l'étoile la plus brillante de l'élégante société qui s'y réunit. Elle se lie d'amitié avec Schumann et Brahms qui l'admirent. En 1855, Pauline surprend son entourage en vendant tous ses bijoux pour acquérir la partition originale du *Don Giovanni* de Mozart. Pauline et Georges étaient faits pour se rencontrer.

Après la défaite de 1870, les Viardot ne souhaitent pas rester en Allemagne. Rentrés en France, ils habitent le quartier de la Nouvelle Athènes comme Georges, rue de Douai : les Bizet et les Viardot sont donc doublement voisins. Pauline tient salon à Paris comme à Bougival. Les plus grands musiciens et écrivains s'y pressent : Chopin, Flaubert, Dumas, Hugo, Zola, pour n'en citer que quelques-uns. Georges, lui, n'y est pas. Du moins, on ne trouve pas trace de sa présence dans ces soirées. Cela dit, il ne rentre pas encore à l'époque dans la catégorie « artistes célèbres ».

De tous les invités de Pauline Viardot, une personnalité émerge. C'est l'écrivain russe Ivan Tourgueniev.

Pour Guy de Maupassant, la liaison entre Pauline Viardot et Ivan Tourgueniev est la plus belle histoire d'amour du XIXe siècle. Personnellement, je vote plutôt pour Georges et Carmen, mais je ne suis pas Maupassant et je vous laisse le soin de vous faire votre avis.

Ivan rencontre Pauline lors de la première tournée de la cantatrice à Saint-Pétersbourg. Elle chante, l'empereur est séduit, et, dit-on, tous les spectateurs avec lui, dont Ivan. Ce dernier n'est encore qu'un poète inconnu. Né dans une famille aristocratique, il parle russe (évidemment), anglais, français et allemand. Il édite la correspondance de Pouchkine et traduit certains de ses poèmes avec l'aide de Mérimée.

La liaison d'Ivan et Pauline se poursuit bien après cette première rencontre en Russie. L'auteur d'*Un mois à la campagne*, de *Premier amour* et de *Pères et fils* fera désormais tout pour vivre auprès de Pauline et de son mari, où qu'ils aillent, à Stockholm, Copenhague, Baden-Baden, Paris et Bougival.

À Bougival, rendu célèbre par les peintres impressionnistes, Tourgueniev et les Viardot louent d'abord la Garenne, une propriété au-dessus de l'église. L'écrivain russe, qui a beaucoup voyagé, affirme qu'il est plus heureux à Bougival que nulle part ailleurs. Quand Pauline décide de s'installer au domaine des Frênes, Ivan se fait construire une datcha à quelques mètres de la villa Viardot.

Georges a tout de suite aimé sa voisine Pauline.

– Monsieur Bizet, annonce Georges en remettant sa carte au majordome.

– Bien, Monsieur.

– Je suis le premier ?

– Puis-je vous débarrasser ?

Georges donne son manteau. On le conduit dans un salon. La lumière du jour est tamisée par des voilages. Le plafond peint représente la voûte céleste. Pauline est assise. Un feu brûle dans la cheminée. Une table est dressée pour le thé.

– Monsieur Bizet, annonce le majordome.

Georges s'avance. Il baise la main de Pauline. Quand il relève la tête, il croise le regard de la cantatrice. Elle a cinquante-trois ans, un visage doux et rond.

– Je vous remercie d'avoir accepté mon invitation.

– Avec joie, Madame. Puis-je profiter de ces quelques instants où nous sommes encore seuls pour vous dire toute l'admiration que j'ai pour votre carrière, pour *Don Giovanni*…

– Pour l'avoir chanté ou pour avoir acheté le manuscrit ?

– Les deux. C'est mon opéra préféré. Ce doit être incroyable de pouvoir se plonger dans la partition originale à chaque fois qu'on le souhaite.

– Oui. Même si lire Mozart peut vous faire réaliser à quel point vos tentatives de composition seront toujours limitées. Enfin, je parle pour moi.

– Croyez-moi, vous parlez à quelqu'un qui est profondément convaincu de ses limites.

– Tant mieux si nous sommes deux, dit-elle en souriant. Du thé ?

Le thé coule dans les tasses de porcelaine.

– Je suis désolé. Je suis le premier. Je ne sais pas arriver un peu en retard, comme c'est l'usage.

– Le premier et le dernier, j'espère.

– Il n'y a que moi ?

– Oui, vous vous attendiez à une de mes soirées ?

– En fait je ne pensais pas qu'une femme comme vous prendrait du temps pour ne recevoir que moi.

– Monsieur Bizet, pourquoi montez-vous *Carmen* ?

– J'aime cette femme. J'aime cette histoire.

– Tout un tas de gens aiment cette histoire. Heureusement, il ne fleurit pas des Carmen partout.

– Vous n'aimez pas cette œuvre ?

– Si. J'aimais beaucoup Mérimée que je connaissais bien. Sa Carmen a une force rare. Je lui trouve autant de noirceur que de beauté. Mais Mérimée a voyagé en Espagne. Vous, non. Comment allez-vous faire parler, chanter les personnages, raconter l'Andalousie sans y être jamais allé ?

– Je… Je fais ce que je peux.

– C'est insuffisant. Je suis née à Paris, mais j'ai grandi en chérissant l'art et la culture espagnols de mes parents et de leurs ancêtres. À l'époque de l'impératrice Eugénie, les spectacles à l'espagnole ont poussé comme de la mauvaise herbe. Il y en avait partout. Des bons et des moins bons. C'était exotique.

– J'aime l'exotisme.

– Vous aimez l'Espagne parce que c'est loin et que là-bas, tout peut arriver ?

– J'aime à le croire. Comme l'apparition d'une femme aussi magnifique que Carmen. Vous avez peur que j'abîme la nouvelle de Mérimée ?

– Je m'interroge.

– Tous les jours, je m'interroge de la même façon. Suis-je en train de massacrer *Carmen* ?

– Vraiment ?

Pauline regarde Georges avec stupéfaction. Il regrette ses paroles.

– Enfin, pas tous les jours. Croyez-moi, je m'entoure d'artistes de talent. Madame Galli-Marié pour jouer Carmen, Meilhac et Halévy pour le livret, Du Locle à la mise en scène, l'intrigue de feu votre ami Mérimée à laquelle je suis le plus fidèle possible. Je fais extrêmement attention…

– Taisez-vous un instant, s'il vous plaît ! Pardon, vous

allez me prendre pour une femme autoritaire et impolie. Je me permets seulement de profiter du privilège de mon âge… Quel âge avez-vous, au fait ?

– Trente-cinq ans.

– Nous avons le même âge.

– Euh, certainement !

– Mais nos chiffres sont inversés. Vous 3 et 5, moi 5 et 3 ; à part ça, quelle différence ?

– Euh… aucune ?

– Vous êtes bien élevé. Peut-être un peu trop. Bref, je suis surprise que vous exprimiez aussi franchement vos doutes.

– Oui, il faut que j'arrête de faire ça. Vous pensez que je vais échouer ? Vous m'avez invité pour me conseiller d'abandonner ? Vous voulez confier cette œuvre à un génie de vos amis ?

– C'est comme cela que vous me voyez ? Non. Votre réaction me plaît. Tant d'hommes terrifiés prétendent ne pas douter. Vous, vous êtes terrifié… Cela se voit, cela se sent, mais vous l'avouez. Pour cette raison, vous m'avez l'air moins bête. Je vais donc vous aider.

– Vraiment ?

Cet après-midi-là, Pauline fait découvrir l'Espagne à Georges à travers les tableaux qu'elle a réunis avec son mari et son amant. Elle fait entrer Georges dans les paysages et lui explique qui en sont les peintres. Elle lui raconte pourquoi elle a voulu acquérir ces morceaux d'Espagne et les garder près d'elle. Elle fouille ensuite dans les partitions des œuvres de son père, Manuel Garcia. Elle invite Georges à s'asseoir à côté d'elle. Il les lit. Les mélodies résonnent dans sa tête. Pauline attire l'attention du compositeur sur les passages les plus réussis. Parfois, prise par son élan, émue par le souvenir de son père, Pauline se met à parler en espagnol sans s'en rendre compte. Georges ne comprend pas un traître mot, mais n'ose l'interrompre. Quand elle prend un ton interrogatif, Georges répond timidement « *no sé* ». Elle le regarde alors avec étonnement, réalise son emballement et reprend en français. Elle lui parle du voyage de Mérimée en Espagne, des éléments originaux de l'histoire dont l'écrivain s'est inspiré pour écrire sa nouvelle. De nouveaux arrangements musicaux naissent dans l'esprit de Georges. Son ventre émet des gargouillis en signe de bien-être. Il se sent guidé par cette femme qui nourrit son âme sans qu'il n'ait rien demandé. Pauline entend les gargouillis et appelle un domestique pour qu'on leur monte une collation. Georges est si reconnaissant qu'il pourrait la serrer dans ses bras. Il se retient ; après tout il ne la connaît que depuis quelques heures.

– Si je n'avais pas perdu ma voix, si j'étais bien plus jeune, j'aurais tant aimé être votre Carmen !

– Je…

– Vous n'avez pas besoin de répondre. Vous allez réussir. Vous doutez, mais maintenant, moi j'ai confiance. Tenez bon, tenez bon, tenez bon !

EST-CE QUE JE MÉRITE la bienveillance de Pauline Viardot ou de Célestine Galli-Marié ? Se rendent-elles compte de la déception qui les attend ? Ma mère espérait que je deviendrais un grand interprète. Raté. Mon père espère toujours que je sois un grand compositeur. Il risque de mourir sans avoir vu son rêve se réaliser. Ma femme espérait que je la ferais vivre confortablement. Je crois qu'elle a cessé d'espérer. Il suffit de croiser son regard las quand je lui parle de mes travaux.

Lorsqu'une personne que j'estime me complimente, je suis heureux comme un chien qu'on flatte, mais cela ne dure jamais que quelques heures. Le lendemain, je me réveille, espérant que je serai porté par cet encouragement de la veille, mais il n'en est rien, c'est fini. Je me sens, dans ces moments-là, comme un puits sans fond. Les mots bienveillants me touchent au moment où ils entrent en moi, comme s'ils me caressaient affectueusement l'oreille, comme un souffle d'air qui me réchauffe le cou, comme l'effluve d'un parfum capiteux passant près de ma narine. Ils descendent en moi, mais jamais ils ne se posent. J'aimerais qu'ils restent dans mon ventre pour que je puisse aller les chercher et les ranimer quand je me sens nul et triste, mais ils descendent toujours. Bientôt je ne les vois plus, je ne les entends plus. Je peux tenter d'en évoquer le souvenir, mais j'ai dans ces moments-là le sentiment d'être un anatomiste posant sur la table de dissection l'objet de son étude, un petit batracien devenu gris et presque transparent. Je sais que je ne le ramènerai pas à la vie. Je lui parle, je le tiens, je le secoue, je le pique, en vain. Il n'est plus. Je laisse tomber.

Inversement, un commentaire désagréable à mon sujet reste profondément ancré en moi. Même quand ce n'est pas intentionnel. Quand on m'annonce qu'on interrompt les représentations de mon opéra faute de spectateurs, quand je lis une mauvaise critique, quand j'apprends que ma prochaine œuvre ne sera pas jouée, je rentre chez moi dévasté, même si je me dis : Georges, ce n'est pas contre toi, la vie est ainsi ! Je me disais déjà cela quand j'étais refusé à une audition : ce n'est pas toi, Georges. Peut-être qu'ils n'avaient rien contre ton interprétation, mais qu'ils cherchaient un style de musicien bien particulier. Tu ne peux pas plaire à tout le monde !

« Tu ne peux pas plaire à tout le monde. » Combien de fois ai-je entendu cette phrase ? Et puis d'abord, pourquoi ne pourrais-je pas plaire à tout le monde ? J'aimerais tant plaire à tout le monde ! Il me semble que la paix de l'esprit est à ce prix. Ne plus être sur la défensive en toutes circonstances, à chaque rencontre avec un collègue susceptible de m'aider ou de me compliquer la vie en disant à quelqu'un d'autre un mot désagréable sur mon travail.

J'ai l'oreille fine, non seulement pour les notes, mais aussi pour les vacheries et autres railleries. Je le regrette. Mais pourquoi ces mots qui font du mal arrivent-ils à s'accrocher aux parois du puits qui me sert de colonne vertébrale ? Ce même puits dans lequel les rares compliments glissent sans laisser de trace durable ? Pourquoi les gifles laissent-elles plus de marques que les caresses ?

À Bougival, la chambre de Georges au deuxième étage n'est pas beaucoup plus grande que son bureau face à la Seine, pourtant il a réussi à y faire entrer un piano d'étude, un lit, une commode et des étagères pleines de livres de musique. Quelle meilleure compagnie quand votre femme, restée à Paris, ne vous donne pas plus de chaleur qu'une pile de papiers ? La lumière du jour, quand il en vient, arrive par une fenêtre située côté colline. Quand Georges ouvre ses volets le matin, il devine, derrière les grands arbres, la villa blanche de Pauline Viardot sur le coteau.

En robe de chambre, il s'assied à son piano et joue du Mozart pour chasser les mauvais rêves de la nuit. Puis il compose *Carmen* à partir des passages du livret qu'il déteste le moins. Il corrige une phrase ou deux, puis joue. Et quand le livret ne lui inspire rien de bon, il se plonge dans les partitions de Manuel Garcia que Pauline lui a prêtées. Georges relève les différences entre les œuvres espagnoles et les œuvres françaises qui se prétendent espagnoles. D'un côté, un univers vivant, de l'autre, un simulacre plus ou moins habile, utilisant toujours les mêmes motifs.

Tout le jour, Georges va de son piano à son bureau face à la Seine, et de ce bureau au piano dans la chambre. Il peut passer des heures à improviser, rester de longues minutes à répéter le même accord, se demandant où il va, avant de trouver soudain et d'avancer furieusement.

Quand il a assez poursuivi son idée, Georges court jusqu'à sa table de travail. Il écarte les feuilles déjà couvertes de son écriture, en prend d'autres et commence à transcrire pour tout un orchestre, instrument après instrument, ce qu'il vient de jouer dans sa tête. Sa main ne va pas assez vite pour suivre les mouvements de son esprit. Parfois il doit raturer et se reprendre. Pressé par l'excitation, il a correctement retranscrit l'entrée et le dessert de la ligne de clarinette, mais il a omis une bonne partie du plat de résistance.

Georges n'interrompt sa composition que pour aller donner un ou deux cours de piano aux alentours et gagner quelques pièces. C'est Pauline Viardot qui lui a trouvé des élèves.

Quand Georges rentre chez lui, il remet une bûche à brûler, frappe quelques notes sur le piano, reprend sa place à son bureau, allume la lampe, regarde à peine la Seine même s'il fait encore jour, et reprend l'écriture de la partition. Il relit la ligne interrompue du cornet à pistons, il entend dans sa tête l'instrument jouer ses dernières notes puis s'arrêter, dans l'attente de la suite. Georges prend sa plume et se hâte d'écrire les notes. L'instrument peut poursuivre son interprétation, faisant entendre chaque note au moment où l'encre pénètre le papier. Mais bientôt, la musique va trop vite dans l'esprit de Georges et sa main est à la peine pour soutenir le rythme. Le papier a perdu la course contre le cornet à pistons. L'encre se pose de plus en plus vite, les gouttes noires s'enchaînent, tombent sur la portée comme une pluie d'orage. Quand il arrive au bout de la course d'un instrument, Georges repart au début de l'opéra, à l'ouverture, en compagnie de l'instrument suivant.

Quand Georges a mal à la main à force d'écrire ou que les airs des différents instruments se mélangent dans sa tête, il se couche. La nuit, parfois, un nouvel air lui vient. Pour un peu, il pourrait le jouer depuis son lit. Il essaye. Tombe. Se relève et s'assied à son tabouret. Il joue. Pas bon. Mauvaise idée, Georges, retourne te coucher ! Ce qu'il fait. Vingt minutes plus tard, une nouvelle idée. Le voilà à nouveau sur son tabouret. Il la joue. Misère. C'est la même mauvaise idée que tout à l'heure. Pourquoi, les yeux fermés, lui avait-elle semblé meilleure ? Au lit, Georges ! Dors. La tête enfoncée dans l'oreiller, Georges essaye de chasser cette mauvaise idée qui continue à le tarauder. Va-t'en, laisse-moi, je t'ai essayée, ça ne marche pas ! Je veux dormir. Elle ne le laisse pas tranquille. Georges finit par se relever, hors de lui. Il la joue à nouveau. Pas bon, pas bon, pas bon ! Si seulement il n'y avait que les bonnes idées qui le tenaient éveillé ! Il va pour se recoucher quand, soudain, une deuxième idée vient s'ajouter, rendant la première finalement digne de considération. Tabouret, mains sur le piano, notes qui résonnent, mélodie qui les unifie, ralentissement, accélération : et si Georges tenait quelque chose ? Bureau, lampe, plume, papier. C'est noté. On verra demain ce que ça vaut. Au lit. Pourquoi n'ai-je aucune envie de dormir malgré ma fatigue ?

Nouvelle journée de composition. Mozart. Partitions inspirantes d'Espagne et d'ailleurs. Improvisation. Composition. Transcription. À chaque fois que Georges pose la ligne d'un nouvel instrument, il l'entend dans sa tête ajouter son timbre à tous les autres. Tout l'orchestre habite peu à peu l'esprit de Georges.

– LUDOVIC EST AU COURANT que tu as changé ses paroles ? Tu lui as dit ?

– J'ai fait quelques aménagements, dictés par la musique.

– Quelques aménagements ? Regarde cette page, tout est barré.

– Non, non…

– Si.

– Ah oui. Mais cette page, c'est un peu particulier. Tu vois, en fait, à ce moment-là…

Geneviève le coupe :

– Personne ne change les paroles de Meilhac et Halévy. Ce sont leurs paroles que les gens viennent écouter.

– Ils m'ont dit qu'ils n'avaient pas le temps.

Geneviève et Georges se tiennent devant le petit bureau au deuxième étage de la maison de Bougival. Ils restent un moment sans rien se dire. Geneviève se demande si, un jour, Georges sera à sa place dans le monde de la musique. Il a toujours l'air décalé, en retard ou trop en avance, enthousiaste quand il vaudrait mieux être discret, timide quand il faudrait oser. Georges n'est pas bête pourtant. Il n'est pas mauvais musicien. Elle se rappelle encore la fameuse scène dans le salon de ses parents, quai Conti, quand Georges s'est mis au piano après Liszt. Elle se rappelle ce grand garçon au sourire si doux faisant naître un tonnerre sous ses doigts. On n'a parlé que de ça chez les Halévy ce soir-là et les années suivantes. Le petit Bizet, que Fromental Halévy avait encouragé dès son entrée au Conservatoire, surprenant, éblouissant, dépassant Liszt. Cet exploit, devenu légendaire à force d'être raconté, déformé, exagéré, Geneviève le connaît par cœur. Mais un souvenir plus fort lui reste. Le regard de son père, si triste à cette époque à cause des folies de Léonie, s'allumant soudain d'un éclat de joie pure en écoutant son élève faire voler les notes dans son salon. Était-ce une raison suffisante pour épouser Georges ? Sans doute pas. Mais quand votre cœur ne bat pour personne, ni pour aucune cause et qu'il faut bien faire comme tout le monde, comment ne pas se raccrocher au souvenir ému d'un père ?

Depuis ce succès qui semblait ouvrir la voie à tant d'autres, Georges n'a jamais trouvé sa place, et Geneviève ne sait comment l'aider. Chaque fois qu'elle désespère, la jeune femme va trouver son cousin. À chaque visite, Ludovic écoute ses inquiétudes et lui conseille d'être patiente et confiante. Le librettiste est convaincu que

Georges a un vrai sens de la composition, un authentique amour de la musique, mais surtout une ténacité et une capacité de travail impressionnantes. Avec une vraie sensibilité et un engagement quotidien, tout est possible !

Longtemps, Geneviève a eu du mal à croire à ces promesses. Et puis Carmen est arrivée. Georges s'est associé à Ludovic. Geneviève a enfin retrouvé des raisons d'espérer. La chance de Ludovic allait contaminer Georges. Finie, la vie de brouillons…

Et voilà que Georges change le texte du livret qui va lui apporter le succès : il tombe une fois de plus dans ses travers. Quand quelque chose se présente bien, il faut qu'il doute et saborde le projet. On dirait une débutante tétanisée avant son premier bal et qui a choisi, comme par amour des complications, une robe trop échancrée, un collier trop clinquant, une coiffure ridicule. Il faut à tout prix l'empêcher de détruire la *Carmen* de Meilhac et Halévy. C'est pour cette raison qu'elle est venue rendre visite à son mari.

En descendant du tramway à Bougival, suivie de Marie portant le petit Jacques, Geneviève a été surprise de ne pas voir Georges sur le quai. Il vient toujours la chercher au tram comme il porte toujours ses valises ainsi que celles de toutes les femmes. Il faut croire que Georges le gentleman a été retenu. Ne voyant personne, Geneviève a rejoint la maison au bord de l'eau.

Au deuxième étage, Georges n'a pas entendu sa femme arriver. Il faut croire qu'il a vraiment tout un orchestre dans la tête. Elle s'est approchée. Elle a vu les partitions ainsi que les pages raturées du livret. Surpris, il s'est levé d'un bond.

– Alors parce que Ludovic et Henri n'ont pas le temps de faire une nouvelle version du livret à ton goût, tu la changes toi-même !

– Pas tout. Il y a de nombreux passages dont je n'ai pas changé une virgule.

– Vraiment ?

– Je t'assure. Enfin, plusieurs. Et des très longs !

– Pourquoi ? Pourquoi abîmer leur travail ? s'emporte Geneviève, une larme au coin de l'œil.

Georges s'empresse de lui tendre son mouchoir.

– Je ne te comprends pas. Je ne supporterais pas que tu te brouilles avec Ludovic. Il est plus que mon cousin, il est comme mon frère, tu le sais.

– Je n'ai pas envie de me fâcher avec lui. J'ajuste seulement certaines choses. Sinon Carmen n'est pas la même d'une scène à l'autre. Et Carmen est unique.

Geneviève soupire et rend son mouchoir à son mari.

– Ce qui est unique, c'est ta collaboration avec Ludovic et Henri. C'est la chance que tu cherchais depuis toujours de faire une œuvre qui rencontre le succès. N'est-ce pas ton objectif ? Tu me l'as répété si souvent.

– Si.

Ils restent un instant à court d'argument l'un et l'autre.

On entend un enfant pleurer. Georges ouvre la fenêtre. Jacques est tombé. Marie le console.

– Je suis heureux que tu sois venue avec Jacques.

– Vraiment ?

Les jours suivants, Georges ne s'arrête pas de composer. Geneviève lui en fait le reproche. Est-il vraiment si heureux de revoir sa femme et son fils, ne leur accordant pas un moment d'attention, sinon de façon distraite ? Du coup, Georges n'ose plus composer du tout. Geneviève en prend son parti. Si c'est comme ça, elle ira avec Jacques passer les vacances chez son cousin Ludovic. Marie fait les valises. Georges les accompagne au tramway. Au moment de dire au revoir à sa femme, il la supplie de ne rien dire à Ludovic au sujet de ses transformations.

1 256 PAGES.
C'est l'épaisseur de la partition de *Carmen*. Georges l'a terminée.

Le chef d'orchestre en prend connaissance. Célestine aussi. Sur la scène de l'Opéra-Comique, tous les chanteurs sont réunis. Les répétitions peuvent commencer.

Un jeune commis arrive d'une imprimerie du quartier avec les livrets qu'il distribue à la ronde. Ces chanteurs ont des têtes amusantes. Ils se déplacent tout en chauffant leur voix, du grave à l'aigu, d'un chant sourd à une expression plus claire, plus nette. Certains sont si concentrés que le garçon a du mal à obtenir leur attention pour qu'ils prennent le livret. D'autres cherchent clairement à impressionner leur entourage. On dirait des coqs. Ils ne lisent que leur rôle. Est-il assez important, combien de temps restent-ils en scène, où sont les morceaux de bravoure ? Le commis tend également des livrets à deux hommes en train de regarder cette joyeuse animation, un peu en retrait. Le premier décline.

– Pas besoin, merci, même si je suis sûr que c'est fort bien écrit.

– Tu crois ? demande l'autre, avec un sourire complice. Alors je ne résiste pas à le lire.

– Tu as raison. Pourquoi se refuser un tel plaisir ?

Les deux hommes se saisissent des livrets et s'y plongent alors que le commis s'éloigne. Ils le feuillettent distraitement, comme un bouquet qu'on respire, puis avec plus d'attention. Ils perdent vite leur sourire.

– Tu lis la même chose que moi ?

– Je le crains.

Les deux hommes quittent la scène bouillonnante et bruyante pour rejoindre le sombre bureau de la direction de l'Opéra-Comique. Leuven partage leur irritation.

– Ce texte n'est-il pas le vôtre ?

– Beaucoup de choses sont de nous, évidemment. Mais beaucoup d'autres ne le sont pas, dit Meilhac.

– Comment a-t-il osé ? demande Leuven.

– Bizet ne vous a pas consulté ? demande Du Locle.

– Il nous a fait part de certaines remarques, précise Ludovic Halévy. Mais c'était trop tard pour que nous puissions faire des changements.

– Notre calendrier, comme vous le savez, est particulièrement chargé, ajoute Meilhac. Nous n'avons pas l'habitude d'être traités ainsi. Qu'Offenbach se permette de reprendre certaines choses, on peut le comprendre, mais Bizet ? Pardon !

– Croyez-moi, il va m'entendre ! prévient Leuven. Il est en train de trahir la confiance que nous lui avons accordée ! Il va s'amender, il va céder ou nous le remplacerons, il y en a des dizaines qui peuvent faire la musique de *Carmen* aussi bien sinon mieux, il n'y a qu'à se baisser pour les ramasser !

– Vous ne pouvez pas parler de Bizet ainsi, lance Du Locle à Leuven.

– Je parle comme je le veux, s'emporte le vieux Leuven, excédé. C'est mon théâtre, et Bizet va filer droit ou prendre la porte !

Convoqué, Bizet est admis dans le bureau. Aussitôt, il sent l'ambiance pesante. Plus proche de celle d'un tribunal que d'un échange artistique.

– Tout se passe bien, en bas, Georges ? demande Du Locle, embarrassé.

– Je crois, oui. Quand on a été longtemps seul pour composer, cela fait toujours un effet étrange d'être parmi tous ces gens. On se sent en trop.

– Peut-être que vous êtes en trop, dit Leuven en se retournant, l'air mauvais.

– C'est-à-dire ? demande Georges.

– Disons qu'on vous demande simplement d'écrire la musique. Je dis « simplement », mais je sais que c'est un travail considérable. Et on peut dire, si vous en êtes d'accord, que c'est un travail qui se suffit à lui-même.

– Oui, reconnaît Georges. Sauf que je ne compose pas une symphonie, je compose un opéra. Une musique qui va permettre de chanter et d'accompagner le livret.

– Alors vous savez pourquoi nous vous avons prié de venir ?

– Je le crains. À cause du livret.

– Voilà.

– Les compositeurs sont généralement assez satisfaits de notre travail, lance Meilhac.

– Effectivement, poursuit Leuven, n'aimant pas trop qu'on l'interrompe et voulant aussitôt reprendre son algarade. En quoi pensez-vous être un meilleur librettiste que nos deux amis ici présents, dont les théâtres s'arrachent les services ?

– Je ne le prétends pas, dit Georges, baissant la tête.

Leuven croit avoir marqué un point.

– Voilà qui est honnête. Je comprends bien qu'on se laisse emporter quand on compose, qu'on ait envie de tout changer, mais il s'agit de ne pas oublier nos spectateurs. Ce sont eux qui nous font vivre. Ils ont besoin d'une histoire solide et ça, c'est le métier de messieurs Meilhac et Halévy. Pas le vôtre.

– Évidemment, reconnaît Georges.

– Tant mieux. Nous allons donc expliquer aux chanteurs qu'il y a une erreur dans les livrets. Nous ne dirons pas laquelle. Nous n'accablerons personne. Et nous allons faire réimprimer au plus vite tous les livrets avec le texte original. À nos frais, n'est-ce pas, Du Locle ?

Avant que celui-ci ne puisse répondre, Georges intervient.

Il se tourne vers les librettistes.

– Le livret ne me convenait pas. Je vous l'ai dit, messieurs. Mon respect et mon admiration pour votre plume et votre carrière sont aussi grands qu'au premier jour. J'ai essayé de composer à partir de ce livret, je n'y suis pas arrivé. Alors j'ai altéré certaines paroles pour insuffler l'esprit de Carmen, qui me semblait manquer à l'ensemble. Je ne dis pas que ma vision de Carmen soit plus juste que la vôtre. Mais le temps pressait. J'ai essayé avec mes mots, moins adroits que les vôtres, d'esquisser ma Carmen. Et là, j'ai pu composer de nouveau. Je devais vous livrer ma partition aujourd'hui, que pouvais-je faire d'autre ? J'ai même essayé de revenir aux paroles originales du livret ensuite, mais ça ne collait plus. Et je voyais le temps s'écouler plus vite encore. Et faute de pouvoir me payer des copistes, je devais écrire toute la partition seul…

En entendant cela, les hommes n'en reviennent pas. Même Leuven semble ébranlé.

– Les 1 200 pages… vous les avez toutes écrites, seul ! ?

– Je crois à ce nouveau livret, affirme Georges. Les chanteurs m'attendent sur scène et s'il n'y a rien d'autre à discuter ici, j'aimerais me mettre au travail.

Les hommes le regardent étonnés. Georges sort.

– On nous l'a changé, dit Ludovic, ne sachant pas si c'est une bonne ou une mauvaise nouvelle.

Une fois la porte refermée, Georges quitte un instant son air bravache et soupire de soulagement. Il pose sa main sur son ventre lourd, pressé de rejoindre le plateau.

SUR SCÈNE, accompagnés par un piano, des hommes chantent à Célestine :

Carmen, sur tes pas nous nous pressons tous !
Carmen, sois gentille, au moins réponds-nous !
Et dis-nous quel jour tu nous aimeras !

Ils chantent très correctement pour une répétition, mais à l'exception de Célestine qui se déplace avec aisance au milieu d'eux, ils sont tous figés comme des statues. Georges leur demande si c'est parce qu'ils ont du mal à dire leur texte qu'ils sont ainsi immobiles. Ou alors ne se sont-ils pas encore assez familiarisés avec la situation ? Il leur raconte la scène. Tous les jours, à la même heure, quand sonne la cloche, les jeunes gens se réunissent ici, sur cette place de Séville, pour regarder les cigarières sortir de l'usine. C'est la seule attraction de leur journée. Ils ont passé la matinée entre hommes et voici soudain qu'un flot de femmes inonde la place. On dirait que les hommes vont être emportés. Nombre de ces femmes sont jeunes et belles. Leur énergie est contagieuse. Séduit, attiré, emporté, le chœur des soldats ne peut rester immobile !

Georges propose à ces hommes un mouvement d'ensemble, suivant Carmen, se rapprochant, puis se reculant quand c'est elle qui avance vers eux. Mais le chœur ne bouge pas d'un centimètre. On dirait un monolithe enfoncé dans le sol.

Inquiet, Georges leur demande de nouveau si quelque chose ne va pas. N'ont-ils pas envie de répéter ? Seraient-ils en conflit avec l'Opéra-Comique ? Auraient-ils, eux aussi, un problème avec le livret ?

L'un d'eux finit par répondre. Non. Ils n'ont aucun problème avec personne. Simplement ils sont chanteurs, pas danseurs. Si Bizet veut des danseurs, il peut en engager, mais eux, ce n'est pas leur métier. Georges demande en quoi se déplacer s'apparente à de la danse ? C'est un autre métier, répond un deuxième chanteur. Ils se positionneront où Bizet leur dira, mais ils ne bougeront pas, ça nuit au chant !

– Ça nuit au chant ? s'exclame Célestine qui s'était tue jusque-là.

– Parfaitement, répond un des hommes.

– Mais quelle bêtise !

– Pardon ? demande l'homme.

Georges n'avait pas prévu que la conversation s'envenimerait. Il s'apprête à dire quelque chose de consensuel dans l'espoir de calmer les esprits, mais le représentant des chanteurs se justifie :

– Voilà dix ans que je chante sans bouger, tout entier concentré sur ma voix, avec la puissance requise par chaque théâtre, selon la taille de la salle. Personne n'a eu à s'en plaindre.

– Sans doute, répond Georges, et moi-même, si j'ai fait appel à vous, c'est que j'ai eu maintes fois l'occasion d'admirer votre timbre tout autant que votre puissance vocale, mais...

– Merci monsieur, simplement je n'ai pas l'habitude qu'on m'apprenne mon métier.

– « Ça nuit au chant ! » répète Célestine.

Mais cette fois, dans le ton de la cantatrice, la moquerie a remplacé la surprise. Ça nuit au chant !

Elle prend un air idiot pour le dire. Et puis elle le redit encore et encore, mais sa voix se met à chanter sur les notes d'une mélodie que Georges connaît bien. C'est un air qu'il a écrit pour le deuxième acte de *Carmen,* le numéro 17, « je vais danser en votre honneur ». Célestine s'empare de ce moment de l'opéra où Carmen danse pour Don José...

Et voilà que Célestine ne chante plus que la, la, la... et se met à danser. Ses pieds frappent le sol pour accompagner sa voix. Ses mains et ses doigts forment des figures qui captent l'attention de tous les hommes. Son ventre danse.

En regardant Célestine danser, Georges oublie aussitôt

le conflit en cours, ce qui n'est pas dans ses habitudes, lui qui est incapable de jouir d'un bon moment quand son esprit est absorbé par un problème – qui n'est pas toujours d'une importance capitale. Mais ce matin, en voyant pour la première fois Célestine incarner Carmen sur la scène de l'Opéra-Comique sans qu'il lui ait donné une seule indication de jeu, Georges a l'impression que son projet peut fonctionner. Il aimait sa voix. Il l'avait vue danser. Il lui trouvait en plus une ouverture d'esprit, une curiosité qui allaient de pair avec ce personnage de femme libre qui brise les conventions. Tous ces signes étaient encourageants. Mais Georges savait aussi que, bien souvent, il avait pris ses désirs pour des réalités avant de tomber de haut. Pourtant, cette fois, de façon inattendue, au détour d'une dispute, Georges voit son rêve de Carmen se réaliser.

Célestine-Carmen chante et danse, se déplaçant souplement autour du chanteur qui semble ne plus savoir que penser. Qu'est-ce que cette danse ? Tout à l'heure, c'était espagnol, maintenant, on dirait que c'est oriental. Elle m'agaçait, elle m'exaspérait, voilà qu'elle va me rendre fou. Ne pas céder. L'ignorer. Elle est petite. Regarder au-dessus d'elle, vers le fond de la salle et ainsi reprendre le contrôle de moi-même. Mais qu'est-ce que je sens ? Sa main caresse mon épaule, la voilà derrière moi, puis à nouveau devant. Comment fait-elle cela ? Cette femme n'est pas une femme, c'est un tourment, un tourbillon.

Lorsque Célestine met soudain fin à son chant et à sa danse, les hommes semblent pris de court. Elle se saisit d'une carafe sur une table et remplit un verre d'eau. Ils la regardent boire avec avidité. Puis elle demande : « Alors, danser nuit tant que ça au chant ? »

Défiés, les hommes acceptent d'essayer de se déplacer tout en chantant.

Carmen, sur tes pas nous nous pressons tous !
Carmen, sois gentille, au moins réponds-nous !
Et dis-nous quel jour tu nous aimeras !

Personne ne pourrait prétendre qu'ils font preuve de mauvaise volonté, mais on dirait un troupeau d'éléphants en chaussons de danse. C'est si peu harmonieux que c'en est comique et d'ailleurs, Célestine rit.

Vexés, ils s'arrêtent. Cela suffit.

– Mais non, c'était bien, dit Georges, très prometteur !

Il adresse un regard courroucé à Célestine qui cherche à contenir son rire, mais c'est plus fort qu'elle.

– Pardonnez-moi !

Et aussitôt elle rit de plus belle.

– Nous ne sommes pas bâtis de la même façon, se justifie l'homme.

– Ce n'est pas faux, répond Célestine.

Un autre chanteur affirme :

– Les femmes peuvent faire des choses avec leur corps que les hommes ne peuvent pas faire…

– Pouvez-vous préciser votre pensée ? demande Célestine qui ne rit plus.

– La femme est plus animale, explique-t-il.

– Nous sommes plus rationnels ! dit un autre.

– Nous n'avons pas le diable au corps ! dit un troisième.

– Vous savez seulement faire moins de choses que les femmes, dit Célestine.

Cette fois, le groupe refuse de poursuivre le travail. Georges cherche à les convaincre de s'y remettre, en vain, ils se sentent insultés et mettent fin à la répétition.

Georges et Célestine se retrouvent seuls sur la scène. Georges s'inquiète. Non seulement il faut se battre avec les directeurs, mais aussi avec les chœurs ! Y arrivera-t-il ? Ça ne va pas être facile. Or, il a besoin de vie, de mouvement ! Depuis sa rencontre avec Sisley, il a été admirer les œuvres de Berthe Morisot, de Pissarro, de Monet. Il a vu dans ces toiles un sang nouveau, mais éprouvé aussi une résonance avec ses rêves et ses aspirations. On ne peut plus faire de l'opéra comme avant, statique. Sans vie sur scène, l'art est mort avant d'être né ! Et Carmen doit incarner une vie incandescente !

Georges remarque le drôle de regard que Célestine pose sur lui.

– Qu'y a-t-il ? demande Georges.

– J'ai lu le livret ! Je le trouve magnifique, moderne, vrai !

Célestine embrasse Georges à pleine bouche.

Le compositeur est profondément troublé.

Elle a aussi lu toutes ses parties chantées dans la partition. Il y a des passages d'une puissance jamais vue à l'opéra. Ça va être grandiose… elle l'embrasse à nouveau, avant de préciser tout de même que, pour l'air d'entrée, on n'y est toujours pas. Georges se défend :

– C'est le douzième air d'entrée que vous me refusez !

– Tant que ça ? demande-t-elle. Vous êtes sûr ?

– J'ai compté.

– Pas moi.

Célestine embrasse Georges encore une fois.

Troublé par ses baisers, Georges lui avoue que depuis la fameuse fête dans sa loge elle hante toutes ses nuits.

– Si c'est pour produire une telle musique, tant mieux !

CE MATIN-LÀ, DES FLOCONS DE NEIGE font leur apparition dans le ciel parisien. Ils volent devant les fenêtres de la salle de répétition de l'Opéra-Comique. En les apercevant, Célestine propose à Georges d'aller passer la journée à Bougival. Il croit à une boutade. Cent fois, il lui a proposé de la rejoindre à Bougival quand il y était et toujours, elle a refusé. Et aujourd'hui, alors qu'il fait sans doute un temps glacial au milieu des bois, elle veut s'y rendre. Bon... Georges a l'intelligence de ne faire aucun commentaire, d'attraper leurs manteaux et de sortir avec Célestine avant qu'elle ne change d'avis.

Dans le tramway, il n'y a qu'eux. Qui voudrait se rendre à Bougival un jour pareil ? fait remarquer le cocher. C'est un temps à ne pas quitter Paris. En s'éloignant de la capitale, ils regardent blanchir le paysage.

Georges observe également Célestine à la dérobée. Depuis qu'elle l'a embrassé, il se demande si cet événement merveilleux se reproduira. Était-ce un élan uniquement lié à sa musique ? Peut-il tenter de renouveler l'expérience ? Que ferait-elle s'il l'embrassait dans ce tram ? Il pourrait risquer un baiser furtif dans la nuque… Sentant le regard de Georges, elle se tourne vers lui.

– Qu'y a-t-il ?

– Rien… Je pensais à Carmen.

– Oui, mais là, c'est moi : Célestine.

– Évidemment.

– Vous arrivez à faire la différence ?

– Évidemment, oui.

– Je ne suis pas une héroïne, moi, je suis juste une chanteuse.

– Je le sais bien.

– Je n'en suis pas sûre. Je crois que vous projetez des choses sur les gens, Georges, et en particulier sur moi.

– N'importe quoi ! répond Georges.

– Je peux me tromper, mais quand vous me regardez, comme vous venez de le faire, j'ai l'impression d'être une géante, un personnage mythique. Je le vois à vos yeux émerveillés dans ces moments-là. Je ne m'en plains nullement. Mais je sens le décalage entre cette vision et la réalité. Après, vous êtes un romantique…

– Mais non !

– Mais si. Pourquoi me contredire ? Je n'ai pas dit un gros mot. Je le vois bien. Vous avez une vision déformée des gens. Prenez Leuven ! Vous le regardez lui aussi comme un être grandiose.

– Mais non, mais non... Je ne crois pas vous regarder comme je regarde Leuven.

– Ça, je l'avais remarqué, s'amuse Célestine. Et j'en suis heureuse. Mais au bout du compte, Leuven est un petit homme qui n'a pas plus de pouvoir que vous.

– Ah si, quand même !

– Et moi, vous croyez que je sais mieux que vous où je vais ?

– Oh que oui !

– Non. Arrêtez de penser cela. Simplement je refuse de me taire quand j'ai quelque chose à dire. J'exprime ce que je ressens. Je fais confiance à mon corps, à mes sensations. Tant pis si ça ne plaît pas ou si personne ne m'écoute. Tant que la sensation est là, je la partage. Faites entrer un peu plus d'air, ouvrez la vitre s'il vous plaît.

– Plus d'air ?

– Eh bien oui, c'est pour cela que je suis venue.

Georges s'exécute.

– Et revenez vous asseoir près de moi, demande Célestine. Vous me regardiez tout à l'heure avec tant de désir et voilà que j'ai éteint tout ça ! Oubliez tout ce que je vous ai dit. Je ne suis pas un petit bout de femme au physique bien imparfait, je suis la femme, je suis un être mythique, je suis Carmen, pour vous, je serai Carmen.

Georges a retrouvé sa joie. Il l'embrasse. Elle se laisse faire.

– Mais *Carmen* se termine mal, vous êtes bien placée

pour le savoir. Une fin tragique. Vous pourrez le supporter ?

– Taisez-vous !

– Je me tais.

Georges embrasse Célestine avec empressement, avec un peu de maladresse aussi, espérant se perdre en elle.

GEORGES avait bien une ou deux idées derrière la tête en imaginant à quoi ils pourraient occuper leur temps une fois arrivés à Bougival. Après être descendu du tramway, il aurait proposé à Célestine d'aller marcher un peu dans les bois. Puis il l'aurait emmenée à l'auberge de la dernière fois boire un chocolat ou un pichet de vin. Puis, comme s'il improvisait cela à la dernière minute, il aurait demandé à Célestine si elle voulait passer chez lui. Après tout, elle n'était jamais entrée dans la maison qu'il avait louée. Il lui aurait vanté cette incroyable vue dont il jouissait depuis son bureau du deuxième étage. Une fois qu'elle serait là, tout serait plus facile. Il lui aurait cuisiné quelque chose, lui aurait joué un peu de piano, peut-être qu'elle aurait chanté et soudain, à l'abri des regards, ils se seraient jetés l'un sur l'autre afin de poursuivre avec plus d'aisance ce qui avait commencé dans le tramway, avant que le cocher ne les dérange pour leur annoncer l'arrivée à Bougival.

Cela ne s'est pas passé ainsi. Une surprise les attendait sur la place déserte.

– Monsieur Sisley !

À l'appel de Célestine, l'homme se retourne. C'est bien lui.

– Madame Galli-Marié. Monsieur Bizet, quelle chance !

– Si on veut, murmure Georges d'une voix sourde, inaudible pour les autres.

– Comment allez-vous ? demande Célestine.

– Bien, je vous remercie, et vous deux, *Carmen*, ça avance ?

– Oui, nous espérons ouvrir au mois de mars, répond la cantatrice.

– C'est amusant de se retrouver aujourd'hui. Nous devons être les seuls visiteurs de Bougival. Vraiment, c'est une chance !

En jetant son billet de tramway par terre, Georges a la désagréable impression d'abandonner son formidable plan de bataille de séducteur-né.

Georges avait adoré sa première rencontre avec Sisley, mais aujourd'hui tout ce que fait le peintre l'irrite. Célestine a proposé à Sisley de poser son chevalet devant la maison de Georges et le peintre a accepté. Génial ! Adieu l'espoir d'être seul avec Célestine. Sisley a regardé attentivement la Seine, les maisons et les arbres autour de lui, il a choisi son cadre, préparé ses couleurs et s'est mis à peindre. Célestine a demandé à Alfred si elle pouvait se tenir près de lui pour regarder. Il a répondu « avec plaisir ». C'est exaspérant !

Voilà un moment que Sisley peint en compagnie de Célestine. Quand va-t-elle se lasser ? se demande Georges. Une touche de peinture qui se pose ici. Une autre un peu plus loin. Une troisième juste en dessous. Combien de temps cet homme va-t-il mettre pour reconstituer sur sa toile le paysage qui est en face de lui ? Qu'on en finisse ! Au moins, son cadre est petit, à peine cinquante centimètres sur soixante. On est loin du *Radeau de la Méduse*, ça ira plus vite ! À voix basse, Célestine fait justement remarquer à Georges à quel point elle admire la capacité du peintre à faire entrer tout le paysage dans un si petit cadre. Irrité, le compositeur répond « oui, oui, bon » un peu brusquement en filant vers la maison. Célestine remarque son agacement et s'en amuse.

Dans sa cuisine, Georges fait bouillir de l'eau. Après tout, pourquoi serait-ce si difficile de faire rentrer tout un paysage dans un si petit espace ? Georges, lui, fait face au problème inverse : faire en sorte que l'immense scène de l'Opéra-Comique n'ait pas l'air désespérément vide quand le rideau se lèvera pour *Carmen*. D'ailleurs ne devrait-il pas être là-bas, en train de diriger son équipe plutôt que de préparer le thé pour un peintre qui fait des paysages minuscules et une chanteuse qui ferait mieux de rentrer travailler, elle aussi ?

Georges apporte le thé dehors. Les touches de peinture, toujours plus nombreuses, viennent se poser sur la toile. La neige apparaît dans des teintes qui vont du gris au rose. Georges est jaloux. Il voudrait embrasser Célestine, mais qu'en penserait Sisley ? Et elle, accepterait-elle d'être embrassée comme ça ? Georges ne pense qu'aux baisers du tram. Il rêve de les prolonger, les multiplier, les répandre sur tout le corps de Célestine. Peut-être pourrait-il inventer un prétexte pour l'éloigner du peintre ? Elle a l'air si pénétrée du travail de Sisley que Georges a l'impression de ne plus exister, que ces baisers échangés il y a deux heures n'ont jamais eu lieu, sauf dans son imagination.

Georges en a assez. Célestine est tout entière dans le paysage de Sisley. Le compositeur pourrait faire un bonhomme de neige de trois mètres de haut qu'elle ne le regarderait même pas. L'idée vient à Georges d'en faire un en plein devant le chevalet. Un bonhomme qui cacherait tout le paysage que le peintre cherche à restituer. Là au moins, Célestine le remarquerait ! Ce que je peux être mauvais, se dit Georges, honteux de ne pouvoir se sortir de l'esprit les joues de Célestine, sa nuque, sa bouche, ses cheveux parfumés.

Georges monte les étages et se pose à son bureau. Il se met à parcourir une nouvelle liasse de partitions espagnoles que lui a apportées Pauline Viardot. Essayant d'oublier la fascination de Célestine pour le peintre, les petits pieds de la chanteuse sans doute gelés par l'immobilité, le froid et la neige, il se plonge dans les transcriptions. Il y trouve aussi bien des chansons populaires que des airs traditionnels. Les notes s'élèvent dans son esprit. Immédiatement, il sait s'il a envie de poursuivre la lecture. Comme il aime à le dire, il n'y a que deux types de musique, la bonne et la mauvaise. Il ne prétend pas faire autorité sur ce qui est bon ou pas, mais à cet instant, seul, voulant chasser Célestine de ses pensées, il sait bien qu'une musique incapable de le séduire au premier abord va immanquablement le ramener à l'objet de ses désirs. Il fouille dans les partitions. Cette musique, non. Cette musique, jolie. Celle-ci mignonne. Celle-ci, trop austère pour moi. Celle-ci démarre bien, mais après, c'est toujours la même chose. Celle-ci parfaite, trop parfaite. Celle-ci, rien à dire sauf que ce n'est pas moi. Celle-là encore me plaît, mais ce n'est pas pour *Carmen*. Et celle-là ? Qu'est-ce donc ? L'air prend possession de sa tête. Cette fois, Georges a oublié Célestine pour de bon. Pour mieux retrouver Carmen. Il transforme la mélodie. Il l'enrichit. Les notes sont des femmes en noir qui dansent autour de lui. Il se sent transporté à Séville. Le motif lui plaît de plus en plus et l'enivre. Il se développe sans cesse entre ses tympans, gagnant en rondeur et en rythme, à chaque reprise.

En contrebas, au bord de la Seine, Célestine goûte au silence de l'hiver. La neige a cessé de tomber. La Seine s'écoule discrètement, sans relief. Les arbres noirs et nus tendent leurs branches vers le ciel. Aucun cri d'oiseau. Aucun pas dans la neige. Quand le pinceau du peintre se pose sur la toile, aucun son ne s'en échappe, comme si l'hiver absorbait tout. Concentrée sur la toile, Célestine est à peine consciente du souffle de sa respiration régulière. Ses joues ont la teinte du manteau neigeux qui couvre le sol et ses épaules.

Soudain, Célestine entend les notes s'envolant du piano de Georges. La porte et les fenêtres sont fermées, mais après tout ce silence, ces notes de musique assourdies pénètrent dans ses oreilles engourdies comme si elle se tenait tout contre le piano.

C'est l'air qu'elle attendait. La *habanera*, qui deviendra le fameux air d'entrée de *Carmen*. L'amour est enfant de bohème… Il lui a suffi de quelques secondes pour en être convaincue. C'est cela qu'elle désirait depuis si longtemps sans bien savoir à quoi cette musique devait ressembler, convaincue que Georges y arriverait un jour.

Saisie, Célestine porte la main à son cœur. Tout le paysage autour d'elle, les arbres, la Seine, semble frissonner. Elle rentre dans la maison. Elle monte l'escalier. Elle trouve Georges à son piano dans la chambre. Sans s'arrêter de reprendre et d'étoffer sa musique, Georges explique qu'il s'inspire d'une chanson traditionnelle basque. Célestine écoute la mélodie, le rythme que Georges lui imprime peu à peu en prenant confiance en lui. La présence de Célestine est comme un sursaut de joie. Sans qu'il s'arrête de jouer, elle déshabille Georges, comme jadis sa mère l'habillait au piano quand il était enfant. Georges se retrouve nu, jouant toujours, assis, debout et se rasseyant. Elle se serre contre lui, sa poitrine contre le dos de Georges. Elle couvre son cou de baisers. Elle relève la tête de Georges qui ne s'interrompt pas et l'embrasse sur les lèvres. Il se laisse faire avec délectation.

Sur le petit lit tout proche du piano, il se donne à elle et elle se donne à lui.

AU MATIN, LA CHAMBRE EST GLACÉE. Dans le lit de Georges, Célestine se réveille au son du piano. L'instrument est tout près. Quelques bûches se consument dans le foyer. Les mains de Georges courent sur le piano. Elles jouent *Don Giovanni*. Voyant que Célestine est réveillée, il lui demande ce qu'elle pense de cette transcription qu'il a faite pour le piano. Elle est touchée de ce réveil en musique, Georges en fait-il autant pour toutes les femmes qu'il ramène ici ? Non, Georges se joue *Don Giovanni* à lui-même, tous les matins, depuis qu'il est à Bougival, c'est son premier café. Célestine se rend-elle compte que Mozart n'a jamais été en Espagne, ni à Séville où il a situé son opéra ? Et toi non plus, s'amuse Célestine, et tu y as situé ta *Carmen*, comme lui. Oui, mais moi, j'ai reçu des cartes postales, précise Georges en montrant, sur le pupitre, les nombreuses partitions données par Pauline Viardot. Georges adore Mozart. Il sait que c'est d'une banalité à crever de dire une chose pareille. Qui n'aime pas Mozart ? En effet, répond Célestine, amusée. Georges a parfois l'impression, en jouant du Mozart, d'aller à la rencontre d'un compositeur qui s'est affranchi de toute pesanteur. Un être libre qui ne fait que repousser les limites de son art, s'élevant toujours plus haut au-dessus de la médiocrité humaine et de ses petits calculs. L'amour de Georges pour Mozart ne s'arrête pas à sa musique. Il aime la fantaisie du personnage qui tranche avec le sérieux de tant de compositeurs. Georges parle à Célestine de son idole sans cesser de jouer son opéra. Il fait soudain des digressions vers d'autres œuvres du maître pour ensuite mieux revenir à *Don Giovanni*. Quelle liberté, ce personnage aussi ! Qui invite à dîner le fantôme qui lui a promis qu'il serait mort avant l'aube ! Célestine fait remarquer à Georges qu'il n'a jamais aligné autant de phrases à la suite. Ce dernier rougit. Jamais il ne s'est senti dans un tel état. Devrait-il se taire ? Nullement, répond Célestine. Elle a plaisir à le voir ainsi. Pieds sur terre et tête haute, souriant de tout son corps. N'ayant plus l'air de demander la permission de rien.

CARMEN ne serait-elle que la déclinaison au féminin du sulfureux Don Giovanni de Mozart ?

Je ne crois pas. Voici quelques éléments-clés et vous déciderez.

Inspiré d'anciennes légendes et poèmes populaires, le mythe de Don Juan naît sous la plume du moine dramaturge Tirso de Molina, un des grands auteurs du Siècle d'or espagnol. La pièce *El Burlador de Sevilla*, traduite comme *L'Abuseur de Séville*, fut jouée pour la première fois en 1630. De nombreux auteurs, dont Molière, Corneille, Goldoni, Gluck, s'en inspirèrent pour créer leur Don Juan.

Après le succès des *Noces de Figaro* d'après Beaumarchais, Mozart reçoit commande en 1787 d'un nouvel opéra pour le Théâtre national de Prague. Le compositeur s'associe à Lorenzo Da Ponte, poète et librettiste italien. Né dans une famille juive convertie au catholicisme, Da Ponte est ordonné prêtre puis renvoyé du séminaire pour avoir défendu les idées de Jean-Jacques Rousseau. Il s'installe à Venise d'où il sera chassé à cause de ses mœurs dissolues. Le *Don Giovanni* de Mozart et Da Ponte est créé le 29 octobre 1787. On raconte que Casanova, le célèbre séducteur, était dans la salle ce soir-là. Il aurait même participé à l'écriture du livret.

Don Giovanni est un immense succès, sauf lors de sa reprise à Vienne un an plus tard, en 1788. (Si le lecteur peut retenir cette information jusqu'à la fin de ce livre, il ne devrait pas le regretter.)

Comme Don Giovanni, Carmen est libre de ses amours. Comme lui, elle ne s'interdit rien. Si elle désire un homme, elle ne va pas s'en tenir à distance sous prétexte qu'il est fiancé. Ce n'est pas son problème. « *Viva la liberta* » chante Don Giovanni. « La liberté, la liberté ! » répond Carmen moins d'un siècle après.

Comme Don Giovanni, Carmen semble ne rien prendre au sérieux. Elle s'amuse de l'embarras des hommes qui ne savent comment l'approcher. Elle rit, elle danse, elle chante, quelles que soient les circonstances. Elle est indifférente aux conventions qui emprisonnent les âmes et entravent les désirs. Elle ne cherche à suivre aucun schéma. Si un homme doté d'un « projet de vie » bien arrêté croise la route de Carmen, il va bientôt voir ses plans s'effondrer lamentablement.

Comme Don Giovanni, Carmen, par sa seule existence, est une menace pour l'ordre établi. Avec l'un comme avec l'autre, rien n'est assuré. Il n'y a ni autorité ni hiérarchie qui tienne. Il n'y a pas de calcul. Pas d'avenir dans lequel se projeter ensemble. Seulement l'instant présent.

Et pourtant, Carmen n'est pas Don Giovanni. Voyez plutôt.

Au départ, Don Giovanni cherche à séduire une jeune femme, Anna, fiancée à un autre homme. Elle appelle bientôt à l'aide. (Au passage, ce premier appel à l'aide semble signifier qu'il ne s'est pas contenté de lui offrir des fleurs en guise d'approche, mais n'allons pas jouer les prudes et voyons plus loin avant de juger.) Le père de la jeune femme, aussi appelé le Commandeur, provoque le séducteur inconnu en duel. Ce dernier tue le père d'Anna et s'échappe. Don Giovanni croise ensuite une ancienne conquête, Elvira. Il ne la reconnaît pas tout de suite. Il s'enfuit à nouveau. Voilà Don Giovanni à une fête de mariage. Il cherche à séduire la future mariée, Zerlina. Voilà qu'Elvira survient. Et Anna ne tarde pas à passer par là. On se parle. Anna comprend que Don Giovanni est l'assassin de son père. Le charmant garçon, comme à son habitude, disparaît en ricanant. Il donne ensuite un bal masqué au cours duquel il tente à nouveau de se rapprocher de Zerlina et charge son valet d'éloigner le fiancé. Zerlina crie à l'aide (donc Don Giovanni a dû faire davantage qu'offrir une boîte de chocolats ou une promenade au clair de lune, mais dans le doute, ne lui jetons pas la pierre). On accourt. Don Giovanni accuse son valet du forfait. Personne n'y croit. Don Giovanni parvient à s'éclipser, une fois de plus.

Il n'est pas au bout de ses aventures, mais cela donne furieusement envie de le rencontrer : séduire et fuir. Prendre et disparaître. Voilà Don Giovanni, pour faire vite.

Carmen est une collectionneuse, elle aussi, ne nous cachons pas derrière notre petit doigt. Mais jamais elle ne fuit. Différence notable. Carmen séduit les hommes qui lui font envie, indifférente à la morale et aux reproches. Elle vit. Mais elle n'use d'aucun stratagème pour parvenir à ses fins. Elle ne se déguise pas. Elle n'entre pas dans les maisons pour surprendre ceux qu'elle veut conquérir. Il lui suffit d'être là.

Don Giovanni est-il un fantasme masculin ? On peut rêver de posséder les femmes qui nous sont interdites, trop belles, recluses, promises à d'autres. De souiller les jeunes filles pures. Mais c'est du viol.

Pour autant, il s'agit d'être honnête : la plupart des mariages au XVIIIe siècle n'étaient pas des mariages d'amour. Peut-être que certaines femmes n'auraient pas été mécontentes de connaître le grand frisson avec Don Juan avant de passer le reste de leur vie avec un vieux mari rabougri qui les avait vues grandir. Le héros de Mozart avait fière allure, il chantait fort bien, peut-être même était-il un amant raffiné. Le mariage était aussi un viol, elles ne choisissaient pas leur époux... Mais on s'éloigne du sujet.

Un siècle plus tard, au moment de la création de *Carmen*, la condition des femmes n'est pas bien meilleure. Carmen n'est pas mariée, aucun homme n'a de droit sur elle. La bohémienne prend son plaisir avec qui elle veut. Par sa seule liberté, elle provoque le scandale.

Avant d'abandonner Don Giovanni et de retourner à Carmen pour de bon, il serait injuste de laisser croire que le héros de Mozart n'est qu'un prédateur cynique. Certes, il a beaucoup fui, beaucoup ri, mais quand il rencontre la mort, il ne lui tourne pas le dos. De même, quand Carmen affronte la mort à son tour, avec le même courage, il est difficile de ne pas penser à Don Giovanni. Après tout, le héros de Mozart est peut-être l'arrière-grand-père de Carmen. Elle lui ressemble un peu, elle est tout aussi affranchie, mais parce qu'elle est une femme, Carmen choquera davantage.

COUCHÉE DANS LE PETIT LIT, Célestine écoute Georges lui jouer du Mozart. Un moment d'euphorie. Parvenu à la fin du morceau, il s'arrête, soudain triste, en pensant au destin de son cher Mozart. Enterré à la fosse commune. Mort à trente-cinq ans !

– J'en ai trente-sept, lance Célestine, pas d'humeur à se laisser contaminer par la tristesse de Georges.

Elle a dit cela d'un ton si gai que Georges en rit.

– Et moi trente-six depuis quelques jours, répond-il.

– Je suis plus vieille que toi !

– Bien plus vieille. Je ne t'en aime pas moins. J'aime les vieux arbres, les vieux compositeurs, les vieilles cantatrices…

Elle lui donne une grande claque sur les fesses.

– Tais-toi.

– Café ?

– Viens plutôt me réchauffer.

– Ma musique ne t'a-t-elle pas réchauffé le cœur ?

– Ce n'est pas mon cœur qui a froid.

Georges ne se fait pas prier.

Leurs corps se séparent dans la matinée. Célestine s'habille, Georges aussi. Ils descendent. Georges ferme la maison. Ils regardent la Seine devant eux. Sisley n'est plus là. Le tramway file vers Paris. Au terminus, Georges n'a pas envie de quitter Célestine, pourtant on attend la cantatrice à Menton. Pour quelques dates. Georges lui rappelle de bien emporter ses partitions. Elle l'assure qu'il n'a rien à craindre. Pour voler encore quelques minutes, Georges propose de partager un fiacre. Il la déposera chez elle avant de retourner aux répétitions à l'Opéra-Comique. Pourquoi pas, dit Célestine. Le trajet se passe sans un mot. Seulement la main de Georges qui serre celle de Célestine.

Si tu ne m'aimes pas je t'aime,
Mais si je t'aime, prends garde à toi.

GEORGES ENTRE DANS LE HALL de l'Opéra-Comique. Leuven l'attend. Il signale sèchement son retard à Georges. Le compositeur s'en excuse aussitôt et se dirige vers la salle, mais Leuven l'arrête dans son élan. Il a un mot à lui dire, dans son bureau. Georges a envie d'objecter que s'il est déjà en retard une discussion dans le bureau (parce qu'il se doute qu'avec Leuven, un mot, ce n'est pas un mot, c'est une critique, un jugement, une punition) ne fera qu'aggraver ce retard, mais il s'en abstient : « Tais-toi, Georges. »

Bureau de la direction. Georges est assis face à Leuven et Du Locle. Ce dernier félicite Georges sur l'avancée des répétitions et lui pose des questions sur certains chanteurs qu'il a recrutés. Georges répond à peine. Il sait que la partie désagréable de l'entretien va finir par arriver. Il suffit de regarder Leuven bouillir, la bouche tordue par des rictus tour à tour effrayants et ridicules. Ce n'est pas un spectacle que Georges veut prolonger, même s'il se doute que l'étape suivante sera plus insupportable encore.

Leuven explose. Il assure Georges qu'ils ont fait preuve de souplesse en acceptant de faire jouer *Carmen* à l'Opéra-Comique malgré leurs réticences, mais ils ont été trahis ! Non seulement Georges a changé les paroles de Meilhac et Halévy, appauvrissant considérablement la valeur littéraire de l'œuvre, mais surtout, il n'a pas obéi à l'injonction de faire la fin heureuse convenue dès le début. Où est la comédie légère qu'on lui avait commandée ? Leuven n'avait accepté cet opéra sulfureux qu'à la seule condition que Georges en change la fin et en adoucisse le ton.

– Carmen ne peut pas mourir sur scène, s'insurge Leuven ! Pas à l'Opéra-Comique ! C'est le personnage principal, c'est impossible ! Je comprends que vous préfériez le drame, mais c'est comme ça !

Puis, Georges écoute Du Locle prendre à son tour la parole pour dire exactement la même chose que son aîné, mais en y mettant les formes. Cela lui prend évidemment trois fois plus de temps, de sourires, d'excuses gênées.

Après avoir écouté les deux hommes, Georges répond :

– Je suis désolé, mais cette mort, c'est tout le sens de mon opéra.

– Que me chantez-vous là ? demande Leuven. Le « sens » de votre opéra ! Mais qui vous parle de sens ? Avez-vous le souvenir que nous vous ayons commandé une œuvre philosophique ?

– Monsieur Leuven, vous êtes librettiste, vous savez comme il est ardu de créer une œuvre sans suivre une ligne directrice, même si, bien souvent, celle-ci reste invisible pour le spectateur, non ?

– Je vous demande de changer la fin de *Carmen* !

– Cela me semble impossible, répond Georges.

– Il n'y a là rien d'impossible, rétorque Leuven. Il suffit de réécrire la scène de fin. Je peux vous l'écrire moi-même, tiens. Je ne prétends pas avoir le style de Meilhac et Halévy, mais je me débrouille encore.

– Enfin, messieurs, vous me connaissez ! C'est moi, le petit Georges qui s'aligne, qui accepte sans broncher toutes les contraintes, qui finit toujours par trouver une solution pour faire ce qu'on lui demande dans les temps et avec le sourire, même si cela lui déplaît. C'est même aussi pour cela que vous m'avez choisi, au-delà de mes compétences de musicien !

Leuven ne s'attendait pas à cette saillie. Il bredouille « Non », « Pas du tout » et « Qu'est-ce que vous allez imaginer, vous êtes fou ? »

Georges profite de son avantage :

– Vous pensez bien que j'ai passé quelques nuits à chercher un moyen pour que Carmen s'en sorte. Il y a des moyens ! On peut même imaginer qu'elle se saisit du couteau et tue Don José !

– C'est pas mal. Mais ce qui serait vraiment bon, dit Leuven, se prêtant au jeu, ce serait que personne ne tue personne.

Georges propose :

– Elle réalise qu'elle aime Don José, qui vient de la menacer avec un couteau, ils se marient, elle lui fait douze enfants et ouvre un foyer pour les gitanes en difficultés ?

– Vous vous moquez ?

– J'essaie de vous dire que rien ne marche. J'ai tout essayé. Une fin arrangée va se sentir à cent lieues. Le spectateur va se douter qu'on a remanié l'histoire pour qu'il quitte la salle de joyeuse humeur.

Georges n'a jamais osé tenir tête aussi longtemps à quelqu'un qui avait du pouvoir sur lui. Il a l'impression de se battre sous l'eau ou sur la lune, un lieu inconnu et suffocant. Pourtant, il tient bon.

– D'abord, cette fin, c'est celle de Mérimée. Elle fonctionne à merveille. Si Mérimée l'avait terminé différemment, le livre aurait-il été aussi bien accueilli ?

– Nous ne faisons pas de livres ici, nous créons des spectacles, dit Leuven.

– Certes, répond Bizet. Mais la fin, n'est-ce pas ce qui nous fait aimer un spectacle ?

– Si, et notre public n'aimera pas *Carmen* avec une fin tragique.

– Et *Don Giovanni* ?

– Vous vous comparez à Mozart, maintenant ? s'étouffe Leuven.

Il se tourne vers Du Locle.

– Mozart ! Rien que cela ? Du Locle, nous allons être riches !

– Je ne veux pas me comparer, répond Bizet. À mon âge, Mozart venait de mourir. Il avait tout accompli et moi rien. Mais ne voyez-vous pas le point commun entre Carmen et Don Giovanni ? Elle aime qui elle veut, quand elle veut, mais elle a autant de dignité que tous les héros d'opéra.

– C'est une putain !

– Je ne crois pas. Que se passe-t-il au dernier acte ? Carmen attend le torero qui lui plaît, mais Don José surgit.

– Nous le savons bien, s'agace Leuven. Figurez-vous qu'en dépit de sa médiocrité nous avons lu ce livret.

– Dans le dernier acte, s'enflamme Georges, Don José est toujours amoureux de Carmen. Il lui demande si elle l'aime encore, Carmen lui dit non. Tout simplement. Et pourtant il a un couteau à la main. Elle pourrait lui faire croire qu'elle l'aime pour sauver sa peau. Personnellement, c'est ce que je ferais à sa place. Mais elle n'a pas peur de la mort, car elle dit sa vérité !

– Et il la tue.

– Eh bien oui. Elle meurt, comme elle a vécu. Sans lâcheté.

– Comme la scène finale de *Don Giovanni,* réalise Du Locle. J'aime beaucoup *Don Giovanni* !

– Moi aussi, dit Georges.

– C'est touchant. Je vous précise tout de même que le nom de Mozart nous aurait permis de remplir notre salle en un rien de temps. Nous n'avons pas ce luxe.

– Je comprends vos inquiétudes, mais cette fin me semble juste et toutes les autres me paraissent fausses.

– Cela ne se passera pas comme ça. Vous allez perdre, Bizet. Et perdre gros. Perdre tout !

Georges et Leuven s'affrontent du regard.

– Et qu'est-ce que c'est que cette histoire de ne pas avoir peur de la mort ? Tout le monde a peur de la mort ! C'est ce qui fait que nous sommes humains !

– Ma Carmen à moi est plus forte que tous les hommes, glisse Georges.

– Une femme ? Plus puissante que vous et moi ? ricane Leuven. Vous délirez, Bizet.

– Vous verrez !

JE NE SUIS PAS PEU FIER du courage dont j'ai fait preuve ce jour-là. Évidemment, sur le moment, je n'ai pensé à rien. J'ai couru rejoindre la répétition en espérant qu'ils ne me poursuivent pas. Mais avec le recul, j'éprouve de la joie en y repensant.

À chaque fois que je me suis tu dans ma courte vie, alors que je n'étais pas d'accord, combien d'élans ai-je brisés en plus du mien ?

Longtemps, j'ai cru être la seule victime de la censure que j'exerçais contre moi-même, mes convictions, mes sentiments. Je m'en accommodais d'autant mieux. Je me taisais, l'autre avait eu gain de cause. Ce n'était pas si grave. Je fuyais. Pas comme Don Giovanni après avoir commis son forfait. Je fuyais de n'avoir rien commis. Cela me semblait une lâcheté bien innocente. Mais quelles en ont été les conséquences, si je suis lucide ? Peu à peu, je me suis coupé de mes émotions. À force de n'être pas entendues ni prises en compte, elles ont cessé de se manifester. Elles n'ont sans doute pas aimé non plus que je les enfouisse toutes dans mon ventre comme dans une cave, sans les laisser s'exprimer en moi et tenir leur rôle de vigiles, de gardiennes protectrices ou de goûteuses sensuelles. Ce n'est pas très difficile de vivre coupé de ses émotions, ce n'est ni agréable ni désagréable non plus. On travaille, on traverse les jours, on dort ou on ne dort pas, on rêve peu, on se réveille le jour d'après sans se souvenir de la veille…

J'ai d'abord déçu mes proches, qui espéraient me voir accomplir de grandes choses. J'ai aussi asséché les élans de ceux qui se tournaient vers moi. Je suis devenu une terre aride. Je n'ai plus su comment réagir spontanément, qu'il s'agisse d'amitié ou d'amour.

Avec *Carmen*, pour la première fois, j'ai eu la possibilité de cesser d'avoir peur d'être qui je suis, d'accepter mon passé peu glorieux, de ressentir à nouveau mes émotions, et d'agir en conséquence.

– MONSIEUR BIZET, puis-je vous dire un mot ?

– Bouhy ! Mon Escamillo ! Avec joie. Voulez-vous marcher un peu avec moi ?

– Où allez-vous ?

– Nulle part. Je fais des tours de la place, devant l'Opéra-Comique. Tourner en rond dans le froid, c'est mon style !

– Ah ? Chouette !

Barbu comme Bizet, les traits plus fins, le front haut, âgé de vingt-six ans, le chanteur a un regard franc et paisible. Ils tournent ensemble.

– Vous êtes satisfait de votre rôle ? demande Bizet.

– Comment ne pas l'être ?

– Vous ne m'en chanteriez pas quelques notes, comme ça ?

– Ici ? Par ce froid ?

– Non, vous avez raison, c'est idiot.

– Quand je suis sorti et que je vous ai vu en train de

faire votre tour, dit Bouhy, j'ai pensé à un taureau prisonnier de l'arène.

– Ce n'est pas faux.

– Comment choisissez-vous le sens ?

– Le sens ?

– De vos tours.

– Cela dépend qui je risque de croiser. Tout l'art, quand on a désespérément l'impression de faire du surplace, c'est d'essayer de varier le paysage d'un jour sur l'autre. Si je ne sors pas de temps en temps respirer quelques minutes, je crois devenir fou.

– Pourquoi donc ?

– C'est bien simple, on dirait que tous les chanteurs sont venus me trouver l'un après l'autre, sous des prétextes différents, pour me demander la même chose.

– Ah ? s'inquiète Bouhy.

– Ils vous en ont parlé, j'imagine ?

– Non, répond le chanteur, mal à l'aise.

– Ils m'ont tous demandé de changer la fin de *Carmen*. Or je n'en ai pas le temps ni l'envie.

– Évidemment, vous êtes très occupé.

– Ils me croient indifférent à leur inquiétude, or rien n'est plus faux. Ils ont peur que l'opéra soit arrêté au bout de quelques représentations et qu'ils se retrouvent sans travail. À cause du scandale. Moi aussi !

– Qu'allez-vous faire alors ?

– Rien. Continuer à travailler. J'ai peur. Eux aussi. Tout le monde a peur. Bouhy, vous parlez à l'homme qui a fait le plus de compromis dans sa vie. C'est même ma marque de fabrique ! Leuven a accepté *Carmen* parce qu'il savait qu'il m'aurait à sa main.

– Vous vous moquez, non ?

– Non.

Bizet s'est arrêté. Bouhy en fait autant.

– Mais Leuven, qui nous regarde peut-être depuis les fenêtres de son bureau en se demandant pourquoi je suis en train de faire des tours avec vous plutôt que de rejoindre la salle, ignore une chose, c'est que si je suis passé si souvent par le compromis pour faire taire ma peur, j'ai enfin compris la leçon. Céder n'arrange rien. La détente bienfaisante qui s'ensuit chez moi est de bien courte durée. Vous êtes belge, Bouhy, vous avez de la chance, j'imagine que vous êtes à l'abri des petits jeux de pouvoir parisiens.

– C'est-à-dire ?

– Tous les chanteurs qui sont venus me voir pour me demander de changer la fin étaient en service commandé, envoyés par la direction. On leur a fait peur. On leur a demandé de faire pression sur moi. Seul vous, Bouhy, n'êtes pas venu me trouver à ce sujet. Et je vous en remercie.

– Je vous en prie.

– Résultat, je ne sais pas pour quelle raison vous souhaitiez me voir, ajoute Bizet.

– C'est sans importance. Et je l'ai oubliée moi-même, assure Bouhy.

Bizet toise Bouhy. Ce regard leur suffit pour se comprendre.

– Je mets tout mon cœur dans cet opéra, comme je vous demande d'y mettre tout le vôtre quand vous chanterez « Toréador ».

Levant les bras comme s'il était acclamé par une foule, Georges se met à chanter l'air du Toréador. Bouhy lui emboîte le pas avec une puissance décuplée.

Toréador en garde !
Toréador, toréador !
Et songe bien, oui, songe en combattant
Qu'un œil noir te regarde
Et que l'amour t'attend,
Toréador,
L'amour, l'amour t'attend !

Dans l'ombre, derrière la fenêtre de son bureau, Leuven fulmine. « C'est ça, chantez, Bizet ! »

Le soir, quand la répétition prend fin, la troupe décide d'aller souper sur les boulevards. Bouhy propose à Georges de les accompagner. Le compositeur décline : rien ne lui ferait davantage plaisir, mais il a du travail. Les chanteurs sortent. Georges rassemble ses notes, se croyant seul, quand le chef d'orchestre, Adolphe Deloffre, cinquante-sept ans, lui demande s'ils peuvent parler un instant. Bien qu'une longue soirée de réécriture de l'acte II l'attende, Georges accepte. Depuis son aparté du matin avec Bouhy, Bizet se sent d'humeur légère. Que peut-il faire pour Deloffre ?

Pourquoi diable ai-je dit oui ? se demande Georges, une heure plus tard, ne sachant comment mettre un terme à la conversation. Ce n'en est même pas vraiment une. Quand le discours du chef d'orchestre prend une tonalité interrogative, Georges va pour répondre, mais le chef d'orchestre le coupe et donne lui-même la réponse. Où veut-il en venir ? Face à ce monologue, Bizet voudrait pouvoir s'éclipser discrètement. Mais chaque fois qu'il tente de mettre fin à l'entretien, Deloffre le retient et multiplie les compliments sur le travail de Georges. Quelle œuvre ! Quelle finesse ! Quelle puissance ! Il n'en a jamais vu de semblable ! La musique de Bizet est tellement belle, ne pourrait-on suggérer que Carmen meure, sans la faire mourir sur scène ?

« Nous y voilà », songe Georges.

Il s'en veut de n'avoir pas vu venir le chef d'orchestre. Georges se sent idiot. Pourquoi avoir cru que Leuven ferait pression uniquement sur les chanteurs ?

– Bien sûr, ce ne sont pas mes affaires. Et on m'a rapporté votre refus de sauver Carmen ; c'est votre vision, et je la respecte. C'est la fin qu'avait choisie Mérimée, ce n'est que justice. Mais ne pourrait-on imaginer qu'elle sorte, suivie de Don José et que l'on entende le dernier cri de Carmen en coulisse ? Don José reviendrait et chanterait : « C'est moi qui l'ai tuée, ma Carmen adorée. » C'est votre texte ! Il n'y aurait pas un mot à changer. Et le public comprendrait. Et on termine sur le regret d'un amour gâché plutôt qu'un meurtre ? Qu'en pensez-vous ?

Sa serviette sous le bras, Georges rentre chez lui dans la nuit. Les trottoirs de Paris sont mouillés. Il n'arrive pas à penser à autre chose qu'à son entretien avec le chef d'orchestre. Ce dernier a raison : Carmen pourrait mourir en coulisse, tout le monde comprendrait aussi bien. Et ce Deloffre est touchant dans sa façon de vouloir trouver une solution qui contente Leuven mais aussi Bizet. Georges a eu du mal à résister. Il aime tant faire plaisir lui aussi. Mais une mort en coulisse, pour Carmen, ça manque de franchise, Georges ne peut s'y résoudre.

Le voilà rue de Douai. Il va pouvoir dîner et se remettre à composer. Au moins plus personne ce soir ne lui demandera de changer la fin de *Carmen*. Il passe la porte cochère, monte les escaliers, entre chez lui, enlève ses chaussures mouillées et tombe sur Ludovic Halévy.

– Salut Georges. Je peux te dire un mot ?

Si Georges avait un peu plus d'assurance, il pousserait un immense soupir de lassitude, si puissant que Ludovic et Geneviève en trembleraient. Mais il n'en fait rien, il déglutit.

– J'imagine que c'est à propos du début de *Carmen* ?

– Non, de la fin, pourquoi ?

– Pour rien. Tu veux que je change la fin ?

– Comment le sais-tu ?

– Une intuition. Carmen ne meurt pas. Don José n'a pas de couteau, mais il a un fusil et celui-ci s'enraye. Ou alors Don José est myope. Il vise Carmen, mais d'un coup de hanche, elle esquive, vive comme l'éclair, et la balle atteint Escamillo qui sortait triomphant de l'arène. Carmen reporte tout son amour sur Don José. Il l'emmène sur son cheval blanc vers le soleil couchant. Ils chantent un duo dont tu m'as apporté le texte : « Ah ce qu'on est bien, quand on aime, quand on aime, quand on aime quelqu'un ».

– Tu as bu ?

– J'aimerais avoir bu ! Être allé prendre des verres avec les chanteurs. Avoir mangé aussi. Je meurs de faim et de soif, avoue Georges, soudain las.

– Marie t'a gardé une assiette, dit Geneviève, apparaissant derrière Ludovic.

Elle regarde son mari comme s'il avait cinq ans et venait de mettre le feu aux rideaux. Georges se met à table. Ludovic en fait autant. Tout en piochant dans l'assiette de Georges, il plaide, ô surprise, la cause de Leuven.

Georges écoute son ami sans bien savoir comment réagir. Le laisser parler ? Contre-attaquer ? Lui dire au moins d'arrêter de piocher les meilleurs morceaux de son plat ? Lui planter sa fourchette dans la main la prochaine fois qu'il plonge dans son assiette ?

Ludovic n'en veut nullement à Georges d'avoir changé les paroles des chansons du livret. Meilhac, c'est autre chose ; il est furieux, mais il finira par se calmer, et puis ils ont tant de commandes que *Carmen* finira par se noyer dans le paysage. Ludovic a lu la nouvelle version. Il n'est pas convaincu qu'elle soit meilleure, on verra l'accueil du public lors de la première si elle a lieu... Mais la fin ! s'insurge Ludovic. Comment Georges peut-il y tenir autant ? Il va choquer les spectateurs, le bouche-à-oreille sera désastreux ! Georges a-t-il abandonné sa promesse faite à Geneviève ?

– Hein ? demande Georges, qui s'apprêtait à avaler une dernière bouchée de pain trempé dans la sauce.

Pour Ludovic, Georges ne mesure pas la gravité de la situation. Croit-il qu'après un nouvel échec, on lui commandera encore beaucoup d'œuvres ? Qui voudra parier sur lui ? Ludovic se permet d'être franc parce que Bizet est doué. Certains artistes sont mauvais, autant qu'ils échouent rapidement, ils se font ainsi moins d'illusions et les oreilles du public sont épargnées. Mais ce n'est pas le cas de Georges. Il a toujours les moyens de faire une carrière magnifique. Il peut espérer quitter ce deux-pièces prêté par la famille pour emménager avec Geneviève et Jacques dans un bel appartement, avec plus de personnel à leur service, la belle vie en somme ! N'était-ce pas la promesse qu'il avait faite à Geneviève lors de leur mariage ? Lui rendre la vie douce, elle qui a tant souffert de la folie de sa mère ?

Toujours assise, Geneviève n'a pas dit un mot. Après avoir perdu espoir de se faire entendre de Georges, elle a délégué sa plainte à son cousin.

– Pour vous, demande Georges, faire mourir Carmen n'est qu'un caprice de ma part ?

Voulant apaiser la tension qui règne dans la pièce, Ludovic rit un peu trop fort.

– Toi, alors ! Non, je ne me serais pas permis. Mais quand on persiste à aller dans une direction alors que tout le monde vous incite à aller dans l'autre, c'est une sacrée marque d'obstination. Et tout le monde, en l'occurrence, ce n'est pas n'importe qui. Des gens qui connaissent leur métier et qui ne se soucient que de la réussite de *Carmen*.

– Je ne crois pas être quelqu'un de difficile.

– Avant, c'est vrai, tu n'étais pas difficile, mais tu l'es devenu.

– Ça s'appelle l'effet Galli-Marié, lance Geneviève.

– Tu as une langue, finalement, lâche Georges, mauvais. Je me demandais quand tu allais intervenir. Peut-être que c'est elle, peut-être que c'est Carmen, tout simplement. Peut-être la rencontre des deux.

– C'est drôle, dit Ludovic. Maintenant que tu t'es confronté à cette femme forte qu'est le personnage de Carmen, on dirait que tu as honte de ce que tu étais avant. Moi j'aimais le Georges d'avant. Tu avais une délicatesse, une attention aux autres, une sensibilité…

– Je suis devenu un type insensible ?

– Tu ne nous écoutes plus, répond Ludovic.

Comment dire à Ludovic et à Geneviève que si Georges a cessé d'écouter les autres, c'est parce qu'il en allait de la survie de son âme ? Il avait passé tant d'années à écouter à plein volume le bruit du monde, les conseils avisés, qu'il en était arrivé à un point où il était incapable d'entendre sa propre voix.

L'accusation de Ludovic est injuste. Certes, Georges se soucie un peu moins de ce que pensent les autres et donne un peu plus de place à ses envies, ses intuitions, ses désirs. Mais il écoute toujours. Peut-être pas toutes les phrases. Il écoute de façon moins scolaire que par le passé. Ludovic continue ses reproches. Jusqu'à quel âge Georges compte-t-il tirer le diable par la queue et donner des petits cours de piano à des débutants ? Cinquante, soixante ans ? C'est ça, son avenir radieux ?

LA PREMIÈRE DE *CARMEN* est fixée au début du mois de mars 1875. Autant dire demain.

En ce matin de février, Georges sait que son opéra n'est pas prêt. Célestine s'est encore absentée de Paris pour un nouveau tour de chant. Sans elle, les répétitions sont d'une tristesse infinie. Il a l'impression d'assister au *Requiem* de Mozart. Parce que Georges n'a toujours pas cédé sur la fin, la troupe semble convaincue d'aller droit vers un désastre. Georges dépense toute son énergie pour convaincre les chanteurs que *Carmen* doit être une œuvre colorée, vibrante ! On lui répond que le personnage meurt à la fin, alors après tout, à quoi bon ? Georges argumente comme il peut : il s'agit d'être d'autant plus vivant que la mort va survenir. Il rêve que les chanteurs offrent au public un spectacle qui frémisse d'une énergie nouvelle ! Pour cela, il retravaille sans cesse sa partition. La nuit, il pense qu'il tient un passage qui va donner aux interprètes l'envie de bondir sur scène. Le lendemain, on lui dit que c'est très beau, bravo Georges, mais l'effet recherché ne se produit pas. Il écrit à Célestine qu'elle lui manque et que Leuven parle d'annuler *Carmen*. Célestine ne peut y croire. Elle prie Georges de tenir. Sa tournée se termine. Elle sera bientôt de retour et elle maîtrise la partition.

Une nuit, Georges se réveille à sa table, rue de Douai. Il rejoint son lit, espérant finir sa nuit plus confortablement, en vain. Maintenant qu'il est couché, il se dit qu'il devrait retourner travailler. Georges se plaît à imaginer que Leuven, un jour prochain, va lui déclarer : « Votre musique est si belle, Bizet, que je renonce à vous faire changer la fin de *Carmen*. Là, c'est dit. » Oui, Georges est toujours un enfant qui croit aux contes de fées. En attendant, il cherche le sommeil. Il se retourne dans son lit. Le bruit réveille Geneviève. Le couple ne s'est pas vu de la journée. Dans l'obscurité, elle souffle à Georges qu'elle ne le reconnaît plus. Ce n'est qu'un opéra après tout. Georges a fait sa plus belle musique, pourquoi veut-il se mettre tout le monde à dos au moment où, enfin, le destin semble lui sourire ? A-t-il peur du succès ? D'une nouvelle vie ? Mais Georges s'insurge. Comme tout le monde, il aimerait vivre dans le luxe. Avoir une belle vue sur Paris. Pouvoir acheter la maison de Bougival plutôt que de la louer. Y faire des travaux. Il adorerait avoir une cuisinière qui leur prépare des plats succulents. Moi aussi, murmure Geneviève. On pourrait être si heureux ! Elle soupire. Georges se lève. Il revient dans la chambre avec deux verres d'eau. Il en donne un à sa femme et s'assied près d'elle. Ils boivent en silence. Avec *Carmen*, Georges veut réjouir le public, lui faire des chatouilles, lui offrir un repas merveilleux... Des mets fins, une progression subtile, de nouveaux goûts, des aliments qui tiennent au corps. Il a toujours fonctionné comme cela. Mais il sait aussi que le public n'aime pas toujours être caressé dans le sens du poil. Il s'agit de le surprendre, d'être audacieux comme Carmen, fidèle à son désir et refusant tout compromis. C'est magnifique, il aimerait tant être comme cela !

– Pourquoi ? N'es-tu pas fidèle à ton désir en étant avec moi, ici ? demande Geneviève.

– Si, ma chérie, si, pardon, je m'égare, je suis épuisé.

Elle lui tourne le dos.

– Tu peux aller dormir ailleurs et retrouver ta Carmen !

– Mais enfin...

– Tu es amoureux de la Galli-Marié, ça se voit. Quand tu parles de ton opéra, tu ne parles que d'elle. Tu mélanges tout. Je vois bien comme tu parles d'elle et comme tu parles de moi. Tu prêtes à la Galli-Marié des traits de Carmen, alors que c'est seulement une chanteuse un peu caractérielle. Et toi, si doux, ça te fascine. Tu as perdu la tête.

– Tu crois vraiment cela ?

– J'en suis convaincue. Je n'ai aucune chance contre Célestine Galli-Carmen.

Georges sourit malgré lui.

– C'est drôle, ce que tu viens de dire.
– Va-t'en ! C'est une héroïne romantique et je ne suis qu'une bourgeoise qui attend que tu la fasses vivre convenablement et que tu la rendes fière d'être ta femme. J'aurai toujours le mauvais rôle.
– Mais non…
– Je ne veux plus te voir ni t'entendre.
– Il fait terriblement froid dehors.
– Brave le froid. Sois audacieux !

La porte claque. Du silence. Des pas dans la neige. Quelques rares fenêtres éclairées. Des petites rues désertes où l'on ne distingue rien ni personne. Georges décide de privilégier les grands axes. On peut être audacieux, ou du moins vouloir l'être, sans nécessairement prendre le risque de se faire couper la gorge à quelques jours de la première de son opéra. Rue Blanche. Église de la Trinité. Rue de la Chaussée-d'Antin. Boulevard des Italiens. Opéra-Comique. La petite porte dont Georges a la clé. Plus qu'à la trouver et à se glisser dans le bâtiment avant que ses doigts ne gèlent. Elle n'est pas dans cette poche, tiens ? Ni dans cette autre… Dans sa serviette avec les partitions ! Celle qui est restée chez lui.
– Merde, Georges, merde, merde, merde !
Italiens. Chaussée-d'Antin. Trinité. Rue Blanche. Escaliers. Infinies précautions pour ouvrir la porte et trouver sa sacoche dans le noir sans être entendu de Geneviève.
– Tu crois que je ne t'ai pas entendu ?

Elle est là, debout, une lampe à la main.

Déjà, il referme la porte. Neige. Blanche. Italiens. Clé.

C'est dans son petit bureau équipé d'une table et d'un piano d'étude que Georges va passer quelques nuits. Il ne sort plus de l'Opéra-Comique, sauf pour faire des tours sur la place et aller se chercher à manger ou acheter quelques caleçons de rechange. Cette période de dernières répétitions, de réglages, de négociations pour obtenir tel costume, tel élément de décor, telle lumière, telle sonorité de la part de tel instrument, est rythmée par les demandes incessantes des directeurs : quand sera prête la nouvelle fin de *Carmen* qui donnera enfin à Georges la reconnaissance dont il rêve depuis si longtemps ? Il est si près du but ! Georges répond que cela avance. On lui reproche de faire toujours la même réponse. Il argumente, ce n'est pas facile et il faut que cela soit parfait, mais en réalité, il n'a toujours pas changé une ligne. Chaque fois qu'il ouvre le livret à la page en question, qu'il approche la plume pour effacer la mort de Carmen, la musique dans sa tête fait place au silence.

Ludovic Halévy et Henri Meilhac viennent le voir. Georges trouve que c'est beaucoup d'honneur pour un si petit bureau. Ils ont fini leur dernière opérette, les voilà libres pour quelques jours. Si Georges n'y arrive pas, ils se proposent d'écrire la nouvelle fin heureuse de l'opéra, pour mettre tout le monde d'accord, rassurer les comédiens si angoissés et rendre la paix de l'esprit au compositeur. Ils se font fort d'écrire quelque chose qui satisfasse Leuven sans que Georges soit trop frustré pour autant. Ils vont lui faire de la dentelle ! Cette fois, Georges se sent coincé. Comment refuser ? Il avoue que la proposition est bien tentante, quand Célestine fait irruption dans le bureau.

– Vous êtes revenue ? s'exclame Georges, ne pouvant en croire ses yeux.

– Je suis rentrée !

Georges la prendrait dans ses bras si Meilhac et Halévy n'étaient pas là. Il lui prend la main qu'il porte à ses lèvres. Il essaie d'avoir l'air le plus détaché possible devant les librettistes. Il ne pose qu'un baiser quand il voudrait en faire mille. Il lui demande si elle a fait bon voyage et si elle promet de ne plus partir.

Elle s'étonne. Elle ne s'est absentée que trois fois. Quinze jours tout au plus. Georges ne la croit pas. Il lui semble qu'elle est partie un an. Elle rit. Georges se demande s'il devient fou. Est-il possible que les absences de Célestine lui aient semblé si longues ? Depuis cette nuit ensemble dans le petit lit de Bougival, Georges a l'impression d'être descendu dans une mine et d'y avoir été enseveli. Sans le corps de Célestine sous ses doigts, sans cette intimité secrète, Georges a cru se décomposer.

Mais maintenant qu'elle est là devant lui, et qu'elle lui rappelle toutes les répétitions auxquelles elle a été présente, Georges ne peut que lui donner raison. Étrangement, il n'a retenu que ses absences. S'il en était besoin, elle l'assure une nouvelle fois de son engagement. Avant de dire oui à *Carmen*, Célestine avait accepté quelques contrats qu'elle a voulu honorer. Mais pas un soir elle ne s'est couchée sans relire le livret, pas un matin elle ne s'est levée sans donner trois heures de chant à Carmen. Elle maîtrise le rôle. Elle connaît l'œuvre, il peut lui faire confiance. Du début à la fin.

– Justement, à propos de la fin… glisse Ludovic.

La cantatrice salue les librettistes qu'elle n'avait pas encore remarqués, et dans le même élan, annonce à Georges qu'elle le soutient. Pas question de changer la fin !

Le compositeur regarde son interprète. Sait-elle que tout le reste de la distribution exige une nouvelle fin : Lhérie, Chapuy, Chevalier, Ducasse, Duvernoy, Potel, même Bouhy qui est revenu à la charge ? Mais Georges est si heureux de revoir sa Célestine, de l'avoir si près de lui dans ce petit bureau qu'en cet instant le débat interminable sur la fin de *Carmen* lui semble bien stérile. Il propose à Célestine de rejoindre ensemble le plateau. Il veut traverser le décor avec Carmen à son bras !

Georges et Célestine saluent les librettistes et sortent.

– Je n'ai pas bien compris si Georges est finalement d'accord pour qu'on change sa fin ? demande Ludovic.

– Ce n'est pas lui qui nous paye, fait remarquer Meilhac.

– Ce n'est pas faux.

– Allez, finissons-en, dit Meilhac, s'asseyant et attrapant de quoi écrire. À nous deux, Carmen !

– À nous trois !

– À nous trois ! Sauvons la gitane !

RÉPÉTITION GÉNÉRALE DE *CARMEN*. En coulisse, Célestine demande à Georges ce qu'il pense de sa tenue de scène. Il répond qu'il l'aime terriblement. Comme ce doit être beau quand elle l'enlève ! Célestine rit. Elle l'embrasse. Par réflexe, Georges regarde autour de lui, inquiet qu'ils aient été vus. Elle s'excuse. Elle n'aurait pas dû ? Georges l'attire derrière un rideau. Les voilà à l'abri. Il l'embrasse fiévreusement. De ses mains, il parcourt son corps à travers la robe de Carmen. Il entreprend de défaire l'habit. Des pas résonnent près d'eux. Georges et Célestine ne font plus un bruit. Un homme et une femme se croisent juste derrière la toile.

– Vous n'avez pas vu monsieur Bizet ?

– Non, et la Galli-Marié ?

– Pas vue.

Les gêneurs s'éloignent. Georges se dit qu'il devrait peut-être y aller aussi. Sans doute, acquiesce Célestine. Georges lui raconte que les demandes pour qu'il se plie à la fin que tout le monde attend prennent une drôle de tournure. Ce matin, tôt, la femme qui fait le ménage dans son bureau lui a dit en le réveillant. « Alors, il paraît que Carmen ne meurt plus. Bravo. Ça me fendait le cœur ! » Était-elle sincère ? Leuven lui avait-il graissé la patte ? Venant de partout, cette pression est harassante et impossible à ignorer, se plaint Georges… Sans une once de compassion, toute droite, défroissant sa robe, Célestine lui pose une simple question : si Carmen était à la place de Georges, ici, en ce moment, que ferait-elle de toutes ces injonctions ?

Georges regarde Célestine, interdit.

LE MATIN DU 3 MARS 1875, à Paris, les arbres sont nus. On annonce sur des affiches que, ce soir, aura lieu la première de *Carmen*, un opéra de Georges Bizet, sur un livret de Meilhac et Halévy, à l'Opéra-Comique. Georges n'y est pas. Il est du côté de Passy, en train de donner un cours de piano à une enfant qui massacre Mozart. Georges est au supplice. Dans sa tête, il essaie d'entendre la musique de *Carmen* par-dessus cette cacophonie, en vain. Il tremble. Il sue. Sitôt le cours terminé, il dit mécaniquement à la mère que sa fille est incroyablement douée, prend les quelques pièces et s'en va comme un voleur. Le voilà dehors. Le temps est toujours aussi gris. Georges espérait en se levant ce matin voir un présage dans le ciel, un lever de soleil étincelant ou une tempête, quelque chose de puissamment évocateur et prometteur, au lieu de ça, rien, du gris. Pas bon. Peu engageant.

Arrivé à l'Opéra-Comique, Georges se met à vérifier les partitions sur chaque pupitre de l'orchestre. On a beau lui signaler que ce n'est pas la peine, que le chef d'orchestre s'en est déjà chargé, Georges, indifférent, poursuit son inspection.

Il assiste à la répétition des chœurs. Les voir aussi immobiles qu'au premier jour le désespère. Georges se demande si, à quelques heures de la première, croire pouvoir changer quelque chose n'est pas d'une naïveté confondante. Et soudain, il revoit son oncle face à ses élèves raides comme des piquets. La voix rocailleuse de Delsarte lui revient en mémoire, ainsi que les mots qu'il utilisait pour faire naître un peu de vie chez les chanteurs. Georges se permet d'interrompre la répétition et tente d'expliquer au chœur pourquoi cette partition exige d'un point de vue physiologique et psychologique d'être en mouvement. Le groupe s'esclaffe à ces mots compliqués, mais Georges trouve bientôt une façon plus claire de traduire son idée. Il se met au milieu des chanteurs. Il teste ses intuitions au fur et à mesure qu'elles lui viennent. Certaines sont grotesques. On le moque. Il rit de bon cœur. Bientôt un des choristes reprend une idée de Georges en l'améliorant. Les autres l'imitent. Cela fonctionne. Georges applaudit.

Dans sa loge, Célestine Galli-Marié est en proie à un trac immense. Irritable, désagréable, insupportable, elle ne veut voir personne, pas même Georges. Cela tombe bien, personne n'a envie de la fréquenter à cette heure. Dans les bureaux de la direction, Du Locle et Leuven, en compagnie des librettistes, se préparent au pire. Georges a réduit la dimension exotique de Carmen, ce qui en faisait un de ses principaux attraits, pour installer un réalisme qui fait froid dans le dos ! Mais qui a envie de voir ça ? Qui veut voir une femme qui change d'homme selon son humeur ? Dans quel monde ? s'agace Leuven.

On frappe à la porte.

– Quoi encore ? demande Leuven.

Le secrétaire vient leur apporter les journaux. Il attire l'attention de Leuven sur le *Journal officiel*. L'édition du 3 mars cite Georges Bizet parmi les récipiendaires de la Légion d'honneur.

– Qu'est-ce que vous voulez que ça me fasse ? s'emporte Leuven. Vous croyez que ça me donne envie de danser un flamenco ?

Le secrétaire disparaît comme il est venu.

Le soir, avant l'ouverture du rideau, Georges se retrouve un instant seul sur la scène. Il contemple le décor du premier acte enfin terminé, la place de Séville, la caserne des soldats, la manufacture de tabac. Ce n'est pas trop mal. Il se retourne. Par un trou dans le rideau, Georges regarde la salle qui se remplit. Célestine le rejoint. Elle regarde à son tour.

– On ne peut plus rien faire, maintenant, se lamente Georges.

– Parlez pour vous, dit Célestine.

– Oui, pardon ! s'excuse Georges. Vous allez tous leur faire perdre la tête !

– Si c'est votre désir.

– Ça l'est. Tant qu'ils restent à distance.

Surgit un homme chargé d'une corbeille de fleurs. Il les interrompt.

– C'est pour vous, madame Marié.

– Galli-Marié. Célibataire, libre et sans attaches. Allez poser cela dans ma loge.

– Vous n'êtes pas un tout petit peu à moi ? demande Georges à voix basse, une fois le livreur parti.

– Pas plus que vous n'êtes à moi.

– Je suis tout à vous, lui dit Georges.

Nouvelle corbeille de fleurs. Plus grosse et plus rouge que la précédente. Célestine attrape la carte, la lit, sourit, la jette.

– Dans ma loge, s'il vous plaît.

Troisième corbeille de fleurs. Cette fois, elle est si grande ou le livreur si petit qu'on a l'impression que les fleurs avancent toutes seules. Célestine lit la carte et s'emporte.

– Il m'embête, celui-là, à la fin !

– Il est dans la salle ? Voulez-vous que j'aille lui casser la figure ? J'ai besoin de me détendre les nerfs.

– Non merci. Dans ma loge.

Les fleurs quittent la scène à reculons.

– Vous êtes jaloux, s'amuse Célestine.

– Horriblement.

Tout irrite Georges, ce soir. Il regarde à nouveau la salle par l'ouverture dans le rideau. Il aperçoit des journalistes, des personnalités politiques. Il voit son père qu'il a placé au premier rang. Le compositeur cherche ensuite Pauline Viardot du regard mais ne la trouve pas. Elle n'est sans doute pas rentrée à Paris. Georges aperçoit sa tante Rosine, la veuve de François, elle a l'air heureux. Georges reconnaît aussi les compositeurs Gounod, Offenbach et Massenet. Voir Gounod le rassure un peu. Ils ont souvent eu des échanges amicaux. Georges a plus peur d'Offenbach et de Massenet, sans bien pouvoir se l'expliquer.

– Ils ne vont pas être tendres, confie Georges à Célestine.

– J'espère bien, répond cette dernière. Si j'apprends qu'en jouant Carmen, la fière Carmen, j'ai inspiré de la tendresse à quelqu'un, et à un compositeur par-dessus le marché, je me jette dans la Seine.

Georges sourit.

– Oui, enfin, vous m'avez compris, non ?

– Arrêtez de vous demander ce qu'ils pensent, Georges !

– D'accord, d'accord, d'accord ! Pardon, c'est plus fort que moi ! Je me tais !

– C'est l'heure ! annonce Du Locle.

Soudain, la musique éclate, le rideau se lève, Georges se cache. Célestine aussi : elle n'apparaît pas avant la quatrième scène.

– JUSQUE-LÀ, ÇA VA, se rassure Georges.

En effet, l'ouverture et les premières scènes ont été accueillies favorablement par le public de l'Opéra-Comique. C'est déjà ça.

Scène 4. Sur la place, les soldats attendent. La cloche a sonné. Sortant de la manufacture de tabac, les cigarières entrent en scène. Carmen s'avance à son tour. Georges ne l'a jamais trouvée aussi excitante qu'à cet instant, avant qu'elle ne chante ni ne danse, quand tout est possible et qu'il sait qu'avec Célestine, il ne pourra pas être déçu.

Les soldats chantent. Encouragés par leur répétition avec Georges quelques heures auparavant, ils se déplacent sur la scène sans être trop ridicules. Dans la coulisse, Georges danse lui aussi et fredonne avec les soldats :

Carmen, sur tes pas nous nous pressons tous !
Carmen, sois gentille, au moins réponds-nous !
Et dis-nous quel jour tu nous aimeras ?
Carmen, dis-nous quel jour, tu nous aimeras !

Cigarières et soldats attendent la réponse de Carmen. Elle ne se fait pas prier. Sa voix s'élève :

Quand je vous aimerai ?
Ma foi, je ne sais pas.
Peut-être jamais,
peut-être demain.
Mais pas aujourd'hui, c'est certain.

Le ventre de Célestine se met soudain à danser, comme si son nombril faisait des tours sur lui-même, entraînant peu à peu tout son corps dans le mouvement. Son bassin. Ses épaules. Ses cuisses. Sa poitrine. Ses bras. Ses mains. Ses chevilles. Ses pieds. Son menton, sa bouche, son nez, ses yeux aussi. Ce soir, en Carmen, une femme et un homme dansent ensemble, collés l'un à l'autre, un matador et son taureau se mettent à mort dans une dernière passe.

Habitué à des divertissements habiles, à des spectacles légers, souvent amusants, éthérés, sans tripe ni estomac, le public se sent provoqué. Les gens se redressent sur leurs fauteuils. Une même question semble tous les saisir : que suis-je en train de regarder ?

Dans la salle, un grand nombre d'hommes et de femmes sont emportés, excités par cette danse et le rythme de la musique. S'ils savaient, s'ils osaient, ils iraient danser avec Carmen. Une impression de félicité et de douceur les envahit. Si elle le pouvait, Rosine Delsarte se lèverait pour aller rejoindre Célestine, mais ses voisins de gauche et de droite sont en train de cacher les yeux de leurs filles. Ils ne sont pas les seuls dans la salle à avoir ce réflexe. Mon Dieu, l'Opéra-Comique n'est plus ce qu'il était !

Pourtant, Célestine ne fait que danser. Comme Rosine, tous ceux et toutes celles qui éprouvent du plaisir à regarder la chanteuse se mouvoir avec tant de sensualité réalisent qu'ils sont entourés de spectateurs qui ne dissimulent pas leur désapprobation. Sont-ils tous sincères ? Ou ont-ils peur d'avouer ce qu'ils ressentent ?

Alors que Carmen ne faisait que danser, la voilà qui chante maintenant. Le spectacle est total. Voici l'air de la *habanera,* adapté de l'*arreglito* de Sébastian Iradier, treizième proposition de Georges à Célestine. Carmen se met à chanter les paroles que Georges a encore retravaillées depuis Bougival. Le chant, la musique et la danse créent un ensemble hypnotisant.

L'amour est un oiseau rebelle
Que nul ne peut apprivoiser.
Et c'est bien en vain qu'on l'appelle,
S'il lui convient de refuser.
Rien n'y fait, menace ou prière,
L'un parle bien, l'autre se tait ;
Et c'est l'autre que je préfère
Il n'a rien dit, mais il me plaît.
L'amour ! L'amour ! L'amour ! L'amour !
L'amour est enfant de bohème,
Il n'a jamais, jamais connu de loi,
Si tu ne m'aimes pas, je t'aime,
Si je t'aime, prends garde à toi !

L'oiseau que tu croyais surprendre
Battit de l'aile et s'envola.
L'amour est loin, tu peux l'attendre ;
Tu ne l'attends plus, il est là !
Tout autour de toi vite, vite,
Il vient, s'en va, puis il revient !
Tu crois le tenir, il t'évite ;
Tu crois l'éviter, il te tient !
L'amour, l'amour, l'amour, l'amour !

Quelques bravos se font entendre. Les applaudissements sont nombreux, mais réservés. Par une ouverture, Georges voit un couple avec leur fille de seize ans se lever. Pour une ovation debout ? Non, ils s'en vont. Les fauteuils claquent.

Plus tard dans le premier acte, emmenée en prison par Don José, Célestine lui chante la séguedille, « Près des remparts de Séville », une des compositions dont Georges est le plus fier, mais d'autres fauteuils claquent.

À l'acte III, sur la fin de l'« Air des cartes », quand Célestine retourne la lame de la mort, de nouveaux fauteuils claquent encore dans une salle au public déjà clairsemé.

Acte IV. Une place à Séville. Au fond du théâtre, on voit les murailles des arènes. L'entrée du cirque est fermée par un long vélum. C'est jour de corrida. On vend des programmes et du vin. Des marchands d'eau, d'oranges, d'éventails sont installés de part et d'autre de la place. On s'étonne de ne pas voir Carmen, mais elle doit arriver. On raconte qu'elle ne quitte plus son matador, Escamillo. On apprend aussi que Don José, toujours amoureux et surtout jaloux, a disparu de son village et cherche Carmen. À la place de cette dernière, toute autre femme s'inquiéterait. Mais Carmen n'en a que faire. Son cœur ne bat plus que pour Escamillo. Voici justement le quadrille des toreros, les chulos, les banderilleros, les picadors. Escamillo paraît enfin. Il chante à Carmen :

Si tu m'aimes, Carmen, tu pourras, tout à l'heure,
En me voyant à l'œuvre, être fière de moi.

Elle lui répond :
Je t'aime Escamillo, je t'aime et que je meure
Si j'ai jamais aimé quelqu'un autant que toi.

Frasquita et Mercédès préviennent Carmen :
Carmen ! Un bon conseil… Ne reste pas ici.

Il est là, Don José, dans la foule. Il se cache. Carmen le voit. On lui dit de prendre garde. Elle répond :
Je ne suis pas femme à trembler.
Je reste, je l'attends… et je vais lui parler.

Comment mieux résumer le personnage de Carmen, sa force, son audace inspirante que dans ces deux vers ? Elle n'est pas en train de chercher à impressionner ses amies, elle affirme simplement qui elle est. Elle ne se cache derrière personne. Plutôt que de rejoindre l'arène pour être près de son champion, elle attend sans crainte l'homme qu'elle n'aime plus. La voilà seule face à lui sur la place désertée.

Don José n'ordonne pas à Carmen de la suivre. Il l'implore. L'amoureux transi propose à la belle une autre vie, plus douce, sous d'autres cieux. Carmen lui répond que c'est impossible, jamais elle ne s'est menti à elle-même et elle n'aime plus Don José. Elle va même plus loin. Elle sait qu'il la tuera, mais qu'elle vive ou qu'elle meure, elle ne cédera pas. Don José est prêt à se renier tout entier, à être bandit toute sa vie pour qu'elle ne le quitte pas. Il voudrait qu'elle parte avec lui au nom de leur amour passé. Carmen refuse. Libre elle est née, libre elle mourra.

On entend le chœur des spectateurs de la corrida ainsi que les fanfares. Côté arène, la mise à mort a eu lieu. Sur la place quasi déserte, l'atmosphère est plus lourde. Don José ne peut supporter que Carmen veuille aller retrouver le matador. Il se désespère :

Cet homme qu'on acclame,
C'est ton nouvel amant.

Carmen veut passer, il l'en empêche.

Sur mon âme,
Carmen, tu ne passeras pas.
Carmen, c'est moi que tu suivras !

Elle s'insurge :

Laisse-moi, Don José !... je ne te suivrai pas.

José se fait plus pressant :

Tu vas le retrouver... tu l'aimes donc.

Priée d'avouer ses sentiments, Carmen est franche :

Je l'aime,
Je l'aime, et devant la mort même,
Je répéterais que je l'aime.

À nouveau, elle mêle amour et mort dans les mêmes vers, la même phrase. Elle semble savoir ce qui l'attend avec cet ancien amant. Elle ne cherche pas à esquiver, au contraire, elle semble accepter son destin.

L'amoureux éconduit chante à Carmen :

Ainsi, le salut de mon âme,
Je l'aurai perdu pour que toi,
Pour que tu t'en ailles, infâme !
Entre ses bras, rire de moi…
Non, par le sang, tu n'iras pas,
Carmen, c'est moi que tu suivras !

Carmen répond sans détour :

Non ! Non ! Jamais !

Don José perd patience :

Je suis las de te menacer.

On entend grossir la rumeur de l'arène. Le chœur célèbre la victoire d'Escamillo. Carmen veut le rejoindre. Elle s'impatiente à son tour. Elle défie Don José :

Eh bien ! Frappe-moi donc… ou laisse-moi passer !

José supplie Carmen avec rage :

Pour la dernière fois, démon,
Veux-tu me suivre ?

Carmen refuse. Elle montre à Don José le cadeau qu'il lui avait fait jadis.

Cette bague, autrefois tu me l'avais donnée… Tiens !

Elle la jette à la volée.

Un poignard à la main, Don José s'approche de Carmen.

Eh bien ! Damnée…

Carmen recule. José la poursuit. Au même moment, on entend des fanfares venant de l'arène, ainsi que le chœur :

Toréador, en garde !
Et songe en combattant
Qu'un œil noir te regarde
Et que l'amour t'attend.

José frappe Carmen. Elle tombe morte. Dans la salle, on entend des rangées de fauteuils qui claquent en se relevant. Sur scène, le vélum s'ouvre. La foule sort du cirque.

Don José avoue son crime.

Vous pouvez m'arrêter… c'est moi qui l'ai tuée.

Escamillo paraît sur les marches du cirque, auréolé de son triomphe, cherchant Carmen.

Don José se jette sur le corps de Carmen.

Ô ma Carmen ! Ma Carmen adorée !…

Le rideau tombe pour la fin de la représentation. Les derniers fauteuils claquent. Pas de rappel. La salle semble immensément vide. Dans l'allée, Rosine, émue, accompagne Adolphe Bizet, choqué, vers la sortie.

Les musiciens s'en vont. Le silence s'installe, comme celui qu'entend Georges dans sa tête quand il lit quelque chose qu'il n'aime pas. Il se sent vide, lui aussi.

En gagnant le hall, Georges surprend des bribes de conversation qui le glacent.

Voici le compositeur entouré des librettistes et des directeurs. Ludovic Halévy est désespéré devant l'ampleur de l'échec. Il pose une main amicale sur l'épaule de Georges, incapable de trouver les mots pour le consoler. C'est un drame. Henri Meilhac trouve que la Galli-Marié a livré une performance stupéfiante et salue tout le monde avant de prendre congé. Camille Du Locle regrette de ne pas avoir davantage travaillé la mise en scène avec Georges, mais il a pris des notes. Il est convaincu qu'on peut arranger beaucoup de choses, à commencer par les changements de décors. Quant à Adolphe de Leuven, sans surprise, il estime que Georges est le seul responsable de ce rejet du public. Le compositeur n'a pris que des décisions malheureuses et Leuven n'avait pas manqué de l'avertir de l'échec qui se profilait !

Georges se demande quelle est l'utilité des discours de personnes qui, au soir d'un échec, vous racontent à quel point ils l'avaient toujours anticipé ? À part donner une furieuse envie de se mettre à la boxe ou au lancer de fer à repasser ? En verve, Leuven répète la litanie des reproches qu'il fait à Georges depuis des mois. Au lieu de se contenter d'un joli succès qui aurait pu se poursuivre pendant toute la saison, Georges a complexifié le personnage de Carmen au point d'en faire un monstre ! Sonné, Georges est incapable de répondre. Leuven dit n'avoir jamais eu aussi honte d'un spectacle donné dans ces murs. Il démissionne ! Du Locle et Halévy essaient de le convaincre de n'en rien faire, mais Leuven est intraitable. N'ayant pas particulièrement envie de se joindre au concert de louanges à la gloire de Leuven sur l'air de « restez, restez, monsieur de Leuven, quel formidable directeur et ami des artistes vous faites », Georges, las, s'éloigne et se dirige vers les loges…

En coulisse, les chanteurs expriment leurs condoléances au compositeur. Paul Lhérie, qui joue Don José, est le premier.

– Je suis désolé, mon cher Georges, votre opéra méritait un bien meilleur accueil !

– Mais ce public aussi, il était froid au bout d'une heure ! fait remarquer Jacques Bouhy, alias Escamillo.

– Comme je disais à ces messieurs, je n'ai jamais vu une salle aussi hostile ! s'emporte Esther Chevalier qui joue la pure Micaëla.

– Il y a bien eu quelques problèmes techniques, mais comme dans toutes les premières, dit Paul Lhérie. Les enchaînements entre les actes pourraient être plus rythmés.

– Je sais, dit Georges, d'une voix blanche.

C'est alors qu'arrive Célestine.

– Ça va, Georges ?

– Pas très bien, non !

– Je finis de me changer et nous allons fêter cette première !

– Fêter ? s'étonne Georges. Les compositeurs que j'avais invités ce soir sont partis sans même chercher à me saluer. J'ai entendu deux critiques discuter entre eux sans me voir. Ils trouvaient que mon opéra était une honte.

– Qui était-ce ? demande Paul Lhérie.

– Et alors ? On s'en moque, de la critique ! dit Célestine.

– Ah bon ? s'insurge Georges. Et le public ? Vous avez entendu leur fureur en quittant les lieux ? Les gens prétendent que je suis l'être le plus immoral qui soit et que mon opéra est la pire chose qu'ils aient jamais vue !

– Mais on s'en moque, du public !

– Hein ? Alors rien n'a d'importance pour vous !

– On a fait l'œuvre qu'on voulait, non ? observe Célestine.

– Et pour quel résultat ? Pour être rejeté avec une violence inouïe ! se désole Georges.

– Tant pis !

– Tant pis ?

– Nous nous sommes donnés tout entiers à cette œuvre, dit Célestine. Si le public n'en veut pas, c'est son problème, nous sommes des artistes, pas des marchands !

– Ce sont vos noms et le mien qu'on va conspuer dans tout Paris !

– Vous croyez ? s'inquiète Bouhy.

– C'est probable... admet Lhérie.

– Mais si c'est notre destin ? demande Célestine.

– Qu'est-ce que ça a représenté pour vous, *Carmen,* dans votre carrière ? demande Georges à Célestine.

– Pardon ?

– Quoi ? Cinq, six mois ?

– Et alors ? lance la cantatrice.

– Dans six mois vous serez ailleurs, avec un autre musicien, en train de préparer une nouvelle œuvre...

– Quel rapport ?

– *Carmen,* c'est trois ans de ma vie ! s'écrie Georges. Quand referais-je un nouvel opéra ? J'ai trente-six ans et je donne toujours des cours de piano à des débutants pour arrondir mes fins de mois.

– Ce n'est pas mon problème ! fait remarquer Célestine.

– Je ne le sais que trop bien ! admet Georges. Vous, vous donnez, beaucoup, sans trop vous attacher...

– Je vous défends de dire cela !

Autour de Georges et Célestine, les artistes échangent des regards gênés.

– On va vous laisser. On sera au café du Grand Hôtel de la Paix ! annonce Paul Lhérie.

– À tout à l'heure, j'espère, ajoute Jacques Bouhy. On ne va pas se laisser abattre ! L'alcool va nous consoler ! Vous viendrez, Georges ?

– Je ne crois pas.

Les chanteurs s'éclipsent. Georges et Célestine sont seuls. Ils laissent tomber les formes.

– Ne salis pas ce qui s'est passé entre nous, Georges !

– Je suis perdu !

– Ne dis pas ça !

– Moi qui n'avais jamais osé parler avec mon âme tout entière, je l'ai enfin fait, je me suis mis à nu et voilà ce que j'ai obtenu : un rejet brutal, total, sans espoir !

– Tu regrettes ?

– J'ai tout donné, je croyais, peut-être naïvement, que j'obtiendrais la gloire, l'argent, que c'en serait fini de ma vie mesquine, de ma belle-mère qui m'accuse de n'être qu'un gagne-petit incapable d'offrir un train de vie satisfaisant à sa fille !

– Tu veux mêler ta femme à cette conversation ? Tu l'avais toujours évité. Tu es en train de perdre ton sang-froid.

– Je suis perdu et tu ne le comprends pas. Je crois que notre histoire est terminée.

– Vraiment ?

Célestine fixe Georges d'un regard interrogateur. Il se détourne. L'âme de Georges est si sombre à ce moment que s'il la mettait en musique, il pourrait décourager tout un pays de se lever le matin. Célestine finit par s'éloigner.

Se retrouvant seul, Georges suit Célestine des yeux jusqu'à sa loge. La porte se referme derrière elle. Il se précipite et frappe au battant.

– Célestine ! Attends ! C'est moi, ouvre !

Pas de réponse.

– Célestine. Pardon. Je suis perdu, perdu, perdu !

Des pas résonnent derrière Georges. C'est sa femme.

– Tu es là ! s'exclame Geneviève. Je te cherchais ! Je suis fatiguée. Et d'autant plus après cette funeste soirée. On rentre ?

Le regard de Georges va de la poignée de la porte de la loge de Célestine au visage de Geneviève. Il frappe une dernière fois. Toujours pas de réponse.

DANS LES RUES FROIDES ET HUMIDES, nous espérons longtemps que passe une voiture. Je voudrais marcher, comme à mon habitude, mais pour Geneviève, il n'en est pas question. Elle s'abrite de la pluie et je hèle en vain des fiacres qui passent leur chemin l'un après l'autre. Il faut croire qu'ils sont tous occupés par des bourgeois fuyant Carmen. Nous cheminons sans échanger un mot.

Arrivé devant la porte de notre immeuble rue de Douai, je ne veux pas rentrer. J'ai besoin de marcher encore. Je prie Geneviève de ne pas m'attendre. Elle me questionne un instant du regard, s'apprête à dire quelque chose, mais j'ai l'air si déboussolé qu'elle se retient, par charité. La porte de l'immeuble se referme. Je tourne les talons.

Je rejoins le quartier des Italiens. J'entre dans le café du Grand Hôtel de la Paix, près de la place de l'Opéra. Les chanteurs sont attablés, ils ont déjà bien bu, mais la première de *Carmen* est difficile à oublier. Ils se demandent combien de représentations ils vont bien pouvoir faire. Dix, vingt ? En me voyant, ils s'interrompent.

– Bizet, venez vous réchauffer. Un verre de vin ? demande Bouhy.

– Je cherche madame Galli-Marié. Elle n'est pas avec vous ?

– Non.

Entraînés par Lhérie, les chanteurs se lèvent et décalent tous leur chaise sur le côté pour me faire un peu de place. Mais je suis reparti. Sur la place, par les fenêtres, je les vois me chercher du regard dans la grande salle.

Toute la nuit, j'erre dans un Paris désert et silencieux, poussant la porte de tous les lieux où je me suis rendu avec Célestine, à sa recherche. Des brasseries trop bruyantes. Des alcôves trop calmes. Célestine est introuvable. Au petit matin, je marche toujours, désormais sans but. Je suis dépassé par des livreurs de journaux. Ce que j'y lis n'est pas vraiment de nature à me remonter le moral.

VOULEZ-VOUS que je partage avec vous ce que j'ai pu lire dans les journaux au lendemain de la première de *Carmen* ? Mais après ça, voudrez-vous encore être de mes amis ?

La salle était extrêmement brillante, mais le public resta froid et le rideau tomba sur une indifférence générale.

Bon, ça, je sais, j'y étais.

M. Bizet appartient à l'école du civet sans lièvre ; il remplace par un talent énorme et une révolution complète la sève mélodique…

Sympathique…

Madame Galli-Marié semble prendre plaisir à accentuer le côté scabreux de son rôle si dangereux. Pour ceux qui aiment la note égrillarde, cette création lui fera honneur, car il est difficile d'aller plus loin sur la route des amours cavalières sans provoquer l'intervention des sergents de ville.

Ça, c'est supposé être désagréable, mais j'aime.

Monsieur Bizet n'a pas encore trouvé sa voie. Il lui faudra désapprendre bien des choses pour devenir un compositeur dramatique.

Peut-être…

La véritable prostituée de la bourbe et du carrefour, la fille dans la plus révoltante acception du mot.

Là, ça me dégoûte.

Carmen n'est qu'une hideuse drôlesse qui, pour être empruntée au roman de Prosper Mérimée, n'en fait pas moins mauvaise figure sur une scène habituée à plus de respect pour la morale et la pudeur. Que pensez-vous, chastes mères de famille, bon bourgeois qui comptez sur la foi du passé, régaler vos femmes et vos filles d'une petite soirée anodine et décente, que pensez-vous, dis-je, d'une ignoble gueuse offrant d'un regard provocant son amour à quiconque a le don de lui plaire – et Dieu sait si le nombre est grand de ces mortels favorisés ! – Convolant d'un muletier à un dragon, d'un dragon à un toréador… Ce rôle infect de cette Célimène de trottoir est joué par Mme Galli-Marié…

Tiens bon, Georges, je t'aime Georges !

C'est une Carmen absolument enragée… Il faudrait la bâillonner et mettre un terme à ses coups de hanche effrénés en l'enfermant dans une camisole de force après l'avoir rafraîchie d'un pot à eau versé sur la tête !

Tiens bon…

Arrivé là, j'abandonne la pile de journaux. Autour de moi, la ville s'est réveillée pour de bon et les trottoirs sont envahis de gens qui se rendent à leur travail. Je quitte le banc. Je suis une carcasse vide qui tremble.

En 1865, dix ans avant la première de *Carmen*, Georges écrivait à son éditeur :

Je suis entré dans la carrière le nez au vent, la confiance au cœur. J'ai quelques fois une forme brusque, ma langue est une folle qui obéit plus à mes nerfs qu'à ma raison – mais je ne sache pas au monde un seul homme qui puisse me reprocher d'avoir fait sciemment de la peine à qui que ce soit. Je fais une rude école en ce moment. Les déboires, les froissements se multiplient autour de moi sans que je puisse en deviner la cause. Soit, je supporterai tout, je lutterai contre tout.

A-t-il toujours le cœur pour tout supporter ?

LORSQUE LE RIDEAU SE LÈVE sur la deuxième représentation de *Carmen* à l'Opéra-Comique, Georges est chez lui, rue de Douai. Son médecin lui a interdit de quitter le lit. Après sa nuit d'errance, le compositeur est rentré, le front brûlant de fièvre. C'est son fils Jacques qui s'en est aperçu en voulant l'embrasser.

– Papa, tu as brûlé.

Jour après jour, la santé de Georges se dégrade. À chaque fois, il demande à son médecin si, ce soir, il pourra retourner voir une représentation de *Carmen*, mais on lui répond qu'il vaudrait mieux attendre son rétablissement. Georges en a assez de végéter dans ce petit appartement si proche de l'Opéra-Comique sans pouvoir y aller.

Voilà Georges installé à Bougival, la fièvre n'a pas baissé. Dans son lit, côté colline, il regarde son piano, et les notes résonnent dans sa tête sans qu'il ait besoin de les jouer réellement. Elles se brisent quand ce sont des airs de *Carmen*. Touché des attentions de sa femme qui s'assure de son bien-être, elle qui le fait si rarement, il compose un oratorio à sainte Geneviève, puis le retranscrit dans son lit pour s'occuper. Mais madame Bizet est toujours aussi imprévisible et le lendemain, elle se montre à nouveau froide et se désintéresse totalement de lui.

À l'Opéra-Comique, Célestine Galli-Marié poursuit son interprétation de Carmen au rythme d'une représentation tous les trois jours. Après avoir donné sa démission, Leuven est parti. La poussière a disparu avec lui. On respire mieux.

Une nuit, après une représentation, Du Locle, resté seul à la direction de l'établissement et devant régler la mise en scène sans Bizet, demande à Célestine si c'est exprès que sa danse d'entrée devient de plus en plus lascive chaque jour. L'été n'est pas encore là et pourtant Du Locle a l'impression qu'il fait terriblement chaud dans la salle à la fin du premier acte. Célestine répond qu'il se fait des idées. Loin d'elle l'idée de choquer.

DANS MA CHAMBRE côté colline, je demande au médecin de Bougival de me raconter la Seine, côté bureau. J'ai essayé de me lever pour aller la contempler, mais je n'en ai pas eu la force. J'ai besoin de voir le fleuve. J'ai terriblement envie de m'y baigner. Le médecin me l'interdit. On a beau être en mai, la Seine est trop froide. Comme un enfant puni, je boude et refuse qu'on prenne ma température.

Un matin, j'en ai assez des interdictions. Deux mois et demi se sont écoulés depuis la première de *Carmen* et je mène toujours une vie de prisonnier ! J'en ai assez de ne pas pouvoir me rendre aux représentations ! Après avoir observé par la fenêtre mon médecin sortir de la maison, pousser la petite grille et la refermer après son passage, je me redresse. Un vertige me saisit. Je m'appuie au montant du lit pour me lever. Je vais jusqu'à mon bureau. J'ouvre un peu le rideau. La lumière du dehors m'aveugle. Quelle clarté ! Quel soleil ! La Seine s'écoule vivement. On dirait que c'est un nouveau fleuve. Ma tête est lourde. J'aperçois Geneviève. Elle est là dehors, à prendre le soleil en compagnie d'Elie Delaborde, un ami de la famille, comme j'aime l'appeler parce qu'il n'est ni vraiment un ami ni vraiment de la famille. Geneviève rit à ce qu'Elie lui raconte. Je descends les escaliers de la petite maison en me tenant bien fort à la rampe. Me voici sur la terrasse. Je caresse mon beau toboggan. Depuis le temps que je rêvais de l'inaugurer ! Delaborde me déconseille le bain. Geneviève, lasse, estime que je peux bien faire ce que je veux. Je me déshabille. Je hume l'air autour de moi, j'embrasse le paysage et me jette dans la Seine. L'eau glacée me saisit d'un coup.

LORS DE LA TRENTE-TROISIÈME représentation de *Carmen*, dans la nuit du 2 au 3 juin 1875, Célestine est prise d'un malaise au moment de chanter. Elle pressent la mort imminente de Georges.

La même nuit, le fiacre de Célestine s'arrête devant la maison de Bougival. La cantatrice voit de la lumière à la fenêtre de la chambre du compositeur au deuxième étage. Arrive-t-elle trop tard ? Dans sa tenue de scène ensanglantée, Célestine se précipite dans la maison et monte les escaliers.

Couché, le compositeur a l'air d'un fantôme endormi. Ses yeux et sa bouche sont fermés. Son oreille est couverte d'un pansement que le médecin est en train de changer.

– Jamais monsieur Bizet n'a été aussi faible. Il a eu une attaque dans la soirée. J'ai cru que c'était la fin.

– Ainsi, c'était vrai ?

Reconnaissant la voix de sa Carmen, mais ne pouvant y croire, Georges ouvre un œil. Heureux de la revoir, il propose :

– Et si on allait faire une promenade ?

– Il est deux heures du matin, mais après tout, pourquoi pas ?

– Après l'attaque de ce soir, je vous l'interdis formellement, prévient le médecin.

Célestine réalise que son malaise sur scène et l'attaque de Georges sont arrivés simultanément. Elle cache mal son trouble. De son côté, Georges se redresse avec l'aide de quelques oreillers que le médecin lui glisse dans le dos. D'une voix faible qu'il affermit à chaque mot, affichant un sourire de plus en plus grand, il complimente Célestine sur son teint, sa coiffure et veut un récit complet de la représentation de ce soir. Passant son malaise sous silence, la chanteuse prétend que tout s'est bien passé : une salle comble, un tonnerre d'applaudissements !

– Un aussi grand succès que la première, donc ? demande Georges, pas dupe.

– Voilà !

Ils se sourient comme avant. Mais soudain, la bouche de Georges se tord de douleur. Cette fois, c'est la fin, confie le médecin à Célestine. Il propose à Georges d'aller réveiller sa femme. Madame Bizet dort-elle toujours à l'étage du dessous, comme l'autre nuit ? Non, elle est rentrée à Paris avec Delaborde, murmure Georges.

Il demande qu'on le laisse seul avec Célestine. Le médecin refuse, mais avec une autorité retrouvée, Georges ne lui donne pas le choix. Après avoir fait boire un peu d'eau à son patient et prévenu Célestine qu'il serait derrière la porte en cas de besoin, le médecin quitte la chambre à regret. La porte se referme sur Georges et Célestine.

Elle s'assied sur le lit et regarde longuement Georges. Leurs yeux brillent à la lueur des lampes.

– Je ne peux croire que tu sois malade depuis la première et à cause de cette satanée Carmen !

– C'est idiot, je sais.

– C'est Carmen qui est en train de te tuer. Tu n'es jamais revenu nous voir ! Résultat, voilà trois mois qu'on ne se parle plus.

De sa main un peu tremblante, Georges caresse le visage de Célestine. S'exprimant avec lenteur et difficulté, un mot après l'autre, il avoue que la nuit de la première a été un déchirement.

– Pour moi aussi.

– Tu vas t'en sortir. Tu es plus forte que moi, répond Georges qui retrouve un peu de vigueur pour parler plus librement.

– Peut-être. Mais ta musique, c'est toi. Je l'adore. Je la trouve plus belle chaque soir. Et nous en sommes à la trente-troisième, ce n'est pas un échec.

– Je sais, j'ai lu ça. Je n'y crois plus.

– C'est ce que je disais. Carmen t'a tué.

– Non, Carmen ne m'a pas tué. Grâce à Carmen et tout ce qui est arrivé au cours de la création, j'ai enfin vécu, j'ai aimé !

– Tant mieux, dit Célestine, amusée.

– Je t'ai aimée, toi, et pas seulement la Carmen que je voyais en toi.

– Vraiment ?

– Je pars sans regret, comme Carmen, en ayant fait le plus sincère, le plus beau portrait de femme dont j'étais capable ! Dommage que ça n'ait pas plu !

– Jusqu'à ce soir, je croyais que tu te remettrais.

– Mon médecin derrière la porte te précisera que je n'aurais pas dû me jeter dans la Seine il y a trois jours.

– Qu'as-tu fait ?

Georges sourit et ferme les yeux. Il se revoit plonger dans le fleuve. Son corps nu dans le soleil chaud de la fin mai. Le contact avec l'eau. La brève sensation de couler. Son souffle coupé par le froid comme par la beauté de ce qui l'entoure en remontant à la surface. Il regarde à nouveau Célestine.

– Bien sûr, je savais ce que je risquais en me baignant, et alors ?

– Alors, comme Carmen, Bizet n'a pas peur de la mort… sourit Célestine.

– Je suis plus audacieux depuis que je t'ai rencontré.

– Tu me confonds à nouveau avec Carmen, mais ce n'est pas grave.

– Carmen, ma Célestine, est l'aboutissement de ma vie.

Carmen, c'est moi ! Je vivrai à travers elle si elle touche un jour le cœur des gens !

À Bougival, Georges se fige dans les bras de sa bien-aimée. Célestine couvre de baisers son visage brûlant. Elle appelle le médecin. Il s'y attendait. Il s'en va faire prévenir la veuve. Le fiacre de Célestine reprend la route de Paris.

Le chiffre 3 occupe une place importante dans la vie de Georges et de Carmen. La première fut donnée un 3 mars. Les représentations avaient lieu tous les trois jours. Célestine fit un malaise trois mois après la première, lors de la trente-troisième représentation. Georges mourut la même nuit du 2 au 3 juin, vers trois heures du matin. Il avait trente-six ans. Fin de l'histoire ?

LORSQUE JE QUITTAIS MON APPARTEMENT de la rue de Douai pour aller assister aux répétitions de *Carmen* à l'Opéra-Comique, je savais que j'avais parcouru presque exactement la moitié du chemin en arrivant devant l'église de la Trinité. Je demandais l'heure à quelqu'un et si j'avais pris du retard, à partir de l'église, je me mettais à courir.

Le 5 juin, fidèle à moi-même, j'arrivai bien à l'heure en vue de l'église de la Trinité. Une foule nombreuse se pressa pour voir passer mon cercueil et m'accompagner au cimetière du Père-Lachaise.

DÉSORMAIS, GENEVIÈVE est officiellement la veuve Bizet. C'est un rôle qu'elle jouera longtemps et avec beaucoup de talent. D'ailleurs, sa vie mondaine commence véritablement avec la mort de Georges et le succès à venir de *Carmen*. La veuve du compositeur (que tout le monde trouvera bientôt génial) se mariera de nouveau, ouvrira un salon, y recevra l'écrivain Maupassant et le peintre Degas. Surtout, elle deviendra pour l'écrivain Marcel Proust, qu'elle fascine par son esprit, son ironie, sa beauté, l'un des modèles de la duchesse de Guermantes dans *À la recherche du temps perdu*.

Revenons au 5 juin 1875. Après l'enterrement de Georges, les proches se retrouvent dans son appartement parisien de la rue de Douai. Une table a été dressée. Geneviève est assise à une extrémité. Un peu de lumière du dehors vient éclairer son visage. Le noir lui va bien. Elle ne parle pas. Elle n'écoute pas davantage.

Les mots de réconfort semblent glisser sur elle, sans effet. Autour de Geneviève, un groupe d'hommes est assis, dont Elie Delaborde, l'ami de la famille, Ludovic Halévy, Henri Meilhac, Camille Du Locle et Alphonse de Leuven, qui n'a pas eu l'élégance de mourir en même temps qu'il démissionnait de l'Opéra-Comique. Ernest Guiraud est là aussi. Les yeux rouges d'avoir pleuré, Marie, la bonne, apporte du thé chaud, des brioches et des alcools. Ils sont tous sincèrement peinés de la mort de Georges à laquelle ils ne s'attendaient pas, convaincus, à l'exception de Geneviève, que Georges se remettrait. Le seul point positif, dit Leuven, est qu'on n'entendra plus parler de cette horrible Carmen, un très mauvais exemple pour les jeunes filles d'aujourd'hui ! Du Locle confirme que les représentations parisiennes vont s'arrêter à la fin du mois. C'est la fin de *Carmen* ! Et ils seront débarrassés de la Galli-Marié par la même occasion, ajoute Leuven. Sans elle, l'opéra aurait été beaucoup plus convenable et aurait sans doute été mieux reçu... Un silence se fait. Personne n'a envie d'imaginer une fois de plus ce qu'aurait pu être *Carmen*. On préférerait l'enterrer avec Georges et oublier cette expérience épouvantable. On frappe alors à la porte. Marie va ouvrir. C'est Célestine.

Ne devrait-elle pas avoir honte de se présenter ici ? murmure Leuven.

Rassemblant son courage face à ces regards hostiles, Célestine va présenter ses condoléances à Geneviève, qui, sur la défensive, ne répond pas. Célestine s'enhardit :

– Certes, les représentations parisiennes de *Carmen* s'arrêtent, mais Carmen ne peut pas mourir avec Georges ! Enfin, avec monsieur Bizet.

Célestine s'en veut d'avoir trahi une forme d'intimité. Mais c'est trop tard, elle ne reviendra pas en arrière. Elle est venue avec un but.

– M'autorisez-vous, madame, à présenter cette œuvre à d'autres scènes européennes ?

Toujours aussi froide et déconcertante, Geneviève se moque.

– Vous n'en avez pas eu assez, de *Carmen* ?

– Non.

– Vous ne trouvez pas qu'il y a eu assez de dégâts ?

– Si. Mais laisser mourir *Carmen* serait une tragédie supplémentaire.

– Une tragédie, comme vous y allez…

– J'aime Carmen.

– Je l'avais compris.

– Vous aussi, non ?

– Mon mari est mort. Que voulez-vous que ça me fasse, que *Carmen* soit reprise ? Ce n'était qu'un opéra.

– Ce qu'il y avait de meilleur en Georges peut continuer à vivre à travers Carmen. Sa liberté, sa joie, sa musique, son audace…

– Son audace ?

– Son audace, oui.

Geneviève jauge Célestine du regard.

Leuven se lève et s'approche.

– Madame Galli-Marié, pouvez-vous respecter le deuil de madame Bizet ? Ce n'est ni le lieu ni le moment de marchander une reprise de *Carmen*.

– Taisez-vous, Leuven ! ordonne Geneviève. Je n'ai besoin de personne pour assurer mes arrières.

– Bien, bien, répond l'homme en allant se servir un nouveau verre. Je voulais vous défendre…

Geneviève s'adresse à Célestine :

– Vous rendez-vous compte, quand vous parlez de l'audace de mon mari, que s'il était encore vivant, il se mettrait à rougir d'embarras ? Il a toujours regretté de ne pas en avoir assez.

– Je le sais bien. Je crois qu'il a changé sur ce point…

Geneviève lui coupe la parole, d'un ton glacial :

– Je me doute de ce qui est arrivé entre vous et mon mari. J'ai détesté ça.

Célestine soutient le regard de Geneviève qui poursuit :

– Mais j'ai été troublée de voir cet éclair dans les yeux de Georges chaque fois qu'il parlait de ses combats pour *Carmen* ! J'en étais jalouse. J'aurais tant aimé qu'il exprime la même fièvre à mon sujet. Oui, cette œuvre, c'était Georges et aucun de ces beaux messieurs de l'Opéra-Comique ne l'a compris. Vous pouvez bien faire ce que vous voulez avec *Carmen* !

LE LENDEMAIN, Célestine descend du tramway à Bougival, une petite valise à la main. Les volets de la maison de feu Georges Bizet sont fermés. Une pancarte indique qu'elle est à nouveau disponible à la location, avec ou sans le toboggan. Célestine ne cherche pas à entrer. Elle grimpe la colline et rejoint le domaine des Frênes.

Pauline Viardot la reçoit dans sa villa. Les deux cantatrices s'embrassent. La mort de Georges, si jeune, leur semble toujours aussi difficile à admettre. Pauline est en train de préparer ses malles. Avec son mari et Tourgueniev, elle va passer l'été à Baden-Baden. Célestine le sait, c'est pour cela qu'elle est venue si vite, de peur de les manquer. Pauline demande, le sourire aux lèvres :

– Que puis-je faire pour la muse de Bizet ?

– Est-ce qu'il vous resterait un peu de place dans vos malles ?

– Pour vous, certainement. De quoi s'agit-il ?

– À Baden-Baden, vous allez voir votre ami Johannes Brahms ?

– J'y compte bien.

– C'est un des plus influents musiciens en Europe ! Lui remettriez-vous la partition de *Carmen* ?

Célestine ouvre alors sa valise et sort les 1 200 pages de la partition manuscrite ainsi que le livret et les tend à Pauline.

– C'est amusant. Le soir où je suis venue vous voir chanter *Carmen*, j'ai écrit à Brahms pour lui faire part de ce que j'avais ressenti. Il préside la Société des amis des arts de Vienne. Comme vous, j'ai pensé qu'il pourrait venir en aide à Carmen.

– Croyez-vous qu'il pourrait la faire jouer là-bas ?

– Vous réalisez bien ce que vous me demandez ? Si Brahms fait reprendre *Carmen* à l'Opéra de Vienne, ce sera sans vous !

– Oui, dit Célestine. Georges et Carmen avant tout !

QUELQUES JOURS APRÈS, cet été-là, à Baden-Baden, Pauline Viardot et Johannes Brahms se mettent au piano face à la partition de Bizet, et jouent *Carmen* à quatre mains.

Pour Brahms, c'est un chef-d'œuvre de la première à la dernière ligne.

Aussitôt, *Carmen* entre en répétitions à Vienne où l'opéra est joué en octobre.

COMME MOI, VOUS AVEZ PEUT-ÊTRE lu un tas de livres et vu un tas de films dont les héros finissent par exprimer leur vraie personnalité et tout s'arrange.

Est-ce que dire sa vérité règle tous les problèmes ?

Pour moi, l'histoire de Georges, c'est un peu plus réaliste que ça. Exprimer son vrai moi, oui, mais encore faut-il le faire dans la durée. Quand on change soudain de trajectoire, quand on affronte sa hiérarchie pour la première fois, ça surprend. Si les gens vous encouragent, c'est formidable, mais peu probable. La leçon, pour moi, c'est qu'il faut tenir. Tenir, tenir, tenir, tenir comme le suggérait Pauline Viardot à notre héros. Jusqu'à ce que le monde comprenne. Ne pas renoncer.

Qu'aurait pensé Georges s'il avait tenu, et accompagné Célestine à la première de *Carmen* à Vienne, six mois après sa douche froide à l'Opéra-Comique ?

UN SOIR D'OCTOBRE 1875, quatre petits mois après la mort de Georges, un train traverse poussivement la campagne autrichienne. À bord, Célestine, dans une jolie robe noire et bottines assorties, ne cesse de demander l'heure à ses voisins.

Au même moment, dans le grand hall de l'Opéra de Vienne se presse une foule aussi nombreuse qu'élégante. Les compositeurs qui n'ont pu se rendre à Paris sont impatients de découvrir l'œuvre à propos de laquelle Brahms ne tarit pas d'éloges.

Au moment où le rideau se lève et qu'explose l'ouverture de *Carmen,* le train de Célestine s'arrête en pleine voie. Elle crie de rage. Tant pis, elle descend et marche le long des rails. Autour, des champs s'étendent à perte de vue.

Quand Célestine arrive enfin sur la place de l'Opéra de Vienne au clair de lune, celle-ci est quasi vide à part quelques voitures à cheval qui attendent le client. Les bottines de la cantatrice se sont désagrégées. Elle se déchausse et demande à un employé s'il sait où en est l'opéra. Il répond que c'est presque la fin. Les spectateurs vont bientôt sortir. Célestine est trop épuisée pour se mettre en colère. Elle s'approche de la façade. Elle croit entendre la scène de la mort de Carmen par les portes qui s'ouvrent et se ferment pour laisser sortir quelques personnes. S'agit-il des derniers spectateurs encore présents ? Les notes finales résonnent. Puis c'est un silence. Comme à la première de Paris. Célestine soupire. « Tant pis ! »

Mais l'instant d'après, c'est un tonnerre d'applaudissements. Une immense clameur d'admiration fait vibrer la façade.

Célestine revit et retrouve toute sa joie.

Les portes de l'Opéra de Vienne s'ouvrent et des grappes de spectateurs se répandent sur la place. Avec une attitude altière, quelques femmes rayonnantes, comme galvanisées, précèdent leurs maris. Peu à peu, la foule grossit. Il est près de minuit et c'est une marée humaine qui sort de l'Opéra. Les spectateurs éprouvent cette sensation rare d'avoir assisté à la naissance d'une œuvre d'un nouveau genre. Ils n'ont aucune envie de se séparer pour rentrer chez eux. Les chanteurs sortent à leur tour et sont acclamés. Célestine les applaudit, émue. Près des chanteurs, elle reconnaît Johannes Brahms. De nombreuses voix s'élèvent et le félicitent pour le choix de cette œuvre. Il ne cache pas son enthousiasme, il a assisté à toutes les répétitions et compte bien se rendre à toutes les représentations, tant *Carmen* le transporte. Autour de lui, tous acquiescent. On n'a jamais rien entendu de plus beau. Surtout la fin ! C'est un triomphe de bout en bout ! Bizet vivra ! Célestine est bouleversée.

Bientôt, le philosophe allemand Friedrich Nietzsche écrira : *J'ai entendu hier – le croiriez-vous ? – pour la vingtième fois le chef-d'œuvre de Bizet. Comme une œuvre pareille vous rend parfait ! À l'entendre on devient soi-même un « chef-d'œuvre ».*

Bientôt, Tchaïkovski, le compositeur russe, prophétisera : *D'ici dix ans,* Carmen *sera l'opéra le plus célèbre de toute la planète.* Et il l'est encore aujourd'hui.

En attendant, cette nuit-là, à Vienne, les spectateurs enthousiastes finissent par se séparer. Quand le jour se lève, une petite femme en noir, restée seule, se met à danser avec des mouvements de hanches électrisants. Surpris, des passants la regardent, fascinés. Célestine rejoue son entrée en scène dans *Carmen*.

REMERCIEMENTS

Je remercie ma mère, Laurence de Rose Rousselot, de m'avoir donné le goût de la musique.

L'ami Jorge Chaminé qui m'a fait connaître et aimer Georges.

Mon éditrice, Julia Pavlowitch.

Ma femme, Valérie Rousselot.

Nathalie Plicot, Laetitia de Fombelle, Catherine Robert, toutes premières lectrices du manuscrit pour leurs encouragements, leur temps, leur affection.

Timothée de Fombelle, Fabien Suarez, Pauline Baer de Perignon, Astrid du Lau d'Allemans, Xavier Arnaudo, Denis Gombert, Anthony Delnomdedieu, Françoise et Henri Robert, Marie Liesse, Charlotte Guénin,

Marie-Stéphane Barthout, Anna Khachaturova, Loriane Orsida et Victoire Neyraud pour leurs précieux conseils et leur aide.

Hervé Lacombe, Jérôme Bastianelli, Eric-Emmanuel Schmitt, Claude Glayman et Christine Rodriguez dont les ouvrages sur Bizet m'ont accompagné dans l'écriture de ce roman.

Et mes enfants, Naomi et Zacharie.

Cet ouvrage
a été mis en pages par In Folio,
reproduit et achevé d'imprimer
en avril 2022
dans les ateliers de Normandie Roto Impression s.a.s.
61250 Lonrai
N° d'imprimeur : 2201552

Imprimé en France

Dépôt légal : mai 2022